平遥话

刘伟波 著

作家出版社

人物刻画和语言表述的新尝试

张 平

《平遥话》的作者刘伟波是朋友举荐而了解的，正值壮年，山西师大校友，现任太原市一所中学的校长。

一般人从小大都会有作家梦，伟波似乎也一样。当初考大学报志愿时顾虑重重，担心写不好文章，才情不足，居然放弃了一直向往的中文专业，报考了更偏重于理论学习的政教系。其实山西师大的政教系实力雄厚，在全国同类高校中一直名列前茅，享有盛名。今天看来，这对他的日后的工作和事业，打下了更坚实更广泛的基础。刘伟波大学毕业后一直在中学教书，但文学写作的欲望，当作家的想法始终没有消退，工作之余已创作了三部长篇小说。《平遥话》是最新一部，应该自我感觉比较满意，所以才把作品寄给了我。

这些年，给人写序是常有的事，但给一个中学校长的长篇文学作品作序，则是第一次。作为中学校长，刘伟波对文学的热爱与执着，值得尊重，也令人感慨。这些年，英语教学的普及和深入，尤其是有些地区在很早以前便把英语教学列入小学一年级课程，让人对中文学习的担忧与日俱增。所以一个中学校长能连续写出几部长篇小说，着实是一件令人欣慰的事情。

有朋友的推荐，有作者的这种身份，阅读之前便已有较高的心理期待，但读过之后还是远远超出我的预期。扑面而来的浓郁的地方特色，底蕴厚重的文字流畅且从容，对故事架构与把握令人叹为观止，朴实自然，璀璨生辉，显示了作家不俗的功底和才情。行文龙跃凤鸣，警句信手拈来，思想深邃，自然老到，悬念伏笔设置，人物塑造之功力深厚令人惊讶。毫不夸张地说，《平遥话》应该是山西文坛近年来长篇小说领域的一个重要收获，是一部极具特色的优秀文学作品。

作品的主人公算是一位晋商。近几十年来，晋商是山西作家笔下的重要题材，《白银谷》《乔家大院》《立秋》等诸多描写晋商的文学和影视作品深入人心。刘伟波笔下的晋商则另辟蹊径，完全是一个崭新的角度。《平遥话》刻画的不是那些当年在商场叱咤风云的票号财东大掌柜，也不是那些雄视商界纵横捭阖的大庄主，只是一个十五岁时误打误撞进平遥城闯荡的孤儿，因缘际会赚了些小钱，充其量不过是个略有成就的小商人。小商人在商海中的无奈与挣扎，梦想与执着，悲怆与困苦，磨难与抗争，在这部小说中被描绘得淋漓尽致，跃然纸上。选择这样的视角，以小见大，以微知著，也许更容易让人共情、共鸣。同在一片天宇下，传承着相同的文化基因，也共同承受着历史变迁家国命运所带来的负压与担当。《平遥话》中的人物都是来自社会底层的平民百姓，同样是一群怀揣梦想不断拼力苟存的凡夫俗子。他们的遭遇让人不由得联想到我们的上一代，以至更久远的祖祖辈辈。

刘伟波笔下的晋商，抑或是有人物的原型，抑或与自己的家庭有关。这样的素材并不容易把握，作者能做到不过誉、不虚饰，予以尽可能客观的描摹与想象，实乃不易。作品主要以叙述的方式演绎推进，虽然没有过多的描摹和细节描写，但通过故事的多重叙述，众多人物都能给人留下深刻印象。刘元、杨掌柜、那二、桂馨儿、冀永年等等，个个熠熠生辉，生动感人。在这些小人物身上，不仅具有勤劳、节俭、诚信、善良、坚韧、执着等中华传统文化的优秀品格，同样也有畏惧强权、百般忍让、得过且过、任怨不争等中国底层民众普遍的人性弱点。作者明白这是几千年来残酷的社会氛围所致，因此在描写时并没有居高临下地对此予以嘲弄与哂笑，而是在细腻深情的勾勒中，让一大批小人物的文学形象因立体多元而更加生动饱满，鲜活感人。

作者没有选取晋商的辉煌时期，而是以民国初年到改革开放的近百年历史为时代背景。这样的取舍是需要勇气和自信的，在写作中会更加考验作者的文学、政治、哲学功力和对社会的认知水平。《平遥话》以平遥古城为创作依托，融合了古城历史、民俗风物，把众多人物的命运与国家社会的变迁契合在一起，通过社会底层小人物的命运折射中国近百年的历史变迁，融客观性、历史性、时代性、艺术性于一体，全面再现了末代晋商的血泪历史以及跌宕起伏的命运遭际。

平遥古城被列入世界遗产名录，联合国教科文组织称："平遥古城是中国汉民族城市在明清时期的杰出范例，平遥古城保存了其所有特征，而且在中国历史的发展中为人们展示了一幅非同寻常的文化、社会、经济及宗教发展的完整画卷。”如何深入发掘和宣扬优秀传统文化，是一个厚重的历史课题。《平遥话》通过讲述一批生活在平遥古城小人物的命运浮沉，立体地展示了一个悲壮时代，这对山西文化遗产的保护传承，同样是在另一方面、另一角度积极有益的尝试和探索。

特别值得一提的是，《平遥话》的叙事语言简练而平实，从容且富有韵味，这对这些年在文学创作中的方言运用，是一次令人欣喜的求索和努力。语言是思想的载体，更是文学作品的生命所在。作品不仅大量运用了平遥古城的方言土话，而且以方言词汇作为章节的标题，引人入胜又独具一格。作者探赜索隐，从大量的经史典籍中考证方言俚语的出处，广泛地与东北话、山东话、四川话、客家话、苏州话、西安话等各地方言词汇进行对比关联，不仅扩大了作品的受众群体，而且印证了古汉语在不同地域的传承与流变，这对乡土文学、方言文学以至以农村题材、历史题材的文学创作，都具有借鉴意义和创新意义。以俚语词汇作为作品的经纬架构，形式新颖独特，《平遥话》的出现应是一个很好的范本。

《平遥话》是作者刘伟波出版的第一部文学作品，可喜可贺，令人欣喜。在忙碌的教学工作中抽时间写出这样高水平的佳作，确是难能可贵，实属不易。作为他的校友，作为一个同操晋语的山西老乡，为他作品的出版发行，在此予以诚挚的祝贺。

希望有更多的读者能看到这部作品，并从中汲取丰富的文学养分！

是为序。

目 录

故事梗概 …… 001

引子 …… 001
家败 …… 009
地儿 …… 017
祖爷 …… 021
城阂里 …… 024
道歉 …… 032
四致 …… 036
事务 …… 041
做事业 …… 047
爷爷 …… 053
搿弟兄 …… 061
册媳妇子 …… 066
圪捞 …… 073
得手 …… 079
圪台台 …… 086

没油腥 ………………………………………… 094
泼闹 ………………………………………… 103
日哄日本人 ………………………………… 109
兀家供杀啦 ………………………………… 117
扳不倒儿 …………………………………… 127
难活 ………………………………………… 136
支当 ………………………………………… 147
寻攵 ………………………………………… 155
圪倒 ………………………………………… 164
喝叫 ………………………………………… 174
天霁了 ……………………………………… 183
大大 ………………………………………… 190
献食 ………………………………………… 197
魔子 ………………………………………… 205
恓惶 ………………………………………… 211
歇缓 ………………………………………… 216
祭菜 ………………………………………… 222
奀儿 ………………………………………… 229
尾声 ………………………………………… 237

故事梗概

十五岁，刘元孤身一人，进平遥城，泼闹自己的前程。

当过伙计、账房，走村串巷收过粮食。结识山东人刘掌柜，当上了掌柜。

抗战前，为刘掌柜藏匿两千多匹坯布。谨小慎微地周旋在日本人、汉奸、一贯道、晋绥军不断糟害的平遥城里，打拼事业，生儿育女。在最艰难的时候，把布卖给八路军。抗战胜利后，刘掌柜下落不明。卖布的黄金，刘元据为己有，在平遥城里买了几处院子。

新中国成立后，经历各种运动，手里的院子和金子，变成负担、罪证，得而复失。改革开放后，落实政策，有些又失而复得。刘元的经历可谓坎坷。

刘元是平遥城小商人的代表，勤俭、诚信、务实、吃苦，也有贪心、算计的小聪明。在汹涌的时代大潮中，小人物总是无奈的。刘元一家和几家亲朋的遭遇，是时代的缩影。不仅见证、经历，而且以各自微小的力量，参与了宏大历史的创造。

近百年的历史，经受过各种磨难，也幸运地活在了繁荣的时代。刘元的子女，个个成才，他从孤身一人，繁衍成几十人的家族。刘元是幸福的。

小说以平遥方言为叙事由头，以古城历史、时代变迁和民俗风物为背景，讲述以刘元为代表的小人物的挣扎与奋斗，努力书写平遥人的历史。

本作品许多方言土话，为上古雅言。引用典籍，寻章摘句，搜寻典故传奇，也是试图书写平遥城的历史。

引　子

平遥城的历史，很久远。

最早，可以追溯到尧的时代。

那时候，还没有城，只是一个地方。乡间传说，本是属于陶唐氏的地盘。尧率兵灭陶唐于此，故起名平陶，以志纪念。更有传说，陶唐就是尧。《孔子家语·五帝德》载，宰我问帝尧。子曰："高辛氏之子，曰陶唐。其仁如天，其智如神，就之如日，望之如云。"都是上古传言，真伪难辨。但平遥，本为平陶，大约是没错的。陶也念遥，是个多音字。一说，古人认字的不多，口口相传，以讹传讹，渐渐地把平陶叫成平遥。另有一说，颇有根据，北魏年间，因避太武帝拓跋焘名讳，改平陶县为平遥县。所避者，音同而已。是奉旨改名，还是下面主动逢迎，无从知晓。

陶被平掉以后，就到了舜的时代。

《尚书》云："德自舜明。"《史记·五帝本纪》也说："天下明德皆自虞帝始。"虞帝就是舜。圣人垂拱，德治天下。平陶的兵卒就地解散，纷纷娶妻生子，落地生根。垂手而治的太平盛世，不怎么需要为生计奔波。想来，遣散的兵士们都身强体健，连年征战有不少的封赏。日出而作，日入而息。凿井而饮，耕田而食。不会有多少太繁巨的劳作。于是，平遥的先民，格外地在女人身上下功夫。乡谚说，有雀儿的地方，就会有平遥人。很自豪地表达了对先祖传宗接代能力的赞叹。雀，念 qiao，三声。

最早建城的年代，杳不可考。但很早的时候，就有先人在此生活、繁衍，应该是真的。西周宣王时期，名宦尹吉甫在此地增城筑台、抵御猃狁之事，世代流传。平遥人认为，尹吉甫就是建城之祖。城里有尹吉甫庙。城外有尹吉甫衣冠冢。东城墙上的大平台，被称为尹吉甫点将台。《诗经·小雅·六月》载："薄伐猃狁，至于大原。文武吉甫，万邦为宪。"是对尹吉甫率军北伐的赞颂，也是关于太原最早的历史记载。太者，大也。北伐后，还是回到平遥驻扎。出征的地方叫尹村，回师的地方叫尹回。尹村、尹回村，至今尚在。老早前，城里有座书院，叫卿士书院。书院早没了，但那条街还叫书院街。所谓卿士，说的还是尹吉甫。《诗三百》得以流传，据说全靠尹吉甫采风、编纂。《诗经·大雅》中《韩奕》《江汉》《崧高》《烝民》均为其作，为中国传世文献中明记作者最早的诗篇，堪称中华诗祖。尹吉甫是尹姓和吉姓共同的始祖。平遥姓尹姓吉的，当然都是尹吉甫的后代。其他姓氏，有多少是追随尹吉甫来到平遥，世代繁衍，不得而知。《史记》云："一年所居成聚，二年成邑，三年成都。"四川成都府因此得名，但平遥却是个小地方，虽然曾经叫过一段中都县的名字，但终究未能成都。城南边的落邑古村，其村名应该是来之聚落成邑之意。或者，平遥最早的先民，不是尧率领的兵士，而是尹吉甫统率的大军，也未可知。年代都太久远了，就是想仔细考证，也难寻依凭。平遥人总觉着自己和别的地方的人有些不同，总想着在先祖留下的血脉里，找寻些理由。大概好多地方的人，都是这样吧？

现今依然留存的平遥城，是明朝洪武年间筑成的。

《左传》说，山西表里山河。外有大河，内有高山。太行东踞，吕梁西耸。古称山右河东。因地理封闭，元末战乱，少有波及。承平日久，先祖旺盛的传递香火的能力，就成灾了。史书上说，平遥地狭人稠，再也养不活越来越繁茂的子孙。从明代开始，就不断有人扔下从祖宗那里传承来的锄头，腰里别上秤杆杆，怀里揣着秤砣，在心上人走西口悠扬凄切的歌声里，离开家乡，离开祖祖辈辈辛勤耕种的土地，走北闯南，东奔西走，闯出一条新的活路。

明代开中制，山西商人利用得最好。为驻守长城沿线的边镇，筹措、输送所需要的粮草物资，换回朝廷颁发的盐引，即食盐专卖许可，再转赴全国各地，收盐、贩盐。盐商，那可是大买卖人。与北面蒙古人互市的时候，游牧民族所需要的中原物产，北方的皮毛药材，也全靠山西商人来回奔波倒腾。山西地势狭长，南连中原，北接边镇，东去齐鲁，西往西域，本来就是东西南北间的重要商路。在一代代背井离乡的山西人的努力下，更把商路拓展，南到江浙、闽广，北至外蒙古、罗刹。全因商人的努力，山西号称海内最富。

一代代晋商的队伍里，平遥人当然是主力。本地特产平遥牛肉就是明证。现如今，已很少有人知道，驰名久远的平遥牛肉原本是骆驼肉。南来北往的商路上，奔走的是山西商人，运送物资的，是一长串一长串的驼队。南方还好，有水路可资利用，从山西再往北，就只能靠骆驼了。平遥商人买卖做得大，驼队自然就多。每年都得处理大量退役的老骆驼，更别说骆驼本身就是北方游牧民族的特产。不是中原的物产，骆驼肉也不好吃，纤维粗，咬不动，尤其是老骆驼。聪明的平遥人，就在做法上想办法，把杀好的骆驼肉先腌起来，腌好几天，再卤再煮，就好吃了。色泽红润，绵香可口。骆驼肉不好卖，谎称牛肉，久而久之，竟成特产。牛可是农家的宝，要耕地的，哪里会有那么多耕牛供宰杀呢？也就是商路断绝之后，没了骆驼，平遥牛肉才真正变成牛肉的。还保留了以前的做法，带动了周边好多地方养牛的营生。

腌骆驼肉做牛肉，要用当地产的土硝盐，和有名的镇江肴肉一个做法。肴肉，本应叫硝肉。平遥牛肉，镇江肴肉，哪个在前？哪个在后？制作方法上，彼此之间有无传承借鉴？年代久远，无从查考。但镇江另一名产，镇江香醋的历史，远远晚于山西陈醋的说法，应是确凿的。其实，不只是醋，还有酒。全中国所有蒸馏酒的做法，都是从山西传出去的。山西商人生意越做越大，明清两代，几乎垄断了南北贸易。清道光以后，平遥城第一家票号开起来，附近祁县、太谷县跟着效仿，一家家票号分号，不仅开遍华夏，甚至远赴海外。山西腹地，三个小小的县城，商人独立成帮，号称平祁太帮，把控全国金融。数量庞大的从业人员，奔赴各地水陆码头，一待就是好多年，思乡心切。财力巨大的东家，招揽家乡做醋做酒的老手，分配到各地的分号。山西人离不了醋，大江上下、西南东北都称山西人为老醯儿。醯者，醋也。对醋的嗜好是山西人最鲜明的标志，善酿造也就成为山西的地方特色。酒醋同源，会酿醋，酒也自然做得好。酒是奢侈品，一般人喝不起，可票号里汇兑金银的大买卖，还会在乎一些酿酒的粮食吗？酒主要用来招待大主顾，或者当作给各地大小官员胥吏三节两寿的孝敬。除了大掌柜不受限制，小掌柜和伙计们只有在年节下才能尝尝家乡的美酒，以慰思乡之情。票号里的东家，虽然不从事经营，算盘也打得很精明。雇几个做醋做酒的师傅，花费不了多少，却可以慰藉天南海北的掌柜和伙计，让他们安心地待在异乡，尽心竭力地把各地的金子银子，一船一船、一车一车地运回老家。山西醋，山西酒，结合当地的水土风物，渐成各地特产。

平遥富了。高大气派的店铺，青石板路上碾轧出的车辙痕迹，至今也是想象昔日繁华的依凭。填不满，拉不完的平遥城，又添上了许多离奇的传说。有传言说，当年闯王李自成打下北京城，大肆掳掠。战败后被清兵追剿，携历年搜刮所得，一路南逃。一口气跑到平遥，歇了几天，清军又至，匆忙间好多好东西都丢到了平遥。有挖坑埋起来的，有丢进井里的，有扔进茅坑的，有藏在房顶上的……传得最多的，是有一个黄金做的马驹儿，和真马驹一样大，丢进了市楼底的水井里。也有传言说，金马驹早就有了，是先有的金马驹，后建的市楼。金马驹是神仙遗落的，用平遥的金马驹，套上介休的金马车，才能去灵石，拉得动让灵石县得名的灵石。越传越玄，有模有样。市楼底的水井，干脆就改名叫金井，历朝历代都有人去挖。另有传言说，平遥之所以富足，不知是哪位神仙，把招财的吉祥鸟落在了平遥。白色的鸟，有人说看见过。至于真假，无人在意，姑妄言之罢了。但真有一个胡同，叫银鹅胡同，就在南大街往北，是一条比大街窄一些的胡同。现在的地图上，写作鹦哥巷，应该是弄错了。平遥话里，鹅通常念成鹅儿，就是鸟儿的意思，和雀儿不一样的鸟。还有传说，靠近西街，曾有一个土台子，名叫凤凰台，说是有凤凰落过。凤凰也是一种鹅儿。

平遥自古富足，走南闯北的平遥人多。生意兴隆，人来货往，商贾辐辏，外来的应该也不少。可奇怪，平遥话，千百年来，一直保留特色，自成体系。与周边各地大为不同。但今天，平遥方言却正在飞速消亡。

仔细想想，语言其实是势利的，有所依凭的。你只要认真听听哪里人在张狂地使用方言，就会明白这个道理。改革开放初期，广东话风靡全国。若不是弹丸之地的香港，变成亚洲四小龙之一；若不是乘着开放的东风，广东成为先得风气之地；没有生猛的经济腾飞，何以会有一首首粤语歌曲传唱华夏大地？粤语之风头，一时无两。

你再看，大上海又一次崛起了，沪语风头正健。对外地人坚持说自己的方言，透出来的是对生我育我一方水土的骄傲。若没有繁荣的经济和地域的发达来撑腰，坚持说自己的家乡话就缺少了底气。普通话的推广，高歌猛进。最没有阻力的，恰恰是经济不发达，因而缺乏本地文化自信的地方。普通话，以北京话为标准音。想来，当初的北京话和普通话基本上是一致的。可实际上，骄傲的北京人，不断地杂糅满汉风俗、前清民国余韵，以首善之地的宏大气魄，硬生生地创造出一口京片子，作为北京的方言。所以，你千万不要以为北京话就是普通话。

语言的传承，也是顽强的、执拗的。学堂里不教，报章杂志不载，但在茶楼酒肆的闲聊中，家长里短的沟通里，满含长辈牵挂的絮叨声里，甚至是辛苦烦躁的父母对儿女的呵斥中，方言依然在不断地传承，倔强地生长。方言俚语是连接祖先和每一代新人之间的精神脐带，也是曾经共生一地之众，彼此相互认同的文化胎记。

说到底，语言终究还是有地位的。经济和文化不发达的地方，风俗文化难以对外输出。方言对外的影响力也更低，只有输入，几无输出。天津、西安、武汉、四川、河南……各个地方，都有人不仅始终坚持说自己的方言，还找寻一切机会，努力扩大乡音对外的影响。比较起来，山西人的努力与坚守，显然逊色。山西话的地位，和今天山西在全国的地位相称。

山西话被称为晋语，不只有山西人说，内蒙河套及周边地区、陕西北部、河北西部北部、河南北部，这些和山西比邻的地区都说晋语，与韩赵魏三家分晋之后胡服骑射的赵武灵王所控制所征伐的范围大体一致。晋语是和吴语、粤语、闽语、湘语、赣语、客家话、平话、徽语、官话平行并列的十大方言之一。十大方言区，除官话外，只有晋语区在北方。五胡乱华，衣冠南渡之后，南北朝对峙，北魏、辽、金，继而又有大一统的元、清两朝，中国北方断续被游牧民族统治的时间长达千年。民族大融合的漫长历程中，也许会有田园牧歌式的自然与欢洽，但更多的是统治与反抗、奴役与被奴役的血雨刀兵。胡马窥江去后，所遗者，岂止废池乔木？往事越千年，俱往矣！千秋功罪，或可付笑谈，中华大地各民族文化风俗相交相融并逐渐成为我们血脉的重要组成，早已成为客观存在的历史事实。战争与和平的交替更迭中，用夏变夷确乎为主流，但长江以北，历朝历代入主中原的游牧民族学习、使用和改造之后的北方官话渐次取代中原雅音之尊位，成为今天普通话的主要来源。胡说之言，渐成国语正韵。山西胡汉交融的历史更为久远。早在西周初年，叔虞封唐之时，“启以夏政，疆以戎索”即为治理邦国的基本方略。学会与戎狄相处，自古以来都是治理晋国的大政。古晋国只限于晋南一隅，直至西周末期，晋国公卿赵简子的家臣董安才开始在今天的太原一带据险筑城，因在晋水之阳，取名晋阳，为晋国边陲。整个山西的历史，就是一部民族交融的历史。至元末明末，山西因山河形胜，地理封闭，以及上天垂顾等因素，战乱相对较少。在天翻地覆，改朝换代的治乱兴替中，山西始终长盛不衰。许多远祖使用的词汇与音调得以在山西方言中留存至今。

晋语区内部，语音语调，遣词用字，区别很大，可谓十里不同音。现在，已然没有那么大的区别了。语言最重要的功用是交流。彼此沟通，再无障碍，是好事儿。但在各地的乡音里，在鲜活生动的表达中，所承载的特色地域文化，先人侔色揣称，体物缘情的智慧与情趣，还会一辈一辈地传承下去吗？平遥孩子的父母，学校的老师，要求孩子们说普通话，不遗余力。若不能改变目前的这种状况，估计用不了多少年，乡音难再。

山西话里保留了许多上古雅言、汉唐遗韵。平遥话，尤甚。

家　败

还有别的地方的人会像平遥人一样，对家道败落发出这么多感慨吗？家败，是平遥人说得最多的口头禅。话多的人每天要几十遍上百遍地说。不好了，遗憾了，错过了，都叫家败。和糟糕、哎呀一个意思，但平遥人只说家败。骂人也用这个词，小孩子骂家败孩儿，大人叫家败东西。和现在的年轻人，动不动就是一声“哇塞”“我靠”，或者从西洋回来的洋派的人，一激动就喊“卖糕的”，应该也是一个意思。

平遥人见过太多的家败了。陋室空堂，当年笏满床；衰草枯杨，曾为歌舞场。蛛丝儿结满雕梁，绿纱今又糊在篷窗上。说的也是家败。眼见他起高楼，眼见他宴宾客，眼见他楼塌了。也一样。可说是眼见，但一般人活个几十年，能见到两三起的家道败落，就算是有见识了。哪里能像平遥人一样，在这么短的时间里，不仅能见到成批成批的家败，还会有辛酸的切身感受呢？大家族是家败，遍布于城里、散落在乡村的一个个小家庭，何尝不是呢？

你去平遥城里看看，从西大街一直拐到南街上，高大宽敞的门面，一家挨一家，从事全国各地金银汇兑的票号总部有二十二家之多。为票号服务的钱庄、镖局、典当行遍布全城。本地产的颜料行销大江南北，总部在平遥。晋南的烟叶在平遥加工、批发。平遥产的漆器声名远播。还有车马行、木器行、绸缎铺、鞋店布店、戏院酒楼……你能想象，那是怎样的繁华，怎样的车水马龙。

清道光三年，全中国第一家票号——日昇昌票号，是西裕成颜料庄改的。后来的蔚字五联号原本是绸缎庄。太原的华泰厚，现在还在呢，百年老店。从店名上看，就和平遥的蔚泰厚有所关联。谁能知道，平遥城的风光，有多少年了？

清末至民初，一家接一家，前后只有十几年，全倒了。店铺倒闭，关门了。财东破产，负债累累，家道自然败落。其他股东，还有从掌柜的到大小伙计，哪个人身后不是背着一大家子呢？多少年了，从学徒到小伙计，再熬成大伙计，即便成不了掌柜的，但只要能熬到有身股，就算有出息了，还是大出息，背后的一大家子就都有指望了。可一下子全没了。巍峨的铺面还在，但也只有破败的房子，和落魄的平遥人一起追忆往昔的荣光。要说房子也是有灵性的，风光的时候，和败落的时候，看上去大不相同。

一时间，家败这个词，从多少平遥人口里哕出来。哕，念yue。《正字通》说：“有物无声曰吐；有声无物曰哕；有声有物曰呕。”《正字通》成书于明朝末年，是后来编撰《康熙字典》的主要依据，收入大量的俗字异体。从口而出的一个动作，区分得如此清晰明了。现在的人早没有那么多烦琐的讲究了，别说唠字，就是呕，都不怎么用。不管有声无声、有物无物，只说吐。你要知道，吐出来的，可不仅仅是感叹，也不只是心酸、惋惜，更多的是为今后生计的忧烦。

刘元四岁的时候，家就开始败了。

刘元爹是城里百川通的伙计，是已经熬成了有顶身股的大伙计。为了这一天，从刘元的爷爷辈儿就开始努力了。先得有点积蓄，从小就要让孩子读书。开蒙，读《三字经》《百家姓》《千字文》《幼学琼林》，就得好几年。然后，再读《论语》《上孟》《下孟》。倒不为科举，村里人家，没有那些不切实际的想法。可总得让孩子十三四岁的时候，能写出一笔好字，打得了算盘，看得懂账本，算得了账，才能送去票号当学徒。写不好字打不好算盘的孩子，只能是粗使伙计，一辈子也熬不到身股。写字打算盘是童子功，没有五六年的时间练不成。光是写字打算盘也不够。要想在票号里混出个出息，将来是免不了要陪客户的。票号里的客户，当然是啥样的都有，但最重要的客户一定是做官的、做大生意的人。大客户基本上都是读过书的人。将来，人家说起个书本里的典故来，必须能就着来言，说得上去语。读书，得花钱吧？还不光是钱的事情，想进票号，尤其是大票号，往上数三代不能有劣迹。从爷爷辈儿开始，就都得是正经营生。不赌，不嫖，更不能抽大烟，还不能欠别人钱不还。

就算是这些条件都具备了，能不能进票号，还得看机缘。进号，得有两个保人。一个是十里八村德高望重的长者、财东。这个容易，乡里乡亲的，谁家也知道谁家，看看孩子的长相，看看孩子写的字算的账，只要孩子聪明伶俐，都乐意帮忙的。而且看得远了，说不定这也是一份机缘。十几年几十年后，被保的孩子出息了，不会忘记保人的。最不济，只要保成了，年节下，孩子的父母都要谢保人的。谢保人，不能敷衍。若保人不满意，到处瞎嚷嚷，不只是败坏名声，更会影响到孩子在号里的成就。

另一个保人必须是号里的股东和掌柜，最起码也得是有顶身股的大伙计。大股东、大掌柜是不会保外人的，自家的子弟还顾不过来呢。小股东小掌柜，有身股的大伙计，可以去找。可是这些人作保，是有人数限制的。不同的票号，规矩不一样，或是三年保一个，或是总数有限制。想进票号的孩子多了，总不能临时抱佛脚吧？所以，孩子一开蒙，大人就得踅摸保人了。即使进不了票号，其他大买卖的铺子里也是需要保人的。找好了，逢年过节，逢喜遇丧，就要走动的，又是一笔不小的开销。越是有身份的保人，看不上这些仨瓜俩枣。可人家看不上，有想法的却不能不上心。这是礼，是面子，更是和名声连在一起的。

终于，刘元的爹进了百川通，大票号。三年学徒也熬过来了。三年里，啥本事也学不下，就是伺候人。伺候不好，还要挨打。号里说，这叫考察心性。要伺候号里的掌柜、大小伙计，还有从外地回总号的分庄掌柜，进进出出的客商。学徒是最难熬的，是号里起得最早的人，天不亮就得下地，生火做饭，洒扫庭除，把号里几十个人的尿盆子倒掉，刷洗干净。白天，有客人的时候，迎来送往，端茶倒水，察言观色，笑脸相迎。没有客人上门，就在号门口杵着，一天也不得闲。还得站有站相，坐有坐姿。站不躬身，坐不压腿。茶壶、酒壶、水烟壶、喷壶、夜壶，称为五壶；笤帚、掸子、毛巾、抹布，是四把。五壶四把，日不离手。吃饭是最晚的，只能吃客人和掌柜们剩下的残羹冷炙，剩饭剩菜。晚上，上好门板，学徒结束的小伙计开始跟着师傅学生意，抄写账本、往来信函。学徒的还要在屋子外面伺候着。总要等到全号的人都睡下，才能轮着学徒的进屋子，练字练打算盘。再累再困，也得练。要不然，干啥来了？也不只是自己练，谁知道号里有多少双眼看着呢？三年期满，未必学徒生涯就能结束，得有人看上，正式拜了师傅，才有资格换下短打扮，穿上长袍，跟着师傅做小伙计。

只能是师傅挑徒弟，徒弟是不能选师傅的。每年腊月二十三，封账，总号里的忙碌才正式开始。各地分号的账本都回来了，年终大盘点，结算盈亏，连着好几天通宵达旦地忙。总要在年三十前，把全年的总利润算清楚。遇上三年一次的分红账期，还要给大小股东们准备好分红。股东们分完红，高高兴兴地回家过年。然后，三掌柜宣布新晋顶身股的名单，就会有小伙计熬成大伙计。下一个账期，便格外地企盼了。最后，是各掌柜的和大伙计，从期满的学徒里挑徒弟。被挑中的，给师傅磕了头、敬了茶，学徒生涯才算结束。

学徒结束，成了小伙计就有了年俸。虽然不多，但毕竟算熬出来了，有收入了。号里生意好的时候，往往给新晋的小伙计预支一年或半年的收入，放几天假。这是学徒以来第一次有假。拿上钱，回家过年，看望爹娘，用自个儿挣的钱去看保人。

第一次以自己的名义谢保人，礼得重些。

学徒是难熬，但好歹有个期限。不是特别笨的，三年熬不出来，第四年，第五年，总该差不多了。熬不出学徒，直接回家的毕竟是少数，除非是太好吃懒做，或擎下啥大乱子的。做学徒的，能擎下啥大乱子呢？平常人家的孩子，也没资格好吃懒做。可是做起小伙计来，那就不知道是多少年月了。光凭自己努力还不够，还得看师傅的出息。师傅要熬不出个样子来，一辈子做小伙计的有的是。女怕嫁错郎，男怕跟错人。这是多少人，经历多少事，才总结出的经验教训。大小伙计的说法，只是个统称。账房里誊抄账本的叫帮账；信房誊抄来往信函的叫帮信；跟着师傅站柜台的叫帮柜；跟着跑街催账的叫帮催。这些都是小伙计。帮上好些年，能独立做事了，变成正式的账房、信房、柜房、跑街，也还是小伙计，只是年俸高一些。只有那些独掌一方事务，负责指派具体业务的，或者远赴各地分号任掌柜的，才算是大伙计。只有大伙计才会有顶身股，从半厘开始，慢慢往上加。若是祖坟冒青烟，真能熬成总号里的掌柜，那就不是几厘几分地涨了，东家会成股成股地送。生意红火的时候，一个账期的分红，每股会有成千成万两银子的收益。当上管事儿的大伙计，不光是有顶身股，称呼也不一样了。账期分红的时候，二掌柜大声念，伙友张三，身股两厘五；伙友李四，身股六厘；伙友王五，身股一分两厘……念的是啥？是白花花的银子，也是面子，更是希望，是身背后一大家子的希望。身股，也叫顶身股，俗称顶生意，以身顶生意。能领一辈子，即使是老了，干不动回家了，只要有一口气在，分红就分毫不少。甚至，讲究些的大票号，伙友去世，还可以再领故身股。或者多拿一个账期的分红，或者接下来的两三个账期里，股份逐渐消减。

刘元的爹运气好，跟的师傅有出息，也就七八年的时间，师傅升成分号掌柜。刘元的爹跟着师傅，山东、江苏、汉口各分号转一圈儿，师傅从三掌柜变成大掌柜，而且是汉口，大码头大分号的大掌柜。刘元的爹也变成有顶身股的大伙计了。才二十多岁，顶身股的分红，再加上做伙计的年俸，一年总有几十两银子的进项。总算是彻底熬出来了，家里新房也盖了，媳妇也娶了。可没几年，大清国完蛋了，汉口的分号被义军没收。尽管腾挪辗转，勉力维持，百川通还是和平遥其他的票号一起，倒闭关门。刘元的爹好歹算捡了条命回来，可家也就开始败了。

小门小户的人家，败落是有个过程的。不像那些大财东，字号儿一倒，资不抵债，官府抄家，没收房产。高高在上，穿金戴银的一家老小，转眼间就流落街头。大票号歇业，平遥人见得多了，没啥稀奇，隔个几十年，就会遇到。票号里的掌柜，有头脸的大伙计，再换一家就是了。虽然熬出来的身股没了，但去别的票号、钱庄，或是其他的铺子里找份营生还是容易的。可是，民国初期，平遥城倒闭的票号跟往昔大不相同，不是一家两家倒了，西大街、南大街上，一家挨一家，接连倒闭。受票号连累，其他的铺子也是纷纷歇业关门。别说是铺子了，就是过日子的人家，也是要把手里的钱都存进票号钱庄里。不用担心丢，还可以生息吃利钱。整锭的银子存票号，利息高。杂色散碎银两，或各种铜钱，存钱庄。铜钱，平遥人叫现成钱儿。

钱，念 jie。日常用度不需要银子，现成钱儿就很方便。再小的门面，甚至只是一个小摊子，十天半个月的流水，收不下啥银子，但现成钱儿，绳穿筐载。攒够一定数量，直接存钱庄。急用的时候，取铜钱，换银子，都可以。数额大些，都不用取现钱，票号钱庄的银票就可以流通。票号钱庄一倒，全没了。往日的风光，变成一片萧条。平遥城的好风水没了。家败！

刘元的爹回到村子里，好歹还有些积蓄，还有置下的十几亩田地。在刘元小的时候，还能供起刘元上学。起先是上私塾，花的钱多些。十岁多的时候，大些的村子有官府办起的学堂，花费少一些。尽管家里的生计一年难似一年，刘元的爹还是坚持让刘元上完高小。还思谋着上中学的时候，刘元的爹却病了。看医生，吃药，两年多下来，刘元的爹还是拉着儿子的手，一脸不甘心地咽气了。刚刚办完爹的后事，刘元的娘又不行了，走得比爹还快。刘元的爷爷奶奶也相继故去。刘元十五岁的时候，家彻底败了。爹娘都没了，刘元变成了孤儿。

地 儿

平遥话里，儿化音特别多。但和京味儿的儿化音不同，发音比较重，不是发“儿”的音，是“日”。猫儿、狗儿、马儿、驴儿、雀儿，都是发日的音，而且重音在后。可唯独能种庄稼的地，平遥人叫地儿，是比较标准的儿化音。地儿，地儿，叫起来，不仅有无限的亲昵，还有自豪与希冀。

不是所有的地都能叫地儿。只有能种庄稼的耕地和埋先人的坟地，才叫地儿。平遥人不睡床，睡炕。早晨醒来，当然不叫起床，也不叫起炕或者下炕，叫下地。下，念 ha，四声，很重的音。爆破式发音，迅疾短促，一发即收，为古入声字。保留古汉语入声字，是晋语区别于官话并成为汉语十大方言之一的主要特征。这个地的后面，永远不跟儿。下地，还是下地儿，平遥人分得很清楚。甚至走在路上，站在院子里，脚下的也不叫地儿，经常连地也不叫，只说是脚底。脚，念 jue。清明节、中元节、寒衣节和亲人的忌日，上坟，做贡献，叫去地儿。下地儿，还是去地儿，平遥人也分得很清楚。

下地儿，到地儿，侍弄庄稼，不叫干活儿，叫动荡。有人以为应写作动弹。《说文解字》云:“弹，行丸也。”无论用作名词动词，念dan，还是念tan，都与弹弓有关。而荡，本为水名，引申为摇动、摆动、震动、碰撞、放纵、平坦等意。《荡》，为《诗经·大雅·荡之什》的第一首:“荡荡上帝，下民之辟。”为广阔、浩荡之意。《礼记·乐记》云:“地气上齐，天气下降，阴阳相摩，天地相荡。”为互动、激荡之意，与古时文人常说的波心荡、豪情荡、余心荡之意相同。平遥土话里，动荡有两层意思。一层就是动。南同蒲铁路刚通车的时候，天天有人跑去看火车。火车一开，大呼小叫，快，快看，火车动荡起来了。另一层意思是下力气干活儿。本专指干农活儿，引申开来，木匠做木活儿，泥瓦匠盖房子，烧窑挖炭，赶牲口拉车，也都叫动荡。动荡的人叫下苦人。动荡都是正经事，有意义的事，当然要下苦，下苦功动荡，才能有收获，有成就。

刘元的爹只做了几年有身股的大伙计，只赶上两三次账期分红，没来得及攒下多少积蓄。盖房子，花了一大笔，剩下的，全存在票号里。票号一倒，全没了。接连看病治病办丧事，家里置下的地儿，只剩六亩。

刘元的爹有兄弟四人，刘元爹排行老三。念书，进票号，是刘元的爷爷和其他叔伯起早贪黑、没日没夜下苦动荡的结果。用挣回来的银子盖的房子，当然是属于大家的。刘元爷爷奶奶走了以后，分家的时候，两个大爷都说，刘元爹早就有过话，只要两间厢房。六亩地儿，两间房，还有房前屋后的八棵枣树里，有两棵是属于刘元的。这就是刘元成了孤儿时候的全部身家。再有，就只剩家里最后的两三块大洋和娘陪嫁的一对银手镯。娘说，手镯要留给未来的儿媳妇。

里村，在平遥城北，都是平川，是好地儿。孤身一人，若是风调雨顺，动荡的时候能下苦，养活自己，还是能做到的。可刘元却不停地念私塾，念高小，一手字倒是写得不错，算盘也打得好，却根本不是受苦人。地儿里的农活，不是做不好，而是根本就不会。若是家里有个十几二十几亩田，租出去，可以做个小地主，发不了财，温饱是不愁的。只有六亩，租出去，就不够活了。而且念了这么多年书，心早念野了。爹在的时候，对刘元的希望，从不是一个好的下苦人，而是要努力去做掌柜的。就算是票号不行了，还有钱庄，各种店铺。爹是走南闯北见过大世面的，汉口的大洋行，那可是比平遥票号鼎盛的时候还要风光。

刘元念书一直很用功。在私塾里，赵钱孙李，周吴郑王，别的孩子念：赵钱孙李，跌进冻璃，几时出来，过了年春起。冻璃是平遥话，就是冰。念三字经，也念成："人之初，性本善。莜面栲栳栳，蘸上醋，先生吃，学生看，看得哈喇子，流成串。"刘元从来不和这些捣蛋孩子瞎起哄。回到村子里的爹，和以往走南闯北的精气神大不相同。刘元虽然小，但发誓，心里发誓，要像以前的爹一样，到外面去见大世面。甚至要念好书，不只是当掌柜的，还要做大事。就像私塾的先生给起的字一样，三捷，刘三捷，科举考试，连中三捷。民国了，科举虽然废了，但念好书，也一定会有大出息的。只可惜，现在，书也念不成了。

刘元狠狠心，咬咬牙，把娘留下的镯子埋在自己厢房隐秘的地方。把两间厢房和名下的枣树托付给四佬一家。四佬，是四叔的意思。平遥人不叫叔叔，叫佬佬。六亩地儿，叔伯三家，一家两亩分着种。自家人不用算那么细，地儿里的收成五五开。或给粮，或折钱，看刘元日后的需要。刘元记得，爹在的时候，不停地念叨，是带着全家的希望进的票号。票号倒了，总觉着对不起一大家子。虽然分了家，但打断骨头连着筋，还是最亲的人。刘元爹妈的后事，也全靠爹的三个亲兄弟，奔走张罗。尤其是四佬，和刘元爹的年龄最接近，最亲，对刘元的照顾也最多。四佬、四婶和堂弟刘魁，是刘元最亲的亲人。

刘元用一根扁担担着铺盖卷儿，几件换洗的衣服，十几本书，自己念的，和爹留下的书，独自一人，进了平遥城。

四佬和四婶，带着儿子，把刘元送到村外的大路上。四婶抹了把泪，用手把刘元身上的衣服整了又整，不停地念叨，进了城，不比在家里，要照顾好自己。在外面，要有眼色，挨打的时候要忍。实在是待不下去了，就回来……

刘元想，走出这一步，就不可能再回来了。再回来，一定是当祖爷的时候。

祖 爷

祖爷，字面意思，是祖宗爷爷。平遥人嘴里的祖爷，却往往是自称。祖，念 zou，和走路的“走”一个音。当然是乡间的粗口，特别是跟别人说起来，祖爷我，你祖爷。给别人当祖宗爷爷，很不礼貌。就像外地人，抡胳膊挽袖子的时候，嘴里一口一个你老子我，老子长，老子短，一个道理。平遥人，气魄大，究竟是曾经把生意做遍天下，不稀罕给别人当老子。要当，就当祖爷。

平遥人喜欢自称祖爷，应该还有一层意思在里边，特别是平常人家有志气的孩子，要发誓为以后儿孙，做一支一脉的祖宗。刘元决定进城的时候，脑子里就有这样的想法。

里村人几乎全姓刘。外姓人家只有三两户。刘元一家不是大宗，只是支脉。家里的祖坟，在老祖坟的边上。刘元爹死了，只能先寄埋到别处。死的日子不对，老祖坟里动土，必须是清明前后。死的顺序也不对，刘元的爷爷还在呢。等刘元的爷爷也没了，寒食节的时候倒是可以埋进祖坟里，但也只能是埋在老祖坟里的最边边，没有几步就是大路。祖坟里的位置，也是要讲尊卑顺序的，刘元爹兄弟有四人，在爷爷坟地的后面，还要先空出两个位置来，那就到了路边了。人来人往的，死了以后也不得安宁。

按风俗，祖坟里挤不下，可以另开祖坟。在自家的地儿里，请阴阳先生选个好位置和朝向，先单置起一座坟，立碑。后辈儿孙的墓子，或按凤凰展翅，或按雁行序列，在后面一排一排地排列。爹刚死的时候，刘元就想把爹埋进自家的地儿里。一个小坟头，占不了多少地方的，既远离了路边的嘈杂，还省得来回迁坟的麻烦。央及两个大爷领着，去和村里大宗的老人商量。大宗里管事的是六爷。六爷年龄大，家里的地儿多，房子也是村里最气派的，可其实辈分却并不高，只是立字辈儿，比刘元还小一辈。这很正常的，越是大宗，越是殷实人家，娶媳妇生娃越早，几辈儿传下来，辈分就靠后了。辈分低，不影响六爷说了算。六爷说，另立祖坟，是立祖，是要给后辈儿孙当祖爷，有成就的人才有资格。刘元的爹在村子里算不上是啥有成就的人。何况才四十出头，年不过半百，算早殇，是没有资格当祖爷的。

这是刘元第一次知道，祖爷这个词不只是骂人的话，不只是要给别人当祖宗爷爷，还有要立祖，给自己的后辈儿孙当祖爷的意思。刘元想大概这才是祖爷这个词儿原本的意思。祖，《说文解字》云：“始庙也。”刘元的理解大体是正确的。普通人，不可能建庙，坟前立个碑应该是祖爷的标志。

从六爷家的两进院子里出来，刘元一句话都没有，但心里有。别看只有十五岁，毕竟是念过书的人，毕竟有一个见过大世面的爹，刘元有野心。从这一天开始，刘元就告诉自己，要当祖爷，真正的祖爷。不然，爹已经要埋到路边了，自己死了，往哪里埋呢？

想当祖爷，守着家里的六亩地儿当然是不行的。就是再租别人的地种，也不行。面朝黄土背朝天的庄稼汉，只是个下苦人，有什么资格当祖爷呢？必须进城去。刘元记得，爹拽过一句文辞儿："城者，成也。"

城阂里

阂里，是里面的意思。平遥人把里念成“垒”。房子阂里，箱子阂里，袋子阂里，都行的。和阂里对应的是外头。头，念成“斗”。两进的院子，里面的叫阂里院儿，外边的当然叫外头院儿。若是写成核垒，应该也没问题。核，内也，中心也。垒是墙壁，是建筑。建筑的中心，当然是里面。但若是和城连在一起，还是写作阂里，似乎更恰切一些。最大的阂里应该就是城阂里，没听说谁会说省阂里，华北阂里，中国阂里的。阂，《说文解字》云：“外闭也。”本来就是向外面关门的意思。能把纷纷扰扰，都闭在外面，最大的地方当然是城了。倒是有国门这个词，比喻而已。就算是改革开放了好多年的今天，国力强盛了，在好多口岸，建起阔大的国门，也就是个样子，象征意义大于实际意义，总不能再用城墙把整个国家都围起来吧？而所谓城池，却是真的要用高大坚实的城墙，把一池子过日子的人家都围起来。

平遥城，东西各有上下两门，南北各一，像一个乌龟。县域地势，东南高，西北低，汾河从北面、西面流过。龟状的城池，头向南，尾朝北，离水上山的架势。前进的方向，直冲北面丘陵上的神池。北门凸出城外的瓮城是龟尾巴，向东偏。据说是怕乌龟跑掉，下东门的瓮城是左后腿，用九眼桥拴住，钉在距离城东十六里地，冀郭村慈相寺的麓台塔上。也有人直接把塔叫成冀郭塔。在河道上架桥，往往选择河面最窄处，桥垂直于河面。两点之间，直线最短，最节省架桥的材料。平遥的九眼桥，却斜穿过惠济河，与远处的冀郭塔成一条直线。九个桥拱为九连环的锁链。即使乌龟能回过头来，再锐利的牙齿，对桥拱形成的锁链，也无可奈何。正上山的乌龟，受了惊吓，尾巴左偏，脑袋缩回。是建城的时候就这样设想，还是城建好后的附会？说不清楚。南门的瓮城，只有南门的瓮城，是凹回来的。瓮城里左右各有一眼井，说是乌龟的双眼。下东门的两道城门，成一条直线。九眼桥拴住，左后腿被拉成直线。其他瓮城的两道城门都是错开的。哦！对了，南城的两个城门也是一条直线，缩回肚子里的脑袋，当然也是直的。

城里的街道也是龟纹样排列。从上东门进城，往北走不了几步是城隍庙街。街上不只有城隍庙，还有文庙、财神庙、灶君庙。早先还有一座太子庙，传说是唐朝的太子流落到平遥，后来成仙得道。都是住在平遥城神仙待的地方。城隍庙街往西，穿过鸡市口是衙门街。不用问，一街高大森严的宅院，住的都是当官儿的，有势力的人家。鸡市口，本应叫集市口。

连接下西门的是西大街。街上都是大铺面，大买卖的铺面。西街重商。下东门进来是东大街，尽是加工作坊。东街重工。西街和东街交连的地方叫大十字儿。往南是南大街，往北是稍窄一些的银鹅巷。北街也是大街，四大街之一。从大十字儿往西，走百八十步，路过好多个商号的大门面，往北拐，才是北大街。传说是乌龟城被锁链拴住，身体扭动，南街和北街才错开的。

从大十字儿往南，穿过城隍庙街与衙门街相交的鸡市口，再往南，一直到南门，是南街。叫南大街也行，是城里最长的街道。现在叫明清一条街，不仅俗气，还破坏了平遥城东南西北四大街完整的名称。中间有市楼跨街而立，是城里最高的建筑，现在还是。路从楼下穿过。南街是百姓过日子的地方，一路上东西两边，一家挨一家都是店铺。但和西街上那些做大买卖的店铺不同，南街上的铺子里，卖的都是平常人家过日子需要的东西。南街算是乌龟城的脊梁骨。西街和东街比较长，是底横；城隍庙街和衙门街较短，是上横；再加上从大十字儿到南门的南大街，是一竖，正好构成个土字。懂风水的人说，平遥城之所以富足，全因这个土字。土生金，坐土生金。

风水这些东西，刘元从来不信，年龄大了以后也不信。说平遥城富足，全靠这个土字，可这个土字还在，平遥城为啥就不行了呢？后来又有人说，平遥城的风水，全是让南同蒲铁路弄坏的。你想，平遥是乌龟城，乌龟从汾河里爬出来上山。原先更是从一个叫作昭馀祁的大湖里爬出来。《尔雅·释地》曰："天下十薮。"《吕氏春秋》《淮南子》称九薮。《汉书·地理志》改称九泽。昭馀祁均名列其间，是水草丰茂的大湖泊，大沼泽。离平遥城最近的城是祁县城，平遥城东北方向。古称昭馀，因昭馀祁泽薮而得名。平遥城离不了水，大乌龟，需要大水域。

南门外有条柳根河。龟前戏水，也是吉兆。但那么小的河，怎么可能养活这么大的龟呢？在小河小汊里戏耍一番后，还是要回归大河大湖。可是南同蒲铁路一修，正好挡在了乌龟和汾河之间，还有比这更家败的事情吗？乌龟回不到水里，风水全坏了。纯属胡说八道。刘元知道，南同蒲铁路通车前好多年，平遥城就败了。

平遥城的讲究可大了。据说早先周遭九里十八步，明洪武三年扩为今天的模样。城墙上有垛口三千，建敌楼七十一座，再加上东南角单独的一座魁星楼，寓意为孔夫子三千弟子，七十二贤人。城里有四大街，八小街，七十二条蚰蜒巷。巷，念 huo，平遥人不说胡同，只说巷巷，或者巷儿。这些大家都知道。可为啥？出北门的村子，叫南正村；南门外，是北干仟村；西门外，东姚村；东门外，西郭村。这就一人一个说法，掰扯不清了。现在，北门外的南正村变成平遥第一大村，东面的西郭村和西面的东姚村也还在，但村子的由来早已湮没在历史的洪流中。你要是去平遥问，即使上了岁数的人，恐怕也说不清为啥城外东南西北四个方向，曾经有名字含西北东南的四个村子。

清康熙年间，《平遥县志》载，城墙周围十二里八分四厘，崇三丈二尺，壕深广各一丈。门六座，东西各二，南北各一。崇，高的意思。三丈二尺，和今天一样高。城墙各门均有雅称。上东门叫太和门；上西门，永定门；下东门，亲翰门；下西门，凤仪门；南门叫迎薰门；北门叫拱极门。壕，指护城河，早没了。倒是近些年，发展旅游业，又新挖了些。一般的小县城，比不了太原府、西安府、保定府那些大城，更比不了天子脚下的京师，城墙不用砖砌，只用夯土。所以一九四九年新中国成立后，拆城墙很容易。平遥的城墙却因平遥早已富甲天下，明万历年间即用砖石包城。比不了长城和北京的城墙，里外两边都是砖砌，平遥城墙只有外面包裹砖石。但墙顶、出水道、斜坡马道、城门内墙、城门楼，还有墙上的敌楼，都是砖石建筑。历朝历代均有修葺加固，直到民国二十六年，还拆毁箭楼改筑炮楼，抗击日寇。日军攻城用大炮轰击，只在东面的城墙上留下几处浅浅的疤痕，人们现在来平遥还可以看到。平遥城墙结实，不好拆。新中国的县政府动员人力物力拆了几次，也没拆了多少。一九六五年，平遥城墙被定为文物，错过了拆城墙的最好时机，不但不让拆，还要保护。终于改革开放了，有钱有能力了，平遥县政府下了很大的决心，即使不能全拆，也要扒开些大口子。结果又被一个上海多管闲事的教授给拦住了。幸亏没拆了，现在平遥的经济几乎全靠旅游业支撑，若是当年拆了，现在岂不是还得重建？别的地方，前些年拆城墙、拆古建筑，现在又重修重建，多的是。拆了，建；建好了，再拆。有人说中国的英文名字就叫“拆呐”。折腾来折腾去，故乡的风物，就只剩回忆，还残留在游子的记忆深处了。而一城的平遥人，却至今还可以享受着祖先的恩荫。

刘元进城，是要投靠爹在汉口时的伙友杨掌柜。爹的丧事，杨掌柜来过。上了香，鞠过躬，对刘元说，不要在村里了，进城去，找他。

杨掌柜叫杨汝霖，曹村人，比刘元爹大好几岁。刘元爹在汉口跟着当大掌柜的师傅做伙计的时候，杨掌柜是三掌柜。汉口分号被没收，杨掌柜和刘元的爹几乎是一路逃难，才回到平遥。俩人交情很深，这么多年一直没有断了来往。刘元爹回到平遥，后又回到村里。杨掌柜辗转去了北京。直到前两年，平遥城好像终于从票号倒闭的萧条中恢复过些气色来，杨掌柜才又回到平遥。联络以前的生意伙伴、同仁、伙友，又办起一个钱庄来，招牌叫再兴，从事小额借贷生意，还是老本行。

富裕了几百年的平遥城，要彻底败落，也没有那么容易的。再烂的船，也还有几斤铁钉呢，何况是平遥这条曾经走南闯北的大船。平遥的商道历来主张和气生财，平遥的商人也永远是小心翼翼、谨小慎微的样子。士农工商，商是末流。发了财的商人，总要想办法花钱捐个官身。图的是行走在外多点方便而已，没有谁会当真的。商人毕竟是商人，不安稳的。远了，有明朝的沈万山。人家那是多大的买卖，惹恼了皇帝，掉脑袋，不就是眨眼间的事情吗？其实，沈万山，一个商人，哪里敢惹皇上呢？平遥的商人听鼓书的时候，心里都明白，肯定是皇帝佬儿眼红了，杀人，抄家，还有比这更便宜的事儿吗？平遥鼓书，也叫弦子书，是当地的曲艺。说书的都是瞎子，人数可多可少，浑身绑满乐器，边说边唱，再加演奏。乡间曲艺，难登大雅之堂，但妙在插科打诨，形式自由，长短随意。说古道今，内容丰富。瞎，念 he。听瞎子说书，是三教九流最日常的消遣。近了，有本地的侯殿元。侯殿元是大票号——全国第一家大票号日昇昌后来的大掌柜。生意做大了，张狂了，忘了自己是谁了，几次三番逼迫票号里的所有东家，把自己一人的身股提高至总股本的四成。挥金如土，花天酒地，绫罗绸缎，奴仆成群，极尽奢华。还在平遥城里修下七间七檩的楼房院。仗着花钱捐来的虚衔，蔑视手握实权的七品县令，惹上官司，被县太爷寻个由头，罪加一等，僭越之罪。砍头，抄家。一个大家族，转眼间树倒猢狲散。等到平遥侯家子弟侯外庐成为学界大家，侯精一开创平遥方言和晋语研究，再一次光耀门楣时，那都是多少年以后的事情了。中国现代文学学科奠基人王瑶是平遥侯家的外甥。虽然学问做得好，学生弟子，传人无数，但既不是什么大官儿，也不是腰缠万贯造福家乡的巨贾，基本无人在意。侯家的大院子转来转去，分得七零八落。七间七檩的楼房还在，提醒后来者，千万得恪守商人的本分。

平遥商人的生意做大了，财不外露是做不到了。排场的门面、宅邸，讲究的穿着、吃喝，最过分的无非是多讨两个姨太太，不仅是人的食色本性，也代表着实力，也算是做生意的幌子。但狡兔三窟、鸡蛋不放到一个篮子里的道理还是懂得的。祖祖辈辈挣下的金子银子，总会东藏一些，西埋一些。民国年间，票号商铺倒闭的风潮过去，就不断有人小心翼翼地，悄悄地，取出些祖宗埋下的财宝。变现，过日子也好，做个小生意当本钱也罢，总会有些办法的。只能潦倒街头、穷途末路的毕竟也还是少数。再说了，票号虽然是全倒了，全国各地水陆码头的分号里，数以千计的分号掌柜、伙友和伙计，好多人并没有回来，留在当地。多年在商路上摸爬滚打，跌倒了，再爬起来，凭借的大多还是做生意的本事。有又做好了的，总不会忘了造福乡梓。颜料生产，烟叶加工，还有布业、木作……本地特产，推光漆器、平遥牛肉，行销各地。平遥还有再翻身的希望。

杨掌柜办再兴钱庄的时候，来里村找过刘元的爹，想拉着刘元爹一起干。可惜，刘元的爹正生着病。两年多，啥病也没弄清楚，人就没了。紧接着，又是刘元的娘生病。

刘元的娘告诉过刘元，当年刘元爹和杨掌柜从汉口跑回来，百川通虽然生意很不好了，但还是挣扎了好几年。那些年里，刘元爹和杨掌柜交情一直都很好。有了刘元的第二年，杨掌柜家也添了个闺女，俩人还约定要结娃娃亲。但刘元爹对刘元娘说，民国了，儿女的婚姻，不再是父母之命、媒妁之言了。而且杨掌柜的成就，原本就比刘元爹大得多，这些年差距更大了。娃娃亲，只能当戏言听了。

道　歇

再兴钱庄在东街上，离大十字儿不远，前后两进的院子。杨掌柜一家住阖里院儿。街上的门面和外头院儿是钱庄。钱庄规模不算大，四五个股东，按出资，各有不等的股份。杨掌柜是最大的股东，也是掌柜，天天在。其他股东不常来，都还有各自的生意要照料呢，有事情商量的时候才来。钱庄原本只有一个伙计，叫尹志明，小名二小，尹回村人，比刘元大几岁。加上刘元，也才两个伙计。

二小话多，是个会道歇的人。啥也说，啥时候也说。白天铺面里没什么人，可以说一整天。晚上和刘元住一个屋子，还是不停地说。也不知道他以前一个人当伙计的时候，说给谁听？也许是白天晚上都一个人，憋坏了。

道歇这个词，不只是平遥人说，太原人也说。是哪儿传到哪儿的，说不清楚，也没人会在意。但估计还是从平遥传到太原的可能更大些。平遥的票号店铺倒闭了以后，大批大批的平遥人涌进了太原府。拉洋车的，卖苦力的，做小买卖的，尽是平遥人。许多有平遥特色的词儿，开始在太原流传。比如，“杀割”。老人们说，杀割原本纯粹是平遥话，本是屠宰行里的话，杀骆驼杀牛，或者杀猪宰羊，不仅是要杀了，还得分割好。前腿儿，后坐儿，白条下水，都要分割得清清楚楚，利利索索。后来，东西卖得剩不下多少，便宜些，一下子都买走，叫杀割。饭吃饱了，看见锅里还剩一些，撑一撑全吃了，也叫杀割。

太原是大城市，人多，影响大，现在好多外地人都知道太原有道歇这个词儿。写成字，往往写作倒歇。音相同，但意思有点儿问题。倒，是躺倒、睡倒。平遥人太原人都说，跌倒了就睡，是休息的意思。和歇的意思一样。但道歇，主要是聊天儿说闲话，拉家常的意思。倒和歇，都没有这层意思。平遥人不只说道歇，有时候还会是叠音，说成道歇歇。若是倒歇歇，根本就没有说话的意思！写成捣楔也还勉强。捣，是用力击打。用力敲进个楔子，是捣楔，可以理解成插话的意思。在地儿里动荡得累了，彼此相遇，说一声歇歇吧，就可以互相道道苦，应该和道乏的意思差不多。要找人说话，总得在人家无正事忙碌的时候。歇的咧？是深入交流的前提。或者，他乡遇故人，攀上话头，丝丝缕缕，没完没了，自然而然，哪里需要用力捣呢？也许应该写成叨歇、叨闲。意思差不多，都是闲下来的时候，彼此絮叨。家长里短，天南海北，唠唠叨叨，和四川话里摆龙门阵的意思相同。

让刘元佩服的，不是二小会道歇，是知道得多。刘元刚进城，两眼一抹黑，啥也不知道。可二小知道，啥也知道，还爱说。二小说，打小就喜欢听人道歇，特别是喜欢听老人们道歇。再兴钱庄平素里根本就没啥上门的生意。每天早晨，吃罢早饭，摘下门板，里外打扫干净，整日价无所事事。杨掌柜在铺子里的时候，二小就去街上、饭铺子里、茶水摊上、戏园子门口，哪里人多就去哪里，啥也不做，就是听人道歇。现在好了，刘元来了，有伴儿了，终于可以把听变成说了。

二小最喜欢道歇的，是平遥城往昔的风光。日昇昌在哪儿？蔚字五联号是哪五家？日昇昌创业的时候，掌柜的是谁？大掌柜二掌柜三掌柜，分别叫啥？城阕里的谚语，是怎么夸赞日昇昌起家时候的三个掌柜？后来，大掌柜二掌柜又为什么结仇？大掌柜雷履泰的孙子，取了二掌柜的名儿；二掌柜毛鸿翙的孙子，又取了大掌柜的名儿。雷履泰、雷鸿翙、毛鸿翙、毛履泰，你说好笑不好笑？平遥城最风光的时候，大票号一家挨一家，你知道一共有多少家吗？……

还有，平遥城是怎么败落的。日昇昌是什么时候倒闭的？最后的大掌柜侯殿元究竟是摊上了什么官司？七间七檩的楼房为啥是僭越？侯家厉害的时候，你知道每顿饭上多少道菜吗？推翻满清，创立共和，各地票号的分号，连铺子带资产，都被独立后的各省督军没收。南北议和成功，平遥各票号联合，推举五人去北京，找袁世凯找段祺瑞找国民政府，讨还资财。你知道去北京的是哪五家的掌柜，哪五个人吗？你知道讨要的结果是什么吗？

呸！二小一口唾沫吐在地上，恶狠狠地说，一两银子没要回来不说，更家败的是五个掌柜的都被袁世凯弄进了刚刚成立的中国银行里。平遥城是赔了夫人又折兵。

二小不光说，还拉着刘元去看。去西街上看一家一家的门面，指指点点着告诉刘元，这里原来是哪家票号。跑去沙巷，一边看七间七檩是什么样子，一边不停口地各种感叹。

给刘元讲这些古，是杨掌柜吩咐的。杨掌柜告诉二小，把平遥城的情况，特别是生意场上的事情，给刘元好好道歇道歇。连这些事情都不清楚，以后还怎么在平遥的生意场上混呢？别看平遥城没有了往昔的风光，但城阂里人，还是很傲慢的，看不起城外头的人。二小告诉刘元，幸亏你们里村是城北的平川，城阂里人只说你们是村儿家，口音是一样的。只要你不说，行事做派留心着向城阂里人学，没人知道你是个村儿家。若是城南的山里，口音和城阂里稍有不同，一开口，就会知道你是个山佬儿。

两个伙计，一个愿意说，一个乐意听，挺好。

四　致

有这么个爱道歇的伙伴，没用多少时间，刘元就对平遥城很熟悉了。对再兴钱庄，对杨掌柜，对杨掌柜一家，也熟悉了。

杨掌柜一家，是四致人家。

四致，是典型的平遥话。平遥人还经常说成四四致致。还有别的地方这么说吗？四致，其实是句古语，先秦《鹖冠子·泰鸿》云：“按图正端，以至无极，两治四致。”若是硬要和今天的普通话套，大概是妥帖、妥当、仔细、讲究、体面的意思。鹖冠子既是人名，也是书名，道家经典。

住再兴钱庄阂里院儿的，只有杨掌柜一家五口人。杨掌柜和媳妇，俩闺女，大的叫桂馨儿，比刘元小一岁。刘元猜想，大概就是娘说的，要和自己结娃娃亲的那一位。小闺女莲馨儿，七岁。还有个小儿子，叫增禄儿，才三岁。

二小告诉刘元，杨掌柜还有两个儿子。老大叫天禄儿，在北京已经成家立业。老二叫满禄儿，在太原念完高中，在省城衙门里做事。老大、老二是杨掌柜头一个媳妇生的。头一个媳妇死了，杨掌柜现在的媳妇是续弦。

杨掌柜现在的媳妇姓李，达埔村人。达埔村李家可不得了。雷履泰、毛鸿翙、侯殿元这些传说中的大人物，就是再风光，也不过是个掌柜的。达埔李家，那可是日昇昌的东家。你就说服气不服气吧？当年，李家的香油，要用大瓮来装。虽说日昇昌倒了好多年了，虽说杨掌柜的媳妇也不算达埔李家的嫡脉，可瘦死的骆驼比马大，杨掌柜今天的生意，有一半儿要靠岳丈家支持。

再兴钱庄的股东里，两位姓李，都是达埔村的，都算是杨掌柜丈人家的舅爷。投资钱庄是合伙挣钱，可也是帮衬一下姐夫妹夫。

你知道杨掌柜为什么要出门吗？二小神秘地对刘元说，掌柜的是要去天津，去天津提货。东家不想再在这个小钱庄里小打小闹了，要办实业。去天津是要往回拉机器，外国的机器。我们再兴，马上就要开厂子了。

杨掌柜的媳妇看上去比杨掌柜小很多。杨掌柜四十多，不到五十，留着一撮山羊胡子，喜欢穿长袍，穿着倒是多会儿都齐齐整整的，可白头发不少，人又瘦，看上去总有五六十。杨掌柜的媳妇是小脚，终日在阕里院儿，别说是大街了，外头院儿都很少来。刘元和二小既是伙计，也算是杨掌柜的徒弟。二小的爹也不在了，以前也是百川通的伙友。二小告刘元，做徒弟的，伺候师傅，天经地义。师傅和师娘的夜壶，肯定是徒弟倒。可杨掌柜媳妇，却从来不用伙计倒夜壶。除了担水、拉炭、搬柴、倒灰渣这些力气活儿，后院儿厨房里的事，根本就不用伙计插手。就是阕里院儿都不用两个伙计去扫。

杨掌柜媳妇虽然不出门，但每天都要打扮得精精神神，头发抿得光溜溜的。自己的穿着，多会儿都是干干净净的，俩闺女也是。除了白天上茅子，要来外头院儿，几乎整日里都是在阂里院儿忙。不是做针线，就是系上围裙，忙着做饭。饭做好了，打发小闺女或儿子过来，喊俩伙计吃饭。杨掌柜不在家的时候，俩伙计的饭是拿到外头院吃，或者直接就是杨掌柜的小闺女送出来。吃完了，再把碗送进去。杨掌柜在家，俩伙计轮流到阂里院儿吃。外头有铺面呢，不能没人的。晚上上了门板也不行，还得有人看门、看院子呢。只有过年过节的时候，两个伙计才能一起进阂里院儿，和杨掌柜全家一起吃顿好的。

桂馨儿上高小，过了年就该毕业了。以前囡儿家是不上学的。女子无才便是德，女孩子家不需要能写会算，重要的是女红，是清白。讲究人家的小姐，裹了小脚，就要进绣楼，一直到出嫁的时候才能下楼。小门小户人家，虽说讲究不起，但给闺女缠了小脚，也要限制出门。所谓大门不出，二门不迈。这是女德，不讲究不行的。民国以后，特别是阎锡山阎督军掌管山西以后，要求所有的孩子都必须上学，女孩子也得上。刘元进城的时候，还禁止女孩子裹小脚。裹了的也必须放。放开了的小脚，还有个说法，叫解放脚。平遥是讲究的地方，特别是城阂里，像桂馨儿这么大的女孩子，几乎没有不裹脚的。放开，刚裹上没多久的还好，还能恢复。裹的时间长了，即使放开，走起路来，也还是一步三摇，颤颤巍巍。杨掌柜家的闺女，却从未缠过小脚，走路步态，稳健轻盈。莲馨儿还小，从阂里院儿到外头院儿，经常是跑。跑起来，脚下带风。

桂馨儿从来不跑。大闺女了，跑起来不稳重。上学堂去或者放学回来，进出大门，和二小刘元也不怎么说话，笑一笑，点点头，就算是打招呼了。桂馨儿长得白，眉清目秀，很好看，尤其笑起来的时候好看。在家的时候，除了在自己的房子里做学堂的功课，就是帮着妈妈干活儿。最多的是做各种针线活儿，日常的饭食，还有没完没了的洗洗涮涮。深秋时节，腌菜，大小几瓮子，都是母女两人做。腊月里，置办年货，蒸馍，做花馍，炸糕，做各种合碗子，也全是母女俩的事情。合碗子是扣碗儿菜，烧肉、肘子、糟肉切好，排骨、肉丸子摆放整齐，都码放在小碗里，蒸熟，晾凉了，肉和油就都凝固成一整块了。冬天，一摞一摞放在不生火的房间里。吃的时候，再蒸，趁热盖上盘子，猛地一翻个儿，把小碗揭起，盘子里的肉菜就很有卖相。好看，好吃，吃起来还方便。刘元和二小，进出阖里院儿，担水，倒恶水，挑柴担炭，倒灰渣的时候，都能看见，桂馨儿家里的事都会做。有小姐的气派，却又不像大家子的小姐那样，十指不沾阳春水。平遥人把污浊的水说成恶水，是一种古老的叫法。

因为有娃娃亲这档子缘由，刘元对桂馨儿格外关注，喜欢偷偷地看。二小也一样，总找机会，跟桂馨儿说上两句话。桂馨儿对二小，对刘元，都一样，能不说话的，就摇头点头。非说不可时，能说两个字，从不说三个字。桂馨儿在家的时候，阖里院儿有啥需要力气的活计，二小和刘元抢着去。

二小说，杨掌柜已经张罗着给大闺女说婆家了。这么好的小姐，不知道便宜了谁？咱俩，这辈子是没有这个命了。

刘元听着很难受。总在想，要是爹还在，娃娃亲也许还有点希望。要是爹不生病，说不定也会成为钱庄的股东。要是百川通不倒，要是……

刘元大了，开始想媳妇了。想起来就想得厉害，夜里睡觉都不安稳。刘元想，跟桂馨儿不可能了。就算以后真能有了出息，也来不及了。但夜里睡不着觉的时候，刘元想好了，以后找媳妇，一定要找桂馨儿这样四四致致的人。

事　务

快过年的时候，杨掌柜回来了。真的把机器拉回来了，没先拉回平遥来，存在太原正太火车站的仓库里。

火车，刘元没见过。上学的时候，听先生讲过，可是先生也没有见过。二小见过，还坐过。二小说，火车特别能拉，就一个火车头，拉十几节车厢，能装几百上千人。跑得还特别快，比马车快太多了，根本就不能比的。从太原府到河北正定，四百多里地，歇也不歇，一天一夜，就到了。说起火车来，二小眉飞色舞，激动得不行。

杨掌柜一回来，就不停地忙，过年也不得闲。天天有人来钱庄里商议事情，正月十五后，把在太原存放的机器拉回来，安装调试。最多一两个月，厂子就开起来了。

杨掌柜要开的是面粉厂。和以前的磨坊一样，但是用机器磨。可以购进原粮，用机器磨成粉，卖面粉。也可以招揽磨面的买卖，为别人磨面，收加工费。为了开厂子，又招了些股份。再兴钱庄出机器负责经营，是最大的股东，占六成。西壁景堡的梁掌柜出地方，占两成。米粮市街粮行的雷掌柜负责原粮收购和面粉销售，占一成。还有一成股，得拿出来，打点各方势力，做干股用。

一切都商量妥当。闹元宵的红火刚刚结束，正月十七，杨掌柜带着几个人，去太原。二小也跟着去了。正月二十回来。二小能道歇的话更多了。去的时候坐马车。天麻麻亮就上路，天黑了才到太原城外。回来的时候坐汽车。清早装车，走的时候都快到晌午了，可回到平遥城天还亮着。二小说，就是坐在汽车的后马槽里太冷，简直要冻杀人。汽车跑得太快，风大。

那，汽车比火车还快吗？刘元真是羡慕二小，有见识，忍不住插口问。

这怎么能比呢？火车是快，可火车是在铁轨上跑，没啥颠簸。汽车可是在普通的路上跑。再平展的电道，也会有些坑坑洼洼，坐半天，真是受罪，浑身都快颠散架了。二小这样说，可看他扬扬得意的样子，哪里像是受罪呢？刚有公路的时候叫电道，叫了时间不长。是说公路旁边有一路的电线杆吗？邮传局里的电报，就是通过一路一路的电线杆，四通八达，千里传讯，旦夕可至。还是说汽车在公路上跑，像电报一样快？二小也说不清。刘元更是啥也不知道。汽车刘元第一次见。后来把公路叫成汽路，就是现在，老人们还这样说。

杨掌柜把二小调派去面粉厂，要住到厂子里。刘元陪着二小搬铺盖的时候去厂子里看过。厂子在西壁景堡街，不远。从再兴钱庄出来，顺着东街，走东西沙园街都行，再从火神庙街拐到真武庙街，再往前走几步就到。壁景堡本应叫北京堡。平遥话里，北，念 bie。墙壁的壁，也念 bie。北京早改名儿叫北平了，但上了年纪的人，还是北京北京地说，改不了口。早年间，这里都是颜料行。在北京卖颜料的人发达了，回平遥建起壁景堡。城里建堡，简直是城中之城。可惜败落了。完整的壁景堡，只剩下东、中、西三条壁景堡街，依稀可以凭借三条街想象昔日的风光。但主要的房子还很结实，规划也齐整，后来一直做监狱用。山西省少年犯管教所，平遥人说少管所，就一直占用壁景堡的房子。改革开放以后，才开始拆平房，盖楼房。地名都变了，少管所东，少管所西。旅游业兴盛起来，少管所迁出城去，三条壁景堡街才又恢复了原来的名字。

安装、调试机器的师傅到了，指挥着大家忙碌了几天，机器都安装好。不是一台机器，有好多台，有煤气机、发电机、电动机、磨面机，还有个大东西，叫变压器。不同的机器放在不同的房子里，用电线和宽皮带把各种机器连起来。用皮带连的，在墙上掏个洞。用电线连接的，洞也不用掏，走屋外，房檐下就可以。合上闸，机器轰隆隆地响，把麦子、小米、糜子、豆子、套黍、玉套黍倒进料斗里，出来的就是各种面粉。小麦是细粮，金贵，平素里是吃不起的，磨成面，叫白面，好面。平遥人把高粱叫套黍，也许叫稻黍，但发音是套的音。玉茭叫玉套黍。磨成粉叫套黍面、玉套黍面。套黍、玉套黍虽是粗粮，但产量高，是主食。套黍、玉套黍不仅能吃，用处太多了，谁家也离不了的。玉套黍秆子叶子喂牲口。套黍秆可以做席子搭架子扎篱笆做箅子；套黍穗儿扎大小笤帚；磨完套黍面的糁子做醋离不了；就是扎进土里的根须，家家户户都当柴烧。柴，念sai。平遥人说的砍柴，除了东南方向的山地丘陵，专指在种过套黍的地儿里刨套黍根。

所有的机器都是德国货，最大的机器是煤气机，烧炭。机器开动的时候，二小和另一个伙计，轮流不停地添炭。机器开起来，声音很大，说话时，凑到耳朵跟前儿，大声吼才能听见。天津来的师傅说，西门子煤气机二百〇一马力，相当于两百零一匹马一起使劲儿，动静当然大了。为啥是二百〇一，不是整二百呢？就是说，比起二百匹马来，只多不少。煤气机带动发电机，发电机带动电动机，电动机再带动磨面机。发出来的电不仅可以带动机器，还可以点亮电灯泡。白天磨面，夜里点灯。发电机发出的电，用两根电线连接到变压器上，再从屋外房檐下连接到面粉厂各个房间的灯泡上，到晚上，合上闸，亮如白昼。灯泡的规格只有三种，十五光、二十五光，点在屋里。一百光的大灯泡，装在院子里，越黑越亮。不能盯着看，晃得眼睛疼。

试了几天，一切顺利。一麻袋麦子倒进料口，不到一袋烟的工夫，白面就出来了。先出面粉，再出麸子，快得很。正月二十五，添仓节已经过了，开业来不及了。要是能赶在添仓的时候面粉厂开业，是个好彩头。二月二龙抬头，也是个好日子，面粉厂正式开业。

厂子的正式名号早商量好了，晋生面粉公司。牌匾也做好了，只等开业。主营磨面，兼营电灯业。所有股东，面粉厂的所有人员，刘元和其他股东出的几个伙计，白天黑夜地在厂子里忙碌。二月二上午，正式开业。平遥县国民政府县长亲自剪彩后，和杨掌柜一起拽下蒙在牌匾上的大红绸子，又亲手合上电闸，机器轰隆隆地开动起来。穿着新衣服的二小和另一个穿新衣服的伙计，把一麻袋一麻袋的麦子，倒进料口里。县长、商会会长、警察局长、平遥中学校长和有头有脸的大商号掌柜的、东家，一起看着机器把麦子磨成面。开业头一个月，暂不接受来料磨面的买卖，所有的原粮都由雷掌柜提供。磨成的面粉，雷掌柜在面粉厂的门面房里新开一间门市，就近销售。另外两间门面房，一间承接磨面的业务。另一间做安装电灯的生意。

中午，在厂子旁边，梁掌柜家的院子里，开了五桌席。请西街最大的饭馆子兴义成的大师傅掌勺。九碗九碟，讲究的席面。十八道菜，九个平盘，九个深碗，务求丰盛可口。所有来宾、股东移步入席。刘元又和其他的伙计，临时当上了跑堂，端盘盘。席间不停地有人向杨掌柜打拱、祝贺。夸赞杨掌柜是平遥新一代商人的楷模，晋生公司是平遥第一家使用机器的厂子。几位年龄大的掌柜，更是没口子地夸奖杨掌柜闯下事务了，折腾下好大的事务，算是有事务的人了。

杨掌柜喝多了。杨掌柜是主角，敬酒的多，当然不能拒绝，小盅子举起来，仰起脖子一口干了。再斟满，回敬。开业是大喜事，上的酒是白酒，汾阳义泉涌的汾酒，劲儿大。五桌转下来，还没来得及吃菜，杨掌柜就醉了。

是的，杨掌柜，杨汝霖，算是有事务的人了。

事务，有事务，是平遥人夸赞人的话。光有钱，有家底儿，不能叫有事务，只能叫有底子，底子厚。必须是有买卖，大买卖，蒸蒸日上的大买卖。往往还需是从无到有，从小到大的买卖，才能叫有事务，闹腾下大事务。

不只是杨掌柜有事务了，二小也跟着抖起来了。刘元想跟二小多说两句话，二小都没工夫搭理。二小和梁掌柜的小儿子一起跟着天津来的师傅学手艺，学照料和修理机器，安装电灯、电线。天津来的师傅只待几个月，机器运转好，没啥问题，教会两个徒弟简单的修理就要回去了。二小穿着新衣服、新鞋，黑色的衣服，双梁鞋。把衣服的袖口挽起来，露出里边雪白的里子。走路的步子，都让人感觉变轻飘飘了。

刘元很羡慕二小，杨掌柜为啥就不让自己也跟着去学习照料机器呢？

做事业

婚丧嫁娶，给老人过寿，给小孩儿完十三，办酒席请客，大办，隆重地办，叫做事宴。或者说，办事宴也行。但好多平遥人以为是事业两个字。反正宴也罢，业也罢，发音一样。人活一辈子，对爹娘，养老送终。把孩子拉扯大，养大成人。儿大当婚，女大当嫁，给儿子说个好媳妇，给闺女找个好人家。不就是一个人，一家子，一辈子要努力达成的事业吗？

一家人家过得好不好，是不是兴旺、和睦？别人怎么会知道？街坊邻里，十里八村，声望如何？就算是家里亲戚，远亲近支，谁家更兴旺？没有隆重的婚丧嫁娶、过生过寿，谁又能知晓？所以婚丧嫁娶，过寿过生日，也是做给别人看的。把这些事情叫成做事业，办事业，很有道理。说的人，一脸的自豪；听的人，一脸的羡慕。南街上正中间，横跨街面的市楼顶上，用黄绿色的琉璃瓦，镶嵌成寿字、喜字，南喜北寿，就是要告诉人们过日子的最高成就，就是要给老人祝寿，给孩子办喜事。古人说，所营谓之事，事成谓之业。

杨掌柜家的事业是嫁闺女。大闺女桂馨儿要出嫁了。

桂馨儿长得很水灵，过了年，就是十六岁的大姑娘了。高小毕业，识文断字的闺女，还是天足，走起路来精神。民国新女性的样子。往昔闺女要出嫁，请媒婆，媒婆着重看一双脚，要看脚裹得小不小。一双小脚，能遮百丑。现在时代变了，风气变了，嫁闺女娶媳妇看中的也和以前大不相同了。天足反而更受人待见。有年龄相仿小子家的人家，对杨掌柜家的桂馨儿格外关注。

刚办起晋生面粉公司，整日里听得见机器轰隆隆地响。夜里老远就能看见明晃晃的电灯。虽说是股份制，有好多个股东，但城阕里人都知道，是杨掌柜闯下的事务，好大的事务。上门提亲的人，多起来了。

几经打听，来回比较，杨掌柜为桂馨儿选的女婿，是恒隆当赵财东家的四小子。平遥败落以后，赵财东是新一代的翘楚。老家在城东北方向的五里庄。五里庄，顾名思义，离城只有五里地。赵家在五里庄和临近的尹村有好多的地儿，是有老底子的人家。赵财东年轻的时候，不喜欢做生意，喜欢练武。赵家祖上，尽是练武人。传说，平遥城最大的镖行就是赵家开的。票号都倒了，邮传局建起来，镖行没了生意，赵财东就办起了当铺，恒隆当，生意好得很。可是，赵财东却不做掌柜的，聘请伙友负责，连挂名的甩手掌柜都不做。原先镖行的门面房和前院儿做当铺。后院儿改成国术馆，整日领着一大帮徒弟，徒子徒孙，舞刀弄剑。前后院儿，各走各的门。

赵财东不喜欢做生意，却喜欢管闲事儿。为人爽气，有家底儿，有实力，又有人脉。平遥城里的商家彼此间要立个契约，都喜欢找赵财东做个中人。有些生意上的纠纷、龃龉，也都喜欢找他来评理。有欠账要不回来的，也可以请国术馆的人帮忙讨要。当然，做这些事情，是看事情的大小，有些费用的。

晋生面粉公司开业，五桌酒席的上席，就有赵财东的位置。赵财东不仅上了很大的礼，还带一大帮人帮着照看场面。面粉厂开业没有几天，赵财东就托了粮行的雷掌柜，到再兴钱庄找杨掌柜提亲。

家境没的说。四下里一打听，赵家的老四，和他爹不一样，和几个兄长也不一样，不喜欢练武。平遥中学毕业以后，没有去太原或者太谷、汾阳念高中，在县衙里做事。平遥中学刚办没几年，只有初中，没有高中。念高中的，都要去省城，或者周边的太谷县、汾阳县。

赵家四少爷，杨掌柜见过，可也就仅仅见过而已，没太多的印象。选姑爷，那是要好好相看相看的。杨掌柜媳妇也要看。桂馨儿嘴上不说，可爹娘知道，总得让闺女看上眼，才能给媒人回话。托雷掌柜来回一传话，赵家少爷找个衙门里的由头，拿着县政府要召开商会的请柬，亲自送到再兴钱庄来。杨掌柜和媳妇在堂屋里见客，桂馨儿提前躲进里间，偷看，偷听。

赵家少爷是新派的打扮，在衙门里做事，穿中山装，皮鞋。衣着得体，谈吐文雅。杨掌柜两口子都满意，问闺女的意思。桂馨儿脸红了，只是说，太肉了。肉，胖的意思。赵家四少爷，年龄不大，却发福了，还不是一般的发福。这倒也不算啥毛病，富态也正是家境殷实的样子。寒门小户的子弟就是想胖，胖得起来吗?

赶紧给媒人回话，找阴阳先生合八字儿。两边都是有势力的人家，冰人也是。冰人即媒人，是讲究的叫法。合八字的阴阳，哪里敢胡说什么。再说了，桂馨儿虚岁十七，属兔；赵少爷十八，属牛。年龄相仿，门当户对。还都上过学堂，男女双方，都是民国的新青年。知道了的人都说，好姻缘。

下定，请期，来回商议，迎娶的日子定在秋后农历八月十八，好日子。杨掌柜媳妇坚持让闺女在娘家过完十七岁的生日。

日子定好，杨家就开始忙碌。翻修屋顶，门窗刷漆，院子里踩碎的地砖换新砖。木匠进门，打各式陪嫁的家具。杨掌柜媳妇和桂馨儿整日里忙着，做里里外外的四季衣服。陪嫁的被褥不能自己做，要请全乎人上门帮忙。公婆和娘家父母俱在，儿女双全的媳妇子，才是全乎人，也叫全福人。平遥话里，没有 f 的音，全念 h，和福建方言相同。全乎人和全福人，发音完全一样。外地人捉弄平遥人，让平遥人念粉红凤凰飞，总念成哄红鸿黄灰。全乎人缝的被褥，可以让一对新人沾沾福气。

二小去面粉厂了，再兴钱庄就刘元一个伙计。东家办事业，唯一的伙计，当然要忙着奔走。刘元进进出出地忙碌着，心情却很复杂。夜里孤身一人睡不着的时候，总在想，为啥新郎官儿不是自己呢？但也只能是夜里没人的时候，悄悄地瞎想一气。刘元很清楚，就凭村里的六亩地儿，两间厢房，两棵枣树，哪里能娶得了桂馨儿这样的好媳妇呢？伙计的身份，寄人篱下，又哪里能和赵家少爷相提并论呢？做人，得守本分，得认命。

白天的时候进出阖里院儿，有时能看见桂馨儿害羞、忙碌的样子，刘元打心眼里为杨家高兴，也为桂馨儿高兴。桂馨儿嫁个好人家、好女婿，以后的日子，肯定会好的。

忙碌了几个月，转眼就到中秋了。杨掌柜的二儿子满禄儿也从省城回来了，过中秋，更是参加妹妹的婚礼。大儿子天禄儿在北京，离得远，回不来，但也给妹妹寄来了贺礼。杨掌柜家的二公子，刘元第一次见。过年的时候，他们俩都没回家。满禄儿也是一身中山装。大概衙门里做事的，都喜欢穿中山装。当然，必须是衙门里有点体面的人才穿。若是看门的、打杂的，也穿中山装，岂不是让人笑话。就像刘元，东家要办喜事了，给刘元也置办了一身行头，当然只能是伙计的着装，对襟褂子，黑衣黑裤，双梁鞋，和面粉厂开业的时候，给二小的一样。

八月十七，送嫁妆，满满当当，十八抬嫁妆。赵家送聘礼的时候，只有十七抬，嫁妆比聘礼多一抬。单数来，双数回，是讲究。刘元跟着送嫁妆的队伍，一大早就出城，送到了五里庄。赵家在城阂里有宅子，但娶媳妇是要娶回村里的老宅子里。刘元必须跟着，陪嫁的家具怎么摆放，大喜的日子用哪些被褥，杨掌柜媳妇已经跟刘元交代得很清楚了。到了赵家，需要刘元和赵家的人交代，在送嫁妆的队伍里，刘元算是重要人物。桂馨儿的二哥代表娘家送亲，一进赵家的门，就被迎进厅堂喝茶。刘元随着赵家的人，指挥着送嫁妆的队伍，抬着不同的嫁妆，穿堂过院的时候，见识了赵家宅院的气派。里外三进，左右都还有偏挂的跨院儿，城阂里很少有这么阔大的宅院。

因为刘元身份和别的伙计不同，赵家的赏钱单给，整整五块现大洋。这是刘元进城以来，拿到手最多的一次。在再兴钱庄做伙计，说好了的，学生意，东家只管吃喝，不发工钱。一年多了，只有过年的时候和面粉厂开业的时候，各得到过一块大洋的赏钱。刘元从未舍得花。进城的时候，家里还有三块大洋，四婶怕刘元一人进城里有个急用，硬给塞了两块大洋。现在，刘元除了村里的财产，还有了整整十二块大洋。其中一块，被二小死缠硬磨地借走了。刘元要把这些钱都攒起来，得继续攒，还差得远呢。以后是自己做生意当本钱也好，说媳妇也好，需要的钱多了。

八月十八，正日子，赵家迎娶。杨家摆流水席待客。从早到晚，刘元脚不沾地，一整天都顾不上吃饭，嗓子都喊哑了。晚上客人都散了，杨掌柜请所有帮忙的人吃饭，刘元才第一次坐到正式的酒席上。杨掌柜和刘元一起把所有帮忙的人都送走，关上大门。杨掌柜掏出两块大洋，给刘元做赏钱。还对刘元说，你和别人不一样，我和你爹是伙友，是弟兄。你既是伙计，也算是我的子侄，以后等咱们再兴和晋生的生意做大了，我也会留意给你说一门亲事。等我百年之后，到了地下，见到你爹，也好给他有个交代。

回到自己的房间，刘元累了，衣裳也没脱，手里攥着沉甸甸的十三块大洋，躺在炕上，迷离迷糊地说不清自己究竟是什么心情。晚上做梦，梦见了爹，梦见了娘，还梦见自己科举考上状元，娶媳妇，新娘子是桂馨儿。

爷 爷

爸爸的爸爸叫爷爷，或者有的地方不叫爸爸，叫爹，也一样，爹的爹还是爷爷。但平遥人嘴里的爷爷，特别是对不信神佛的人来说，有另外一层意思。

佛家的庙里供的是如来佛祖、观音菩萨；道观里供的是三清老祖、真武大帝；武庙供关圣帝君；孔庙供孔圣人；碧霞宫里是碧霞元君；文昌阁是文昌帝君；还有城隍庙、财神庙、灶王庙、火神庙、五道庙、龙王庙、送子娘娘庙……多了去了，各有各的供奉。信的人区分得清清楚楚。越是艰难的岁月，越是要求祈神灵的庇佑。除了作为常典的佛道节庆，春祈秋报，还会有善男信女们许愿还愿、求神祈福、报答因果的各种日常祭祀。平遥城大大小小几十处寺庙道观，终年香火不绝。就是在家里，谁家的灶头上不是供着灶王爷呢？除去腊月二十三到除夕的寥寥数天，每家的灶王爷都要掌管着家家户户的兴灾福祸。大些的庙宇道观，山门大殿威严，两进三进的院子两边，配殿齐全。木胎泥塑，气象庄严。小的神殿，也许只有一间房子，甚至在街巷的拐角处，只在谁家的后墙上掏出一个神龛，摆放个牌位，就算个神祇了。再简陋的神祇，前面的香炉里也总是厚厚的香灰，时不常有些简单的供奉。谁知道究竟是哪个神仙更灵验呢？虽然未必有多少读书人来参与祭祀，但子曰：“祭如在，祭神如神在。”这些道理大家还是懂的。求神拜佛，总得要显示出自己的虔诚来。

对不信的人来说，不管供的是啥，一律统称供的个爷爷。虽然不信，但也不能得罪的，万一呢？叫声爷爷，也是个尊敬。个，平遥话念 huai。一个人，一个东西，一个事情，都念 huai。或者不是个字，另有其字，不清楚，但音肯定是这个音。也许起先爷爷特指关帝爷，爷爷庙就是关老爷庙，每个村子都有。但时间长了，所有的神仙都叫爷爷。稍讲究些的人，把男女分清，哪些地方供个爷爷，哪些地方供个奶奶。奶，念 nia。纯粹不讲究的，不管男女，只说是爷爷。

从再兴钱庄到晋生面粉厂，路过好多个庙，有火神庙街的火神庙，有真武庙街的真武庙，东边有关帝庙，西边有清虚观，三条壁景堡街的正北都有庙，供着不同的爷爷。杨掌柜都不信，当然，不信也要敬。虽说是生意人，毕竟也读过书的，背过子不语怪力乱神。敬鬼神而远之，是夫子正道。在杨掌柜看来，爷爷是爷爷，个人是个人，井水不犯河水。可是杨家接连不停地出事，有说道的人，就多起来了。

首先出事的是桂馨儿。桂馨儿出阁才一个多月，女婿得了暴病，突然就没了。在五里庄的老宅子里没的。说是白天还好好的，吃过晚饭，喊肚子疼。早早歇了，肚子疼得睡不着，连夜寻郎中，吃药，扎针，折腾到天亮，愈发疼。去城阕里请西医，医生还没到，人就没了。桂馨儿才做了一个多月的新媳妇，就要守寡了。过了许多年以后，桂馨儿的弟弟增禄儿做了医生，闲聊起来，说这是典型的胰腺炎或阑尾炎的症状。

一片乌云压到了杨家。杨掌柜媳妇整日里哭，干啥也提不起兴致来，饭都不好好做了。杨掌柜虽然还是像以前一样忙，但脸上再没了以往的笑容，一个人的时候，不停地唉声叹气。面粉厂的生意好得不得了，收了夏粮，来磨面的人就多了起来，得排队，整天都是老长的队。其他股东都很高兴，可见杨掌柜愁眉苦脸的样子，也都把高兴憋回肚子里。最后还是粮行雷掌柜主动对杨掌柜说，他再去找赵家商量商量，看能不能让赵家退婚，闺女才嫁过去一个多月，不能守一辈子寡。民国这么多年了，不能用过去的老规矩苦了自家的孩子。报纸上说，宣统皇帝的妃子还打官司闹离婚呢，何况是我们平头百姓。再说了，赵家的儿子已经没了，留着桂馨儿守寡对赵家又有啥意义呢？已经是民国年代了，不可能再有贞节牌坊的。

雷掌柜的意思，杨家当然愿意了，特别是杨掌柜媳妇，催促着当家人赶紧让雷掌柜去说，啥条件都答应，只要孩子不受苦就好。跟赵家一说，赵财东同意，但有一个条件，要晋生公司的一成股份。娶亲的聘礼也不用退，只要面粉厂一成股份就行。当初赵家的聘礼是十七抬，比杨家的嫁妆是少一抬。但聘礼和嫁妆不一样的，嫁妆尽是些日用的东西，值不了多少钱，聘礼可是有真金白银的。

晋生公司，杨掌柜出力最大，股份也最多。雷掌柜召集其他股东商议的时候，还想出了一个好点子。当初公司成立的时候，预留了一成股份，准备打点各方势力做干股用。结果正赶上阎锡山阎督军十年兴业殖产计划，鼓励工商，面粉厂开业根本就没怎么花钱。但这么好的买卖，蒸蒸日上，怎么可能挡得住别人眼红呢？把一成股份给赵财东，既帮了杨掌柜的忙，以后有事有人眼红骚扰，全由赵财东负责。

雷掌柜开的是粮行，借面粉厂可以扩大生意，对一成股份无所谓，何况主意还是他出的。再兴钱庄的股东都和杨掌柜沾亲带故，当初也没有想到生意会做到这么大，听杨掌柜的，也都没意见。只有壁景堡的梁掌柜觉着有些吃亏，商议了一番，答应再安排两个梁家的子弟进公司，也不说什么了。

杨掌柜安排刘元雇了一挂车，悄悄地去五里庄把桂馨儿接回来。和当初送亲的时候大不一样，怎么说退婚也不是啥光彩的事。

桂馨儿戴孝，很憔悴，依然眉清目秀。愁苦的样子，更加惹人怜爱。正所谓男要俏，一身皂；女要俏，一身孝。出门，上车，进车轿，一路无话。刘元和车把式一边一个，坐在车轿前面的车辕上。车把式话多，但尽是自说自话。刘元有心事，没心情陪车把式道歇。既替桂馨儿难过，心里也想，退婚了，以后肯定还要再嫁的，再嫁就是二婚头了，是不是自己就有机会呢？又想，人家正在难过，自己却琢磨这些事，还是人吗？可这念头一有，就像是春天野地里的杂草，这边踩没了，那边又疯长起来。

杨掌柜家的家败事，不止这一桩。老话说，祸不单行，福无双至。桂馨儿的事情刚弄妥帖，眼看着桂馨儿和她娘终于不再是整日里愁眉苦脸，脸上偶然也能看见些笑容了。面粉厂又出事了，是爆炸，不是着火。冬天刚到，好好的，磨面机正在磨面，突然就爆炸了。房顶炸塌，窗户炸飞，操作磨面机的一个伙计，当场就被炸死。炸飞的木头窗框，扎伤了院子里的一个伙计。幸亏是给雷掌柜的铺子磨面，没有外人，没有外头排队的人。二小和梁掌柜的儿子正好有事也不在。

面粉厂停业了。出了人命，毕竟人命关天。好在没有打官司。伙计签契约的时候，按老规矩，契约上有生死有命各安天命的字句。但这不是生病，是事故。爆炸，以前听都没听过。当场炸死，尸体都不囫囵。本来这年头，人命是不值钱的。但值钱不值钱，要看是谁家的人命了。死了的那个伙计，也算是梁家的子弟，有些势力，也有体面。赵财东出面，和伙计家里协商，赔了三百块大洋，总算是了了人命的事。

晋生公司的股东闹起了意见。梁掌柜家的房子炸塌了，损失最大，临近的房子也有不同程度的损坏。协商的结果是，房子由梁掌柜自己修，但增加公司的两成股份。赵家的股份不变，出事了，好多事情都要靠赵财东料理，才拿了一个月的股份不变。粮行雷掌柜的股份也不变，上门磨面的主顾少的时候，为雷掌柜的粮行磨面，只有一成股份，再少，雷掌柜就不干了。只能从再兴钱庄的六成股里，匀出两成赔给梁掌柜。维修受损的机器，先用公司近一年的收益支付，不足部分，不超过两千大洋的部分，梁掌柜出。超过两千，再商议。

家里接连出事，杨掌柜心灰意冷，没有在股份上过多地纠缠。再兴的股份，杨掌柜独占五成。再兴的钱，主要都投进了面粉厂，这下晋生公司的股份，杨掌柜就只占两成了。

拍电报把天津的师傅请来。一检查，磨面机得重买新的，其他机器不在爆炸的房间，受损不严重，换些零件就能用。新买了台国产的磨面机，来回小两个月，总算在腊月里，面粉厂重新开业。总共花销了两千六百多块大洋，有厂子七八百的收益，其他部分梁掌柜出。

天津来的师傅说，出面粉的房间绝对要禁止明火，当初安装机器的时候，就交代得很清楚。爆炸肯定是遇到明火了。可房间里的伙计当场就死了，有没有明火，不知道了。二小悄悄告杨掌柜，那个死了的伙计，平日里是抽烟卷的。可是人已经死了，说这些还有啥意思？

厂子出事前，刘元就不在再兴钱庄干了。再兴的钱都投进了面粉厂，只剩些欠账需要讨要，没有啥业务了，再兴钱庄歇业。杨掌柜本来是准备全力以赴经营晋生公司的。和刘元商量，算刘元出徒，给了刘元十块大洋，安排刘元进了雷掌柜的丰裕粮行做账房。管吃管喝，晚上还可以住在粮行里，一个月有三块钱的工钱。在粮行做了两个月，赵财东家的恒隆当铺缺了一个账房，看上了刘元。恒隆当掌柜的和雷掌柜商量，雷掌柜把刘元让给了恒隆。刘元的工钱涨到了一个月五块大洋。

工钱涨了，穿着也变了，不是学徒的短打扮了，刘元穿上了长袍。本来是应该高兴的，可是面粉厂出事，让刘元高兴不起来。

离开了杨掌柜，不再是学徒的身份，刘元有了自己的交往。交往多了，刘元听到许多对杨掌柜对晋生面粉公司的议论。说得最多的，是对面粉厂爆炸缘由的猜测。好多人都说听到了爆炸的声音。比较一致的说法，肯定是惹下了爷爷，爆炸是神仙所为。太蹊跷了，好好的，怎么就爆炸了呢？前一阵子，几乎和面粉厂开业同时，平遥县国民政府把火神庙改成高小学堂。主殿里火神爷爷的塑像虽然没拆，但偏殿里的爷爷都砸了，火神爷怎么会高兴？神仙发起脾气来，那还得了？面粉厂离火神庙那么近，又是机器的轰鸣声，又是晚上的电灯亮如白昼，抢了火神爷的风头，不炸面粉厂，炸哪个？

也有人说，杨掌柜筋巴瘦，没有一点儿富态相，服不住这么大的买卖。还不信神佛，那么大的事务，不请个爷爷保佑，怎么会不出事呢？

说的人，摇头晃脑，有根有据。听的人，战战兢兢，唏嘘感慨。这些话，刘元从来不信。里村人都不信神佛，整个村子只有一座小小的关老爷庙。走南闯北的爹更不信。爹活着的时候，告诉过刘元，倒霉鬼不离卦摊摊，求仙拜佛的都是些愚夫愚妇。做人要靠自己，靠自己吃苦，求神佛保佑是没用的。二小来看刘元的时候，跟刘元道歉过，肯定是那个死了的伙计在里面点火抽烟了。天津来的师傅安装机器的时候，再三强调过磨面的时候绝对不能有明火。煤气机、发电机也绝不能和磨面机放在一起。这些梁掌柜的儿子都是知道的。二小甚至怀疑，梁家是不是故意的。面粉厂的爆炸，损失并没有那么大，值钱的是煤气机和发电机，就是炸坏的磨面机，好多零件也可以再用的。杨掌柜一下子让出去两成股份，亏大了。

二小的话，刘元虽说不敢全信，但悄悄告诉自己，以后做任何事情，都要务求小心。人心险恶，做生意的，首先要牢记害人之心不可有，防人之心不可无。这是爹在的时候，教导刘元最多的话。

杨掌柜家的家败事，还有。正月里收到北平的来信，是大儿子天禄儿的媳妇寄来的。信里说，天禄儿做生意，去沈阳，正好赶上“九一八”。本以为过一段就会回来，可是过年都没有回家，也没有音信，估计是出事了。杨掌柜找人告借了几百块大洋，匆匆赶赴北平，找儿子去了。

面粉厂的倒霉事儿，也不止这一次。民国二十六年，日本人打平遥，派飞机轰炸，哪儿也不炸，偏偏把炸弹扔到面粉厂的院子里，把院子炸了个乱七八糟。当然，这是后话。

搿弟兄

搿，念 ge，也是古语，原意为双手合抱。引申开，是结交的意思，和掰相反。平遥话里，一直有这个字。南方的客家话里，也有这个字，用法基本相同。处朋友，搿弟兄，这是男孩子长大以后，必做的事。处不下真朋友，搿不下好弟兄，以后的出息，终究是有限的。所谓在家靠父母，在外靠朋友。尤其是生意人，没有朋友弟兄相互帮衬，只靠单打独斗，生意做不了多大。搿股份，做大买卖，立字号的时候，要有正式的契约字据。但最可靠的，还是自己搿合下的弟兄。东北人，豪爽，彼此关系好起来，要搿亲家。东北人说 ga。但字肯定是这个搿字。乡谚说，鱼搿鱼，虾搿虾，王八搿合鳖亲家。虽说有些贬义，是狐朋交狗友的意思，但情投意合，惺惺相惜，不也正是处朋友、搿弟兄的前提吗？弟兄的兄，念 xü。搿下的弟兄，双方父母彼此都是承认的。亲兄弟是生来的，没得选。搿合下的弟兄，却是自己用心找寻的。

刘元在村子里的时候一直读书。从学堂回家，不停地照顾生病的爹娘，没有处下啥朋友。村里的同龄人，也没有让刘元看上眼的。进城后的第一个朋友，是二小，但也就只是个朋友。真正搿合下的弟兄是那二，当铺里住一个屋子的伙友。第一天住在一起，那二就对刘元说，我们不是学徒了，算伙友，现在是寄人篱下，以后要彼此照应，共同闯事务。一句话，只这么一句话，就让刘元对那二刮目相看。有时候，搿弟兄就这么简单，对缘法，看上眼，一下子就很亲近。那二的话，也是刘元的心里话，进城干啥来了？不就是为了以后能折腾下自己的事务吗？伙友的称呼让刘元意识到，长大了，以后要一切靠自己了。要靠别人，也只能是靠自己相处的朋友弟兄了。

那二是旗人，姓那，是民国后改的汉姓。改得也不彻底，百家姓里倒是有这个姓，但汉人姓那的很少。大号叫那载祺。那二说，就是在旗的意思。父母给起这么个名字，是为了不忘记满人的身份。平遥城的旗人没有几家，除了在礼节上讲究得多些，和汉人没有啥区别。满语，那二是一句也不会说，从爷爷辈儿起，就是地道的平遥话。排行老二，大哥早不在了。家里开笔墨纸砚店。那二从小除了上学，就是跟着赵家的人练功夫。年龄大了，才在赵家的当铺里找了个差事。闲下来有空，每日早晚，还是踢腿练拳。一年三百六十五天，日日不辍。还拉着刘元一起练。

朋友的朋友，能不能再成为朋友，要看缘分。但弟兄的弟兄，一定也是弟兄。这是对弟兄的信任，也是弟兄间相互的责任。那二交往很广，不到半年，那二的弟兄，刘元也都相识了。

刘元忙起来了，白天是当铺里的事情。有那二在一起帮衬，当铺里的账房，刘元做得很顺手。夜里除了跟着那二练习些拳脚，就是跟着那二不停地与弟兄朋友们交往。伙友的身份和学徒不一样，做学徒的晚上也是必须在店铺里的。伙友就自在多了，只要不误第二天店铺开门，没人管的。伙友有工钱，口袋里有钱，外出交往就有底气。但刘元不想把自己的钱花在交往上，恨不得把每一个子儿都攒起来。碍不过面子，跟着那二凑了两次份子钱，和那二的朋友弟兄一起去吃酒，让刘元心疼了好些天。刘元实在是搞不明白，这酒究竟有什么好喝的？吃口肉，吃些点心，能满足口腹之欲。喝酒可是要彼此逼着喝的，够朋友就一口干了。喝多了，还头疼。喝上几碗黄酒，胡说起来，尽是些下流的话。彼此间开起玩笑来，也都是男女之间的那点事儿。那二再叫，刘元就说什么也不去了，明确告诉那二，要攒钱，攒够自己做个小买卖的本钱。那二也不勉强。有时有人请客，不用凑份子，叫刘元。刘元也不愿意，告诉那二，不愿意为了口肉，为了两碗黄汤，欠别人的人情。那二不但不恼，还夸刘元有志气。那二真是个好弟兄，不但能说到一起，还有体谅。

处朋友、餎弟兄的最高境界是结为异姓兄弟，拜把子，成为把兄弟。那二的把兄弟有好多，刘元全认识了。那二想拉着刘元和他的把兄弟一起结拜，可刘元不愿意。那二的把兄弟里啥样的人都有，三教九流，不同家境，甚至把兄弟里最大的和最小的，年龄能差二三十岁。对于拜把子，那二几乎是来者不拒，不怎么挑。和那二结拜，刘元愿意，不愿意的是和那二的把兄弟们一起结拜。跟那二一说，那二也同意，还对刘元说，你和他们是不一样，只有我俩的想法是一致的，是真弟兄，以后能相互扶持着做大事。和他们结拜，我就是想着多一个朋友多条路。

那，和我结拜，也是想着多一个朋友多条路吗？

那二庄重起来。站起身，举起右手，竖起中间的三根手指，一本正经地说，天爷在上，我那二和你结拜为兄弟，若不是真心实意，天打五雷轰。说话的时候，那二正在洗脚。站起来时，着急，一只光脚踩到地上。脚白洗了。光脚，光屁股，平遥人说失披脚，失披𠆭子。失披，念 she pie。𠆭，念 du，会意字，肠道终了的口子。广东黄坡笃、鸡笼笃，香港大尾笃、大美笃等地名其实都应该写作“𠆭”字。

清明节，当铺关门三天盘点。刘元和那二各自上完坟，回到铺子里。那二找来一只鸡，弄了半坛子白酒。晚上院子里没有人，那二把白酒倒进两个碗里，用刀把鸡杀了，把鸡血滴进酒碗。拉着刘元跪在当院儿，举起碗，对着一钩新月，一起发誓：我那载祺，我刘元，今日结为异姓兄弟。不求同年同月同日生，但求同年同月同日死。彼此帮衬，永不变心。天地静穆，月影朦胧。那二与刘元的结拜仪式，虽然简单，但彼此都感觉庄重。滴了鸡血的白酒也和黄酒的味道不同。辣，还有些腥。第二天央求伙房把结拜用的公鸡炖熟，吃起来，味道鲜美。感觉和别的普通的鸡，味道大不一样。

那二比刘元大两岁，是兄，刘元是弟。结拜的事，刘元不想让人知道，那二的把兄弟太多，刘元不想和他们圪搅到一起。那二都听刘元的。可有一件事，那二要求刘元必须听他的，入一贯道。

一贯道是近年间兴起的最有势力的教门。那二入了道，当铺的赵财东，赵财东的儿子、徒弟都入了道。赵财东还出任了平遥城道坛的点传师。那二说，以后要想做大生意，必须入一贯道。万教归一，归于一贯。入道，以后可以借助道门的势力，没人敢欺负。

刘元说不信这些东西。那二笑了，说，谁让你信了，你以为赵东家他们就信吗？是借势，懂不懂？借道门的势，做自己的事儿。刘元不想入道，还有个缘由，入道要交入道费，九斤九两白面，少一两也不行。白面可是好东西，当铺里的掌柜和伙友，一年也吃不了几顿。小十斤白面，做这么个事儿，刘元觉着亏。

那二说，你要舍不得，我给你出。

那怎么好意思呢？拉自己入道，也是为了以后的生意，这个理儿刘元还是明白的，咬着牙，摸出一块大洋，委托那二去办理加入一贯道的事宜。入道费、点传费、拜师费都在这一块大洋里。一块大洋要还不够，刘元就不入了。

民国二十一年五月，刘元成为一贯道教徒。但道内开坛炉会，立愿弘道的各种法事，刘元概不参加。

册媳妇子

好多方言土话，说，没有问题，成天说。听的人也毫无阻塞，完全听得明白。可要一一写成字，有些就困难了。

《说文解字·叙》云：“仓颉之初作书也，盖依类象形，故谓之文。其后形声相益，即谓之字。文者，物象之本；字者，言孳乳而寖多也。着于竹帛谓之书。书者，如也。”

有些字是只有其声，而无其形。也许乡间俚语，未曾有幸着于竹帛，不成其字。但也可能是古字，上古之字，而道不传于天下也久矣。有些上古之字，早已湮没。但其音，还口口相传，代代不息。所以你看，考古出土的甲骨文，好多字，即使有高额悬赏，也难辨其意，难诵其音。

平遥人把娶媳妇说成 ce。Ce 媳妇子，是人生的大事。若要写出来，究竟是哪个字，很犯难。勉强一些，应该是册字。册，《说文解字》云：“符命也。”皇上娶媳妇儿，才叫册，册封皇后，册封嫔妃，颁发册书。寻常人家，哪能和皇家用相同的字呢？可平遥人就这么说，一直这么说。也实在找不到意相近而音同字异的其他字了。好在皇帝册封皇后嫔妃，用的是金册银册。普通人家的婚书，一纸而已。若不讲究，连婚书也没有，只在婚礼的仪式上，郑重其事地摆一座插屏，取个意思。平遥话里，插册同音，屏聘同调。应该算不得僭越。

离开再兴钱庄时，刘元还对桂馨儿念念不忘。可念念不忘又有什么用呢？就算桂馨儿再婚，是二婚头，刘元知道自己也不够资格。站在桂馨儿的一边想想，初婚丧夫，二婚要再嫁个穷小子，一辈子的希望还会有吗？就算是自己有志气，总要闹腾下自己的事务，可是哪年哪月，说得清楚吗？又凭什么说呢？所以尽管曾经对杨掌柜有过些腹诽，毕竟和爹说过娃娃亲这一档子事儿，咋就连一句话的解释都没有呢？桂馨儿出阁的那天晚上，杨掌柜红口白牙地说过，要留意帮自己说一门亲事。可怎么留意呢？连一句下文也没有。杨家接连出事以后，刘元对杨掌柜就毫无怨言了。甚至还默默地希望，杨家赶紧再好起来吧。杨家再兴盛起来，桂馨儿才能有一门好亲事。若要公平，打个颠倒。倘若自己是杨掌柜，也不会让桂馨儿嫁个穷小子，跟着一起受苦的。

什么时候才能册下媳妇子呢？夜里睡不着，总想。但刘元很清楚，早着呢！还是手里的大洋实在。等攒够了本钱，做个自己的小买卖。男子汉大丈夫，先立业，再成家。不能做梦娶媳妇，净想好事儿。

手里的大洋变成三十多块的时候，刘元回了一趟村里，把三十块大洋埋进自己的厢房里，和娘给留下的银镯子埋在一起。不能再往钱庄里存了，即使能生息有利钱也不行。一朝被蛇咬，十年怕井绳，爹的教训已经够了。自己名下的六亩地儿，也委托四佬，跟两个大爷说一声，把地租全换成钱。刘元决定了，等手里有一百块大洋的时候，就辞了东家自己干。那二非常支持，还经常和刘元一起合计，自己干，干什么好呢？

有很多事情，天天想，来不了。索性不去想了，可它却偏偏来了，挡都挡不住。就在刘元当账房越来越顺手，整日里思谋着将来干啥的时候，好运气来了。杨掌柜要把桂馨儿嫁给刘元，而且杨掌柜说，桂馨儿也愿意。

快过端午节的时候，杨掌柜才回来的。杨掌柜说，先去了北平，安顿好天禄儿的媳妇和孩子，找和天禄儿一起做生意的伙伴，左右打听，又辗转去了已经归日本人占领的沈阳。两三个月，老大天禄儿，竟是生不见人，死不见尸。天禄儿的儿子才一岁多点儿。和天禄儿的媳妇商议，天禄儿媳妇说哪儿也不去，就在北平等丈夫。好在天禄儿媳妇念过书，是小学的先生，有职业有收入，娘家是老北京，可以照应。杨掌柜把身上剩下的钱全留给儿媳妇和孙子。坐火车，平汉线转正太线，回到太原。

在太原，见到了老二满禄儿。满禄儿告诉爹，要娶媳妇了，看上了太原城里开化寺附近小濮府街的一个小院子。问爹能不能给出上几百块大洋。

回到平遥后，又发现晋生面粉厂的生意已另外有人打理，杨掌柜不是大股东了，竟插不上手。告借的钱要还，二儿子结婚也要钱，索性和其他股东商量，变卖了股份。东街上再兴钱庄的院子，本是租赁别人的，也退了租，一家五口回到曹村。

杨掌柜是跑过大码头见过大世面的人，一身做生意的本事，在村子里无法施展。跟媳妇商量，决定去北平，投靠过去的伙友，重操旧业。也是为了继续寻找大儿子的下落。临走前来平遥城阂里，四下里打听了一下刘元在当铺里的风评。然后找见刘元，问愿不愿娶桂馨儿。

当然愿意了。这还用问吗？做梦都想。

那二却说，听别人讲，杨家大闺女才出阁个把月，就丧夫，应该是克夫。劝刘元再考虑考虑。

刘元说，不用考虑，用不着考虑。第一，根本就不相信这些胡说八道。第二，就算是克，那也是他赵家少爷的命不硬。早就想好了，娶媳妇就是想娶桂馨儿这样四致的人。克夫的说法，除了那二，还陆续有人说过，刘元一概不予理会，吃了秤砣铁了心。

杨掌柜说，知道刘元也没啥财产，不要聘礼，只要刘元保证以后能好好待闺女就行。还让刘元抽空去一下曹村，迎娶前见一下桂馨儿。桂馨儿是二婚，不需要啥仪式，酒席也不用办，不需要做事业。

杨掌柜说不要聘礼，但刘元却不想亏待了未来的媳妇子，毫不犹豫地拿出十块大洋，买了些衣料布料。总得让桂馨儿做两身新衣裳，做两床新被褥。又取出娘留下的那对银手镯，准备一并送到曹村。

这点儿东西做聘礼，是不是有些少呢？没有什么人可以问，可以商量，只能问自己的好弟兄那二。其实不问也知道，这点儿东西哪里会够呢？可是结了婚以后还要过日子呢，还得继续攒做买卖的本钱。再多，真拿不出了。

要我说，人家要把闺女嫁给你，图的根本不是啥聘礼。是图你这个人。所以，重要的是你要体现出你的诚意来。那二是真心替刘元考虑，还真想出一个好办法来，让刘元去曹村的时候拿上一封正式的、讲究的聘书。那二家里就是卖文房四宝的，弄这个很方便。那二领着刘元到了自家的店铺里，让账房先生给写了一封正式的聘书：平遥县里村刘元，字三捷，诚聘本县曹村杨桂馨为妻。良缘永结，白头偕老。然后写上了刘元的生辰八字，父母名讳。

比起桂馨儿第一次出嫁的聘礼，刘元拿来的东西寒碜了些。但杨掌柜和媳妇对刘元的态度，都很满意。杨掌柜媳妇说，果然没有看错人。桂馨儿也对刘元说，嫁给你，不是图你的财产。图财产，你也没有。只图你人实在。只要你真心对我，我可以和你一起吃苦。

穷小子刘元的好运气来了。那二找朋友帮忙赁下北门底皮坊街的两间房子。皮坊街紧挨着北城墙，尽是皮货坊，挨着熬土硝盐的作坊。熬土硝土盐，有臭味。用土硝熟皮子，味儿更大。但只有这里的房子是城阏里最便宜的。

那二带人帮着刘元把房子打扫干净，新糊了窗户纸。找了个好日子，刘元把桂馨儿娶进了新的家。那二的几个弟兄凑了份子，给刘元报了礼，七八个人也算是喝了顿喜酒。刘元专门去告了二小一声，喝喜酒的时候二小也来了。在那二和他的几个弟兄的打趣下，二小也凑了份子上了礼。在平遥城，刘元也就只有这么几个朋友了。二小说，平时看刘元愣儿不醒的，三棍子也打不出个屁来，竟然悄个咪咪地册下媳妇子了。告我的时候也不明说，我还真以为就只是有日子不见了，叫大家来喝顿酒的。路上我还纳闷呢，小气得要命的刘元，咋舍得叫大家吃酒呢？

行了，行了，刘元叫你来，是看得起你，把你当弟兄看。莫非还得下书子请你吗？来了就喝酒。一起为我弟兄高兴。那二岔开二小的话头，吆喝着一起喝酒。其实告二小的时候，没有说结婚的事儿，是刘元并不想让他报礼。那二和他的几个弟兄也是他们自己要报礼的。众人散后，刘元还对媳妇说，早知道人家要破费上礼，就应该把饭菜弄得再丰盛些。怎么说，也得再添两个纯肉菜。刘元办喜事儿，只在城隍庙街的肉铺子里割了二斤猪肉，肥膘炼油，再留出一块剁馅儿包饺子，剩下的㸊出来，只有一小碗。饺子，叫撅儿，念 jue。平遥的饺子是元宝状，饺子包好，要用手从两边往中间撅一下，挤成一个元宝的形状。㸊，平遥人念 lang，后鼻音，炒肉的意思。不加水，只用油，放好多天都坏不了。炒菜时添一小勺㸊好的肉，就算是个荤菜了。南方的客家话里也说㸊，还有西安人说的㸊臊子和平遥的㸊肉意思相同。纯肉菜只有过年或者家里办事业的时候才会做，平常人家偶尔割上一两斤肥肉，除了炼油，只有用㸊的办法才能尽量多吃几天。省吃俭用，细水长流，是家家户户从祖祖辈辈那里传承而来，也是每家的掌家人过日子的基本操守。外地人称山西人，不只有老醯儿一个称谓，晋老抠儿也是山西人独特的标志。

第二天早晨，刘元穿着新做的衣服，新鞋，从新房子里出来，在去当铺的路上，还有些不敢相信这一切都是真的。新衣服新鞋，都是自己媳妇的手艺。刘元感慨万千，做梦也想不到，册媳妇子这么大的事儿竟这么容易就做到了。

刘元还没有立业，却先成家了。

圪　捞

圪捞是动词，从水底下捞什么东西，叫圪捞。用筷子从碗底里捞稠的，也叫圪捞。山西话里，圪字儿作为前缀，几乎可以万能搭配，圪垯、圪蹴、圪洞、圪倒、圪渣、圪边边、圪丝丝……组成名词、动词、形容词、量词都可以。

圪捞捞，就是名词，是从井里取水的农具。整体桶状，底部为尖底儿，一字形，上面是圆口儿。倒过来，像道士戴的帽子，大一号的帽子。用嫩柳树条编成。上面的圆口儿，拴几根绳，系在一根长棍子上。把棍子伸进井里，尖底儿立即入水，取水很方便。取出水来，一字尖底可以立住，往倒搬也容易，可以缓缓地浇地，来回移动地浇，尤其适合浇菜地。掏茅粪也用圪捞捞，叫粪圪捞捞。村里人家吃菜，都是自家种。别的城里也是。绍兴城，鲁迅念念不忘的百草园就是周家的菜地。平遥城早就是商业重埠，人多，城里土地，寸土寸金，挤不出种菜的地方来。满城人家吃的菜蔬，都要靠城北南政村新南堡几个村子供应。种粮食，撒下种子，偶尔锄锄草，收获多少，就只能看老天爷的意思了。不怎么浇水，也浇不过来。施肥更少。

种菜，那可是要大量地浇水，大量地施肥。平遥城北一带的村子，对圪捞捞的需求很大。进城阂里掏茅粪的，大多也是这一带的人。平遥城是乌龟城，城北是乌龟的屁股，在茬子后面种菜，肥料充足。

平遥城北，水位高，井浅。井口上用不着架辘轳，圪捞捞就很方便。第一个捞，三声；第二个，轻声。若是两个捞，发一样的音，就变成圪牢牢，是另外的词儿了。圪牢牢，犄角旮旯的意思。也许根本就不是圪牢牢这几个字，就是旮旯旯，发音不同而已。

圪捞庄庄是地名。平遥人往往把小村小庄，叫成叠音。叠音词多也是山西话的明显特征。村村，庄庄，一听就是个小地方。圪捞庄庄离平遥城很近，出北门，东北方向，走不了几里就是。村里尽是编圪捞捞、编筐筐、编笸箩的人家。笸箩，念bo la，大口儿，扁状，晒粮食用的。编这些东西的算篾匠。现在，这个村子早没了，和平遥最大的村子南政村并在一起了。刘元婚后第二次安家，就安在圪捞庄庄。

本来刘元还没有想好，自己做个啥买卖，钱也没攒够。桂馨儿嫁过来，除了日用的东西，还有些金银首饰和两百块现大洋。桂馨儿告诉刘元，两百块现大洋是爹给刘元做小生意当本钱的。可刘元却不想用桂馨儿的陪嫁。指着媳妇的陪嫁过日子是吃软饭，让人看不起的。再说，也没想好做个啥稳妥的生意，就还是在当铺里再做一阵子吧。一个月五块大洋的工钱，若没有啥大的开销，过小日子够了。

刘元和媳妇商量好了，继续在当铺里干，当铺却不让待了。当铺的魏掌柜对刘元说，恒隆当是赵家的，刘元娶了赵家退婚的媳妇，还是克死赵家少爷的媳妇，继续待在当铺里不合适了。

城阂里的当铺多的是。那二说，此处不留爷，自有留爷处。咱换一家当铺就是。这年头生意最好的就数当铺了。那二的好几个弟兄都在当铺里，当下，大包大揽地要去找人，给刘元问询哪家当铺缺人手。刘元却说，不用麻烦了，反正也不准备长干，索性就此做起自己的生意吧。

可是做什么呢？那二帮着刘元筹划了很久了，一直也没有想出个好营生。

先歇上几天，我带着桂馨儿回里村看看，再仔细琢磨琢磨能干点儿啥。活人总不能让尿憋死。

带着桂馨儿回到里村，见了两个大爷，一个佬佬。两个大爷家人口多，负担重，各家有各家的忙碌。四佬四婶看见刘元领着媳妇回来特别高兴。四婶又抹起了眼泪，说，要是你爹你娘还活着，能看到你册媳妇子，该有多好。已经快要完十三的刘魁，一口一个嫂子，叫得格外亲切。

四佬告诉刘元，今年刘元名下六亩地儿的租子还没有结。已经和两个大爷家都说好了。若要用钱，过两天就雇一挂车进城卖粮。若要粮，也可以拉进城去。四佬劝刘元，最好是要粮。现在卖粮，收不下现洋，都是票子。票子毕竟不保险的，谁知道哪天就变毛了呢？而且这几年，年年旱，今年也一样，粮食的价钱，收割的时候和青黄不接的时候差太多了。村里的人家，都是要想办法把粮囤起来的。

哎？这是个好营生。四佬的絮叨，像一道闪电照亮了刘元的脑袋。咋就想不到做粮食生意呢？亏得自己还在粮行里干过。说干就干，刘元回城阕里的时候，把自己该得的粮食全换成麦子，装了两麻袋，借大爷家的毛驴驮进城去。就是卖不了，自己也可以吃的。这个营生，应该稳妥。

找那二一合计，那二也说，这个买卖稳当。就是粮食生意是需要大本钱的。去哪里找那么大的本钱呢？手头也没个啥宝贝能送进当铺，给你当出些本钱来。

当铺！刘元一拍大腿，激动地叫起来，问那二，你就在当铺的柜台上，我问你，粮食能不能当？

能啊！当然能了。可是当铺里折价太低，当粮食不划算。

我又不是要死当。收了粮，去当铺里当了，当出钱，再去收粮，再当，再收。还省了租粮库的钱。

是个好主意，只是有点赌，赌粮价会涨。若粮价下跌得狠了，那就亏大了。那二还是有些顾虑，仔细地替好弟兄盘算着。

做生意总有风险的。这个买卖最多也就是亏个差价。我们仔细留意着粮价，下跌了就赶紧赎当、卖粮，亏也亏不了多少的。

商议妥当，那二拿出三十块大洋，借给刘元添做本钱。刘元要推辞，那二很不高兴，说，要还认我这个磕头的弟兄，就拿着。我也不替你担风险，不管盈亏，你还我本钱就行。

回家再和媳妇商量。桂馨儿也是有主意的人，从陪嫁的钱里，拿出一百块大洋，让刘元把生意做大些。

走村串庄地收粮，住在城阕里就不方便了，何况城里的房租还贵。刘元和媳妇搬到了圪捞庄庄，租了一个小院子，买了一头小毛驴，做起了粮食的买卖。

做了一段时间，刘元发现，村里人存的粮都不怎么愿意卖。不急用钱的，都是要等到青黄不接时才卖。就是卖，也不愿意收纸票子。用大洋，又经常找不开。刘元琢磨，为啥就不能做成来回双向的买卖呢？不用钱收粮，用东西换，行不行呢？稍一打听，村里人家最需要的是布。刘元去城阕里的各家布店批发了些布料，特别是便宜处理的残次品、布匹头，更受村里人家欢迎。刘元下得了辛苦，逢二五八、三六九的好日子，各村各乡轮流做庙会。再远，刘元也要牵着小毛驴去赶会。没有庙会，就走村过户，一路吆喝。不到年节下，一天也不得闲。所幸辛苦没有白费，也就半年多的时间，刘元手里的钱都变成了各种粮食。家里堆放得满满当当，更多的押在平遥城的各家大小当铺里。

快过年的时候，粮价就涨了起来。一冬天没有下一场雪。过年的时候，好多人家的对联互相抄来抄去，都是写着“一冬无雪天藏玉，三春有雨地生金”。风调雨顺，是庄户人家最大的祈盼。这下所有人都知道，粮价一定还会涨的。刘元的第一笔生意做对了。开春后，陆陆续续地把家里和当铺里的粮食拿出来。去面粉厂找二小，帮着和面粉厂的掌柜商量了一个好价钱。零散地磨和大批地磨，价钱当然是不一样的。

天暖和起来的时候，新麦子开镰前，刘元手里的粮食都卖完了。仔细一盘算，除去贴给各当铺的利钱，整个生意竟然还有六七成的利润。好买卖。

按六成利折算，那二的三十块钱，变成了四十八块。俩人推来推去，那二坚持不要利，刘元坚持要给。最后那二只认下四十块钱，说，就是要算利也不能这么算，还有你的辛苦在里面呢。但钱也不往回拿，继续留在刘元这里，算是入股刘元的买卖。那二说，看好了刘元做生意的本事。

穷小子刘元，不但册下了媳妇子，还愣是从平遥城里，半年多的时间，就圪捞出小两百块钱的收益。

得 手

人的好运气来了，顺风顺水，啥也得手，干啥也得手。

倒腾粮食的买卖很得手。利用当铺可以把买卖做大些，更得手。虽说当铺里折价太狠，只给折六七成，可架不住自打刘元做起粮食的生意来，粮价一直在涨。在村里收下零零散散的各种粮食，放家里，攒够一定数量，用小毛驴驮进城。当铺里折价是按现价折的，即使只有六七成，也和收粮的本钱差不了多少。何况还是用各种布料换来的粮食，等于又卖了一次布，有卖布的利润。

陪着刘元整日里早出晚归的小毛驴，也得手。价钱不高，还好伺候，不娇气，啥也能吃。乡间地头，随便一块野地里，啃点儿青草，再喂些面粉厂便宜买来的麸子就行。犁地可能力气不行，但脚力好，走村串户，驮个粮食布匹，正合适。

平遥人喜欢说得手这个词儿。工具用顺手了，叫得手。那二给刘元的攮子，就很得手。刘元收粮食，起早贪黑，早出晚归。那二担心在荒郊野地里遇上啥歹人，给刘元挑了一把攮子防身。光刀刃就尺把长，插进驴背上的布搭子下面，外面看不出来。急用的时候，顺手就能抽出。那二告诉刘元，一把好的攮子，要厚实些，要有棱，用起来才会吃劲儿。攮子的作用，主要是攮，是捅。攮子两边要开血槽，抽插方便，暗地里杀人最合适。但给刘元配把家伙，主要是为了吓唬人。所以给挑的攮子，又轻薄，又有些长。真要杀起人来不方便。随手防身，吓唬人，正合适。再大、再长的家伙，携带起来就不是很方便了。那二还告诉刘元，真要碰上个歹人，抽出攮子来，用劈，用砍，有威慑，还不容易出人命。要遇上豺狼野狗，可以攮。教了刘元一些要攮子的架势，嘱咐刘元没事儿的时候，就自个儿练练。还有些走江湖的黑话切口也尽数教给刘元。那二说，这些黑话切口是反清复明的天地会，青帮洪门，一辈一辈传下来的。真是难为那二了，一个满族人，竟把反清复明的暗语都记下来。说是江湖人宁舍一锭金，不传一句春，但为了把兄弟的周全，全教给刘元。春，也叫春点，春典，黑话的意思。不懂春的人是空子，活该被骗，被欺负。那二告刘元，只能记在心里，不能往外说。刘元说，太多了，一下子记不住。那二说，记不住，也要使劲儿记。这些切口，不只是平遥说，山西说，将来做大买卖，走南闯北，北至口外，南到江南，都会用得着的。

那二给的攮子，教的切口，还真就用上了。有一次，刘元去平遥城东面的山里收粮，回来得晚了，天快黑了，遇到两个小后生，拦住，说要借两块钱花花。刘元装作从驴背上取钱，猛地一下抽出攮子，摆出个那二教的架势，装作冷静地说，钱没有，攮子有一把，还有命一条。就看你俩能不能拿走了？看俩后生一犹豫，赶紧又装腔作势地说，结梁子前，咱们先盘盘道，递个门槛儿，若是合吾同道，也不要大水冲了龙王庙。兄弟我挂在五里庄形意拳赵老大门下。请两位也亮个盘子吧。还真把两个小后生唬住了。

出了这事儿以后，只要是天色暗了，刘元就把攮子攥在手里，一边赶路，一边练把式，还能老远就吓唬住歹人。得手。

手里的家伙用顺了，叫得手。事情做顺利了，也叫得手。顺当了，舒服了，都叫得手。遇上个头疼脑热，小病小灾，平遥人说成不得手。也许应写成，不得受，是不好受的意思。但写成不得手，音相同，意思也是不顺当，不爽利。这几个字没毛病。

得手和熨帖意思差不多。熨帖，平遥人也常说。熨，念yue。但只有舒服、妥帖的意思。遇上合适的人，就不能说熨帖。说得手，没有问题。那二这个好弟兄，就得手。但对于刘元来说，最得手的人，还是自己的媳妇子桂馨儿。

把媳妇娶进门，锅台灶台，就一直是桂馨儿忙碌。舍不得吃好的，就粗粮细作。套黍面撮成糊糊，沾上洋柿子炒的，又酸又辣的调和，顺口；蒸成实窝窝，切片，用大油炒，吃起来香；包上酸菜，加好多的辣椒面面，做成菜角角，把皮儿烤得又焦又脆，吃起来冒汗。玉套黍面，特别是新玉套黍面，蒸窝头，做煮疙瘩，都好吃。小米，总要磨成面，做成摊黄儿，就是做二米饭，也要掺上些红薯南瓜之类的菜蔬，想尽一切办法，吃得舒服点儿。春夏时节，地里野菜多，桂馨儿总要按时令，采摘榆钱儿、槐花儿、扫帚苗儿，玉谷叶、甜苣苦苣、野蒜香椿、茵陈苜蓿，调凉菜，蒸馏垒。好吃，省粮食，还有各自不同的疏肝理气、清热败火、调节肠胃的药用功效。饸饹，别的地方叫拨烂子。偶然吃顿白面，费工夫做成猫耳朵、圪芊芊、切板板、掐疙瘩，掺和上山药蛋、南瓜、萝卜、豆角之类的便宜菜，做成窝窝饭、和子饭、连米饭。用一小勺油爆葱花爆扎麻麻花，浇在饭里，连汤带菜一起吃，又香又热乎，还省面。或者把套黍面做成包皮面，一小块儿白面，包一大把套黍面，擀开，切细，猛一看，还以为是擀面，吃起来也好下咽。只有节庆或者过生日的时候，才做一顿拉条子，虽然费面，但吃着舒服、扎实。过冬前，各种各样的腌菜，根本就不怎么用刘元插手。就连储存山药蛋、胡萝卜、白萝卜的菜窖，都是桂馨儿自己弄。刘元在收粮食的路上，走到背阴圪塄的野地里也会采摘些野菜野蘑菇带回家。有一次，捡到好几个马皮泡。桂馨儿舍不得吃，留着需要止血解毒的时候用。马皮泡，菌类马勃科。新鲜的马皮泡，圆圆的，白白的，像刚出锅的大蒸馍，可食。无论生吃熟炒，味道都极鲜美。放干了，表皮变黑变硬，轻轻一碰，就会有一股黑色的烟雾喷出。小心翼翼地把里面的黑色粉末倒出来，用一张草纸包好，或是灌进一个小葫芦里，保存起来，以备不时之需。村里人家有个头疼脑热，小伤小痛，崴脚扭腰，很平常，都不会去看郎中抓药，既没有那闲钱，也耽误不起工夫。家里一般都会备些土生土长的草药。马皮泡就是好药，止血消肿，清咽利喉，清热解毒，好多病都能治。尤其是止血，有奇效。比照正儿八经的方子抓来的药都管用。找到马皮泡全凭运气，可遇而不可求。

洗洗涮涮更不用刘元插手。桂馨儿把刘元的长袍收起来，说相信刘元以后还会穿的。换成短打扮，利利索索，齐齐整整，多会儿都是干干净净的。刘元对媳妇说，去村子里，又整天侍弄牲口，用不着这么干净。可媳妇说，穿着齐整、干净，做起买卖来，让人看着也顺眼，放心。去村儿里收粮，大小也算是个生意。

家里的事情全不用刘元操心，生意上的事情，桂馨儿也可以帮忙。看刘元从城阂里布店买回来的布料布头儿，有好多白色的坯布，桂馨儿让刘元从城里买来些蓝靛铜绿之类的颜料，自己染布。起初，染不匀，多做了几次，也做顺手了。白色的坯布便宜。染成蓝色、黑色，就能卖上价钱了。染成红的更贵。

刘元的生意，有一小半儿是媳妇桂馨儿的功劳。这么个好媳妇子，真是得手。更不用说，有了媳妇，每天的被褥有人温展了，再也不是孤单单的一个人睡了。平遥人睡炕。炕，念kuo。冬天烧火，睡暖炕，夏天睡凉炕。炕上铺席子。讲究些，席子上再满铺一大块厚油布，叫油单。每天早起，把被褥铺盖叠好，整整齐齐地垛在炕的最里边。富裕的人家，在炕脚还会有专门放被褥的炕阁子。晚上睡觉时，打开铺盖垛，铺褥子，暖被子，叫温展。刘元收粮，有时候回来得晚了，锅里温着吃食，炕上有温展好的被窝。这才是舒坦的日子。

第二年夏天以后，刘元也变成别人得手的人，日子过得更舒坦了。

在城阂里买布，刘元认识了齐泰布店的刘掌柜。也许都姓刘，五百年前是一家。也许刘掌柜对刘元看上眼了，能和刘元道歇到一起。刘掌柜是山东人，不知道为啥，在平遥城里开了家布店，刚开不久。齐泰布店的坯布多，一来二去，刘元成了老主顾，渐渐地和刘掌柜的话多了起来。刘元总爱买残次品的布，刘掌柜就专门为刘元进一些，问刘元为啥老是要残次品。刘元耐心地解释，村里人家，不是过年，一般是不会添衣服的。要添一定是觉着遇到了便宜货，买下过年穿。布料残次，往往是抽了线，穷苦人家，不讲究的。刘元喜欢杀割布店里卖剩下的布头儿，遇上便宜的布料，也要让店里的伙计裁成大小不一的小块儿。给刘掌柜解释，平常人家买东西就是要便宜，是不是真便宜并不重要，重要的是要让买的人觉着便宜。

跟刘掌柜稔熟了以后，刘掌柜问刘元做什么营生。刘元也详细地介绍自己的生意，怎么用布换粮食，粮食送当铺，当出钱来，继续收粮。丝毫不担心刘掌柜会抢自己的买卖，人家那么大的生意，哪里能看上这样的辛苦钱。刘掌柜夸赞刘元有做生意的头脑，还允许刘元赊账，帮着刘元把生意做得再大些。赊了几次，每次刘元都是换差不多了，就赶紧给刘掌柜结账。刘元记得爹说过的话，做生意，最重要的是信誉，做人也是。

当粮食的生意越来越难做了。有刘掌柜的帮助也不行。粮价居高不落，收粮越来越难。效仿着抢生意的人多了起来。当铺不愿意帮别人生财，当粮食，折价越来越低，只有四五成价，当不出多少钱来。

刘元琢磨着该换个生意做了。正巧，刘掌柜询问刘元，若是齐泰布店再开个染坊，染布的生意如何？刘元想了想，认真地说，若是染花布，工序多，投资大，手工染的还不如机器染的好。要买机器，投资更大。而且染花布必须是细布，价钱高，买的人也少。染花布估计不划算。染黑色蓝色的布，几乎家家都会。平遥的颜料行又多，蓝靛铜绿之类的颜料多的是，价钱也不贵，买白色坯布回家染，就是图个便宜。若要染黑布蓝布，还不如赊出布匹，直接收染好的布。染坏了不收，不用担风险，没有啥损耗，也不用租场地雇人，稍出一些加工费就行。平遥城的婆姨媳妇子，都在家闲着，有个赚钱的营生会抢着干的。

刘元虽然是认真地想了想，才说的这些，但说完就完了，没放在心上。究竟怎么干，是人家刘掌柜的事情。可刘掌柜却听着很上心，可谓是说者无意，听者有心。再找些其他生意老手一问，都还说刘元的主意可行。刘掌柜郑重其事地来找刘元，问他愿不愿到齐泰布店当掌柜，先当二掌柜，专门负责染布的生意。一个月先给二十块，以后生意好了再涨。

当然愿意了！不用起早贪黑，不用走村串乡，不用担啥风险，又可以穿上长袍做体面人。虽说二十块的工钱，比不上正经店铺里的掌柜，但对刘元来说，太合适了。刘元正发愁继续做换粮食的生意，还会不会有去年那么多的利。

刘元领着媳妇又搬回城阂里。把手头的生意料理完，卖了小毛驴。有钱了，连本带利还了那二的钱，还有三百多块钱。和媳妇商议了一番，花钱买了个院子。东水道巷，一座两进的院子。虽然离原来住的皮坊街不远，但也基本上闻不到啥臭味儿了。

花了三百多块钱，刘元有些心疼。但桂馨儿说，要买，就一下买合适了。房子多，暂时用不了，还可以出赁。院子大正好可以继续染布。

刘元成了在城阂里有产业的人，也逐渐成了刘掌柜得手的人。

圪台台

从银鹅巷往北，穿过与关帝庙街、火神庙街的小十字口，就是东水道。西面当然是西水道。平遥城一直没有下水道。现在的排水系统，是近些年才增建的。所有人家的脏水，都是直接泼洒到街上。大街小巷的两旁，都有小水沟小水渠，从南往北流出平遥城。除了尿要和屎一起攒在各家的茅厕里，等着村里淘粪的人来卖钱。其他的水都会归拢到城北，顺着东西水道，往城外流。下起雨来，每条街巷都会流水的，但两条水道儿的水尤其大，要不怎么叫水道儿呢？尤其是下大雨的时候，水道巷里的水更大。这里的房子，不是啥好地段，价钱不高。

刘元和桂馨儿买的院子在东水道的尽头，几乎和稍北的窑厂街连一起了。窑厂街是东西向，顺着窑厂街往西，西水道的下面就是皮坊街。再往西，就到北大街了。这一带是平遥城地势最低的地方。地势低有地势低的好处，井多。东水道上就有口井。窑厂街向东走不了多远，是三眼井巷。可惜都是咸水。咸，念 hang。吃的水，要再往东，甜水巷里的井是深井，那里的水才能吃。咸水不能吃，饮牲口也不行。但从咸水井里打水，不用花钱。所以窑厂街、皮坊街、草纸巷、豆芽巷集中了许多耗水的作坊。不能吃的咸水，用来生豆芽、做豆腐、熟皮货、和泥烧陶烧瓷，做草纸，或者染布，反而更好。特别是城西北角，北城墙往南，西城墙往东，好大一块空地，全是熬土盐土硝的作坊。熬盐熬硝的原料是就地取材。平遥城靠自然排水，下雨的时候，地面的雨水会裹挟着泥沙往北流，城北的街巷就会淤积，越淤越高。聪明的平遥人想出了一个别样的营生。隔上一段时间，就会有人把街巷地面上薄薄的地皮砍下来。用一个小镬子，和锄地的镬子形状相同，只是小一些，也没有那么长的把儿，叫镬儿。坐一个小凳子，耐心地，一寸一寸，把板结的地皮砍下来，叫镬砍。地面的淤积解决了，砍下的地皮，人踩马踏的，又一遍遍被一城的废水浸泡，富含盐硝。一筐一筐，一车一车，拉到盐坊硝坊，可以换钱。不是啥值钱的东西，大致称个分量，领个地皮筹子，攒够一定数量，再来换钱。

收拢起来的地皮，用咸水井里的咸水浸泡，泡好多天。其间每天，都要用长长的棍子搅动。浓稠的水，用滤网过滤，引进旁边的洼地，风吹日晒，地里就会有盐颗粒硝花花长出来。或者直接上锅里熬，更快。盐粒很大，发黑，苦涩不好吃，但要比晋南产的池盐便宜。而且用土硝盐腌出的咸菜，好吃。特别是腌牛肉更好。平遥牛肉就必须用这个盐。好多杀牛的屠宰场，做牛肉的作坊也都在这一带。用一个大池子腌牛肉，一层牛肉一层盐，再用苦涩的咸水浸泡，才能做出正宗的平遥牛肉。

顺便提一下，历史上平遥并不是很缺水。水不仅是农业发展的支柱，更是工业发展的必要条件。平遥城，东有东泉村，西有西泉村，南边儿的水更多，东源祠村西源祠村还有神池。据传，一九五八年，平遥县领导干劲十足，为增加水源，到处打深井，凿通上下隔水层，几乎所有的泉水都逐渐消失。后来山西发展工业，晋中首选平遥，但因缺水，好多大项目都改到旁边的介休。介休的纺织厂，原本是要建在平遥的。介休有绵山水源，先后建起了电炭厂、印染厂、造纸厂，好多个工厂。绵山，又称介山，是介子推隐居和遇难的地方。“大跃进”时，平遥建尹回水库。一九七七年遭暴雨，垮坝，洪水倾泻而下，冲垮好长一段城墙。扩建增高水坝后，也仅能满足平遥城日常生活用水和附近的农业灌溉。平遥只能发展不用水或用水少的火柴厂和柴油机厂。大概这也是平遥县财力不足，长期不能拆除城墙，进行旧城改造的重要原因吧。平遥城墙，城内的古建筑，因祸得福，得以保全。平遥变穷了。建柴油机厂，无力支付拆迁费用，选址在城西北角无建筑的盐碱土堆上。旅游业高速发展时，柴油机厂倒闭，空出好大一块地方，改造成平遥电影宫，成为平遥电影节、平遥摄影节的主要活动场所，为平遥古城增添新的活力。城里唯一破坏原建筑而新建的工程，只有在壁景堡原有基础上，改造的山西省少年犯管教所。平遥的县衙由县委县政府所占。日昇昌蔚泰厚等大铺面，也由县手工业局县二轻局等政府机构占用。即使县人民医院，也是长期占用城内大的居民院，开展业务。这些大概也都是平遥古城古建筑得以保留的重要原因。

两条水道街，南高北低，特别明显。刘元家的院子在北边，本是最低的地方。但院子是建在一个大的圪台台上。台，念

dai。从街上看，就能看见大门的道路是向上的斜坡。大门和旁边的倒座儿，建在一个高圪台台上。这还是下头院儿，上头院更高，从下头院儿到上头院儿有三节台阶。平遥城里的院子大多为两进，一般称为圐里院儿和外头院儿，但要是两个院子不一样高，就分别叫上头院儿和下头院儿。上，念 suo。但街上的上，念 hao。南街上，东街上的上，都念成 hao。

院门朝东开。最好的房子在上头院儿最里边。三间砖窑，高大敞亮，屋子外面有宽敞的柱廊。可惜朝向不算好，是西房。上头院儿里，左右各有两间厢房，是砖瓦房。下头院儿的两间厢房是正房，和两间倒座儿一样都是土坯房，砖只垒到齐窗，往上是土坯。从门洞进来，迎面是下头院儿厢房的墙壁，可以当作照壁，墙顶上有个小小的风水楼楼。门洞开在院子的右侧，左面是两间倒座儿。倒座儿是三破二的房间，本是自然的三开间，只隔成两间，房子大些。两间倒座儿里，只有地炉子，没有盘炕。外面临街是一个高高的圪台，只要从外面开门，随时可以变成两间门面房。下头院儿左侧，只有房顶，没有盖房，是一间茅厕和一间敞口的柴炭房。若是养一两头牲口，在柴炭房里也没问题。柴炭房前面，还可以开出一小块菜地。

对新房子，刘元两口子都满意。加上三间窑洞两旁的耳房，大小十几间，足够住了。将来，生多少个娃都够。建房子的人，或者前面的房主是讲究人。上头院儿的地面都铺了砖。所有房间，除了有左右对称的老式木门，向里开。外面还有一个一面开的风门，向外开，镶嵌着椭圆形的玻璃。每间房的窗户都在老式的木头窗棂中间挖出一块儿，嵌上一个小玻璃窗，都很亮堂。

买了新房子，不用怎么收拾就可以住。刘元只是按媳妇的要求，找人重新在院子里盘了一个大大的灶台，买了一口很大的锅。桂馨儿还是要染布的，最好能染整匹的布，普通做饭的大锅不够用的。滚水里染了色的布，需要在冷水里浸泡，又买了几口大大的水瓮，排列在院子里。染布需要晾晒，从上头院儿到下头院儿，地方够了。

从进大门开始，一路上圪台台是好兆头。穷小子刘元，也迈上了一个人生的大圪台台。不仅有房产了，身份也变成掌柜的，穿长袍，多少算是平遥城里有些脸面的人了。

二掌柜没做多久，刘掌柜就把整个齐泰布店交给刘元打理。刘元既是掌柜，又是伙计。刘掌柜很忙的，还有更大的生意要打理。时间久了，刘元对刘掌柜越发熟悉了。刘掌柜名叫刘鑫泰，山东临淄人，算世家子弟，家里有大买卖。和榆次的晋华纺织厂有生意往来，不好算账，晋华纺织厂顶给大量的布匹，这才就近在平遥开起这家布店。临淄，古为齐国。齐泰，用的是老家的地名儿，也是刘掌柜的名字。当然泰也是地名。谁不知道山东的泰山呢？刘元做了三个月，刘掌柜家里有事，把店铺交给刘元，嘱咐了几句，就匆匆回山东去了。白天店里就刘元一人，晌午桂馨儿做好饭，送到铺子里来。晚上雇一个下夜的人，看门。

刘掌柜一走，就是半年的时间。店里生意很好，店铺后面的院子，备的货多，够卖一阵子的。桂馨儿还要在家里染布，天天来送饭不方便，路程也不近。正巧四佬进城来，让刘元给堂弟刘魁寻个事做。刘魁十四了，大小伙子了。刘元做主，让刘魁进布店当伙计。不做主也不行，倒是想先请东家的示下，可东家不在，没有办法。刘元想，就先这样，东家回来，若是不同意，刘魁的工钱，从自己的工钱里扣。

刘掌柜回来，刘元把半年的进项交给东家，把账本交代清楚。然后惴惴不安地解释，我，我擅自做主，招了一个小伙计，是我堂弟，因为……

刘掌柜不但不恼，反而不好意思地说，怪我，怪我，当初走得急，没把事情安排好。以后不光是招伙计的事，店里所有的事情，你都做主。我不能老在平遥待着，给你店铺里一成的股份，店铺的经营成本不能超过总营业额的三成。需要招多少伙计，开多少钱，包括你自己开多少工钱，都由你自己定。我们一年一结账就行。

啊！还有这么好的事情？刘元简直不敢相信。可刘掌柜却不是说说而已，第二天就找中人，立契。刘元摇身一变，成了真正的掌柜，有一成股份的大掌柜。

刘掌柜没待多久，又要回山东。走时领着刘元去了趟榆次，见了晋华纺织厂的管事儿人，把齐泰布店的进货渠道给刘元交代清楚。从晋华纺织厂进货，不用钱，记账就行。刘掌柜嘱咐，在平遥开店铺的目的，就是为了销晋华的货。若要搭配些别的布卖，也由刘元做主，但千万要分清主次。

从平遥到榆次是坐火车去的，两个钟头就到。刘元一个人回来，也坐火车，方便得很。南同蒲铁路分段建设，太原到介休先行通车。从晋华纺织厂进货，也走铁路货运。好弟兄那二不在当铺里了，在铁路上。建铁路的是阎锡山的工兵部队，日常经营，那就是另外的人手了，新成立铁路公司，沿线各地招人。那二家里托了人，让那二进了南同蒲铁路公司，在平遥车站上班，还是货场的一个小头头。

刘元做主，又招了一个伙计，加上刘魁，手下有两个得手的人。第二年，年底结账，刘元名下，一成的红利，居然有四百多块。第一年，刘元接手大掌柜，只有两个多月，没有结账。四百多，是近十五个月的分红，但也够多，够太多了。刘元没有给自己开一分钱的工钱，做人要知足，要感恩，四百多块，已经很满意了。销售总成本，刘元也控制在总销售额的两成多一点。刘掌柜却不满意，告刘元，做生意要大气，该花的钱，一分也不能省，重要的是把总销额弄大。重新和刘元约定，刘元没有工钱，除了一成股份，销售成本在总销售额的三成以内，省出来的，和刘元五五分账。刘元不敢贪心，说三七开甚至二八开，都满意，非常满意。最后定好的是四六开。刘掌柜让刘元想办法，不只是在平遥销货，还要想办法把生意扩展到周边县份。

省出来的四成销售成本，和刘元的分红差不了多少。刘元发达了，在第一次当爹的时候，换上了全新的行头，皮鞋也穿上了。一双崭新的皮鞋，整整三十六块大洋，上海货。蹬上皮鞋，人更精神了，要不怎么说，风流一顶帽，精干一双鞋呢？穿皮鞋，高抬腿；镶金牙，咧大嘴。和媳妇商量，在儿子满月的时候做事业，办酒席，请客。不只是要显摆，做生意，没有三教九流的交往不行的。

第一个儿子的大名儿，立字辈儿，刘元给起名，叫刘立仁。小名叫有望子。其实是刘元自己有了更大的企望。齐泰布店的刘元，刘掌柜，闯下自己的事务了。

这是刘元迈上的又一个新圪台台。那二，那二的弟兄，还有二小，都为刘元高兴。刘元还问那二，愿不愿辞了铁路上的营生，来布店一起干。那二正告刘元，让刘元记住，生意是生意，弟兄是弟兄，不能圪搅在一起。

为了照顾媳妇坐月子，刘元把丈母娘，小姨子莲馨儿，小舅子增禄儿都接到了城阕里。自家那么大的院子住得开。虽说佰佰看外孙，一般要出了月子。但刘元是个孤儿，也没有那么多讲究。平遥人把姥姥，叫佰佰。《说文》云：“相什佰也。”本特指百人之长，却用来称呼母亲的母亲。母亲的父亲，也不叫姥爷，叫将爷。其始缘何？难以考证。莲馨儿要上高小，在村里不方便。增禄儿七岁了，过了年也该上学了。老丈人杨掌柜，从北平写来信，也是对刘元没口子地夸赞，叮嘱刘元做生意的各种注意。

刘元相信自己，将来一定会有资格当祖爷的。

没油腥

没油腥，是骂人的话，和讨厌鬼、讨吃货意思一样。你想，吃饭没油，还没有荤腥，肯定寡淡。要是做人，做成个没油腥的人，肯定也让人讨厌。也许应该写成没油星。意思差不多，饭碗里，看不见个油花花，不只荤腥，连素油也没有。

还有一句骂人的话，叫㞗没厌。㞗，念 jiu。平遥土话，说成㞗儿，专指男人裤裆里的物件儿。㞗没厌也有讨厌的意思，但主要是没本事，让人瞧不起的意思。没油腥的人却一定是坏人。尽做坏事儿的人，是死没油腥的人，也说死烂没厌，没油倒兴。死，念 se，形容词，形容程度，顶格的程度。笨死了，愁死了，美死了，坏死了，都是这意思。㞗没厌的人，也被说成死㞗没厌。

以前，刘元和二小在一起的时候，只是觉着他是个花子气。平遥人把不正经、无厘头、惹人讨厌的人叫成花子气，叫花子气。二小话多，没完没了，唠唠叨叨，不分场合，没有眼色，的确是有些花子气，但刘元万万没有想到的，进平遥城交下的第一个朋友二小，尹回村的尹志明，居然是个没油腥的人，也是个屎没厌的人。也许原本就是，只是当初没显现出来。

二小被面粉厂开除了。但他自己说，是自己不干了。被开除是那二告诉刘元的。二小是通过刘元认识那二的，对那二很巴结，总贴着那二与人交往。那二却看不上二小，私下里告诉刘元，二小是个屎没厌的人，小气，还不爽快，总想着占人便宜。时间久了，刘元和那二拜把弟兄的事情，二小知道了，也要和那二结拜。那二说，拜把子，那是做伙计的时候，闹着玩儿的。都民国了，还拜哪门子的把子呢？

论交情，刘元当然是和那二最亲近。不仅说得来，而且在当铺里，做粮食生意，册媳妇子的时候，那二都是倾力相助。请那二来布店一起干，刘元是真心的。甚至还想过，那二若真愿意来，还可以找东家刘掌柜商量，让那二做大掌柜。那二做大掌柜，刘元觉着心里踏实。可那二却告诉刘元，弟兄与生意不能在一起圪搅。刘元很感动，这才是真弟兄，是为刘元考虑呢。当初做粮食生意，眼睛也不眨，就拿出三十块钱的时候，咋就不说不能圪搅在一起呢？看刘元本钱小，三十块钱和以后的红利，一直在刘元这里。生意赚多赚少，问也没问过。刘元在齐泰的收益告诉过那二，只告诉过那二一个人，那二只是笑着让刘元请客，丝毫没有眼红的意思。刘元请客，那二叫了一群人。第一杯酒端起来，就说，刘元是我那二的弟兄，好弟兄。你们大家要是认我，以后就照应我弟兄的买卖。谁要和刘元过不去，就是和我那二过不去。愿意帮衬我弟兄的，就端起杯，喝酒。不愿意的，吃口菜，走人，咱们的交情也到此为止。这哪里是让刘元请客呢？分明是为弟兄撑场面来了。

二小却主动要进布店，要和刘元一起做。八字还没一撇呢，就对刘元说，我来了，还是你说了算，我只要当个二掌柜就行。

二小的话，刘元听着很不舒服。真是货比货，得扔；人比人，得死。那二的话，刘元听进去了。齐泰布店是人家刘掌柜的，不是自己的产业。一切让刘元做主，那是东家的信任，不是自己照顾人送人情的理由。何况真要是自己的产业，自己的买卖，更不能胡来了。要对得起东家的信任，就要把东家的买卖当成自己的买卖。也本来可以算成是自己的买卖。布店的利润，有一成是刘元的。省下的销货成本有四成。刘元当即拉下脸来，对二小说，我是个掌柜，其实也就是个伙计，充其量也就是个大伙计，铺子里进人得东家说了算。

那你就帮我引荐引荐。你还不知道我？咱俩本事应该差不多的，咱俩联手，肯定能做得更好。二小还是不死心。

那就等刘掌柜回来了，再说吧！

二小要进齐泰布店，刘元算是拒绝了。还说啥当二掌柜，说什么本事不差？二小根本就没有弄明白做生意要靠什么。人家刘掌柜把这么大的店铺交给刘元，看上的可不是本事。刘元知道，平遥城比自己有本事的人多了。之所以会有这么好的运气，虽说是傻人有傻福，但更紧要的是刘掌柜看上了自己的实在。老丈人的信里，也是反复强调，生意之途，贵在至诚。“至诚之道，可以前知。国家将兴，必有祯祥；国家将亡，必有妖孽。”这是《礼记·中庸》里的话，刘元在私塾里听先生念过。国家兴亡，祯祥妖孽，不是自己这样的小人物该操的心。但在刘元看来，做生意和做人却是必有至诚。正其心，诚其意的话，私塾的先生要求背过，学堂的老师也这样讲过，刘元的爹和杨掌柜也一直是这样教榜的。

二小要在刘元家的院子里赁一间房子，刘元答应了。毕竟有交情，毕竟都曾经是再兴钱庄的伙计，不看僧面看佛面，还有老丈人杨掌柜的面子呢。听说二小被开除，也是多少有些杨掌柜的缘由。面粉厂的新东家要清理杨掌柜的人手。

刘元和媳妇商量了一下，让二小住进了下头院儿的厢房。上头院儿的房子是更好一些，但都是女眷，住个外人终究有些不方便。下头院儿的房子，虽是土坯房，稍矮一点儿，住人也不算差，是正房。赁房子的租金，二小没问，刘元也没说。刘元压根儿就没打算要租金。

刘元和媳妇买的院子，房子多，本来是有出赁房子的打算。但没想到在齐泰布店会有这么高的收益。赁房子的钱，有些看不上眼了。桂馨儿坐月子，把丈母娘和小姨子、小舅子都接来，刘元布店里的生意又忙，把出赁房子的事情耽搁了。二小住进来，就只有他一个房客。起初并没有什么不合适，毕竟所有人在钱庄的时候，都住在一个院子里，彼此都熟。甚至二小单身一人，有望子的佰佰把饭做好了，还是打发增禄儿来下头院儿叫二小一起吃，就像当初在钱庄的时候一样。刘元不在家的时候，二小也常到上头院儿吃饭。后来有望子半岁多的时候，杨掌柜曹村的哥哥家嫁闺女，做事业，让有望子佰佰去帮忙。家里的大人，就剩桂馨儿一人了。二小没油腥的德性，日渐显现。

一开始只是对桂馨儿，言语上有些撩拨的味道。一本正经地问桂馨儿，当初若是你爹让刘元去了面粉厂，我留在钱庄，你说杨掌柜会不会把你嫁给我呢？桂馨儿躲到一边奶孩子，二小不仅不避讳，故意找话茬走近，一双眼老往桂馨儿胸脯上瞟。

桂馨儿毕竟结过婚生过孩子了，脸皮不像做闺女的时候那么薄了，笑着岔开话，说，那也不会，是我看上的刘元。刘元老实。

老实怎么会当伙计的时候，就惦记东家的闺女呢？咱俩认识比他还要早两年，你咋就知道我不老实呢？

行了，行了，快吃了你的饭，你也忙着去找份正经的营生吧！

那，不正经的营生是啥呢？二小死皮赖脸起来。

桂馨儿把这些话告诉刘元，刘元并没有放在心上。后来二小天天撺掇桂馨儿入一贯道，说一贯道里各种蛊惑人心的话，说女子修一贯道的特殊好处，说着说着，就有些动手动脚了。

刘元恼了，但也还是拉不下脸来和二小伤和气。没过几天，有望子的佰佰回来了，总算是好点儿，有老人在，二小倒是规矩多了。刘元心里对二小存下膈应了。

老丈人杨掌柜回来了。杨掌柜去北平有一年多，大儿子天禄儿还是了无音信，儿媳妇却带着孩子改嫁了。杨掌柜也没法儿劝，把一年来挣下的工钱都给大孙子留下，闷闷不乐地回到平遥。

杨掌柜回来，刘元很高兴。店铺里的生意，刘元简直有些应付不来了。倒不是生意上的事情应付不下来，是各种交往太烦人。县衙里的各种捐输，市面上的各种善事，修庙建观，宣传抗日，还有新生活运动，疲于应付。特别是一贯道，说刘元入道以后，欠了道里好多钱，对道首不忠诚。刘元说那就不入了。但道里人说，一入道门，终身为徒。叛道就是要与全道门为敌。入一贯道是那二拉着一起入的，刘元当初就不情愿。惹下的麻烦也不想对那二说，不想给好弟兄添堵。就算是那二帮着把这些事情料理好了，那以后呢？只要是生意红火了，没有一贯道，还会有两贯道三贯道的，总不能啥事情都找那二吧？老丈人回来，正好。杨掌柜可是老生意人了，这些乌七八糟的事情，应付了快一辈子了。

刘元求，桂馨儿劝，有望子的佰佰也对老伴儿说，你就去帮帮女婿子吧！杨掌柜终于同意担任齐泰布店账房。但声明，只是帮一阵子，等生意做顺了，就退出。老丈人给女婿子当伙计，会让人笑话的。而且还有一个条件，不在刘元买的院子里住，赁房子住外面。老丈人一家子，长期住在闺女女婿子家，算怎么回事呢？

好吧，只要能让老爷子来帮忙，一切都依老丈人的意思。刘元和老丈人商量，杨掌柜出面告诉二小，搬家的时候带二小一起走。不承想却把二小惹着了。二小说杨掌柜和刘元一起算计他，明明空着上头院儿的砖瓦房，却一直让他住下头院儿的土坯房。现在连土坯房都不让住了。一怒之下，搬出去，住到了清虚观。一贯道的道坛设在东街上的清虚观，彻底变成一贯道的人了。

一贯道，建道坛，开炉会，除了道徒和信众自愿捐献的香火钱，对各店铺都有摊派。按生意的兴盛程度，分成不等的摊派，简直和派税收捐一样。大家都惹不起，都是出钱了事，买个平安。

刘元也不想惹事儿。可是摊给齐泰布店的实在是有些多，既不按门面的大小，也不论伙计的多寡，上门来就要钱，给不够就闹腾。一帮子道众，天天在店铺门口做法事，圪搅得根本没法子做生意。夜里还有人把大粪和其他腌臜恶心的秽物倒在店铺门口，涂抹在铺子门板上。

起初刘元以为是赵财东捣的鬼。赵财东是平遥一贯道的点传师，是坛首之下的第一人。赵财东的大少爷是地才。点传师之下的天才、地才、人才，第二人。坛主是外来的。平遥城阕里，一贯道最大的势力就是赵家。因桂馨儿的事情，杨掌柜家和赵财东家有些别扭。好多人都说，赵家的四少爷是让桂馨儿克死的。但杨掌柜却认为，赵财东毕竟是平遥街面上的老人，做事情不会这么下作的。可闹事儿的，的确是一贯道的人，要解决一贯道的麻烦，找赵家肯定没错。杨掌柜托了达埔李家的话事人，托了丰裕粮行的雷掌柜，一起上门去找赵财东，请他明确地给划下个道道来。赵财东一口咬定不是他做的。还说他也是刚刚知晓，正准备清理道内的宵小之徒。赵财东说，一贯道是万教归一的大道，是要聚人心，行善事，替天行道的。怎么可能会做这样下作的事情。

正巧那二也听说了齐泰布店的事情，赶忙托弟兄打听，刘元本本分分的生意人，怎么会和一贯道结下了梁子呢？一打听，全明白了，竟然是二小尹志明捣的鬼。那二爽快地，大包大揽地对刘元说，哥哥唯一对不起你这个弟兄的，就是拉着你入一贯道。这事情你别管了，我马上给你料理干净。

那二让刘元去西街兴义成饭庄订了一桌席，自己去请一贯道的天才。平遥一贯道的天才姓金，金掌柜，也是旗人，和那二是拐着弯儿的亲戚。家里开着烟铺的买卖，是正经烟铺，不是卖大烟的那种。那二请金掌柜坐了上席，让刘元坐下首，自己打横作陪，端起酒杯来，对金掌柜说，刘元，小刘掌柜是我那二磕过头的弟兄。当初入一贯道是我自作主张替他操办的。入道的事他根本就不知情。今天我那二就觍着脸，请金掌柜给说道说道，我弟兄和一贯道之间，该是怎么个了结。

金掌柜把杯子里的酒，一口干了。放下杯子，长叹一声，别说是你们了，我现在都后悔入这个劳什子一贯道了。和我原来想的完全是两码事儿，坑蒙拐骗，纯粹就是个邪教，邪魔外道。道里的事情我早不掺和了，就是恒隆当的赵东家，点传师，现在也不怎么管道里的事。要不是打听到一贯道在北京，在山东河北很有势力，我他妈早就退道了。现在平遥的一贯道，就是坛主领着一帮子混混无赖在闹腾。坛主是北平来的，啥也不清楚，都是这些个狗东西在闹。对付他们，只能用横的。愣的怕横的，横的怕不要命的。

原来是这样。当下那二与金掌柜商议停当，借金掌柜的名头，让饭庄子的小伙计去东街清虚观里，把二小喊来。

二小进门来，金掌柜和那二都是一眼不瞧。二小说，有啥事，天才您和那兄吩咐就是，哪用得着这么客气？说着，就坐到了空着一面的凳子上。

“啪！”一声，那二把随身带着的攮子掏出来，拍在桌子上。狗东西，也不撒泡尿照照，这里哪有你的座位？吓得二小又赶紧站了起来。

那二用手巾擦拭着攮子，对二小说，我不管你和刘元有什么过节。我今天告诉你，和他过不去，就是和我过不去。别以为你傍上了一贯道，就可以耍横的。有我那二在，平遥城还轮不到你个狗东西立万子。

没有，没有，这这这，这是哪里的话，我，我……二小急赤白脸地解释着。

行了，金掌柜开口了，谁也不是瞎子聋子，不用揣着明白装糊涂。我今天在这里就是做个见证，下一次，估计那二兄弟就不是光靠嘴说了。

滚！那二把二小骂走了。二小出门的时候，看了刘元一眼，意味深长。本来在等二小的工夫，那二还准备让他出点血，给点教训，或者给刘元些赔偿。但刘元一迭声地说，算了，算了，怎么说我们还在一起做过学徒，有些香火情，只要他以后不闹腾就行了。金掌柜也劝，宁得罪君子，不得罪小人。

二小临走的那一眼，刘元知道，和二小成仇人了。究竟是咋惹下他的呢？刘元实在想不明白。杨掌柜知道了是二小在背后捣鬼，也是长吁短叹。

泼 闹

有老丈人帮忙，刘元的生意更顺当了。

杨掌柜找过去的生意伙伴，在祁县汾阳介休都找到了布店，代销齐泰的布匹。也弄些花布绸子缎子在店铺里搭配着卖。过年前，刘鑫泰刘掌柜回来了一趟，拿走又一年的货款，结算了又一年的利润。总销货量和利润几乎都翻了番。刘掌柜很满意，对刘元说动老丈人来帮忙，更是没口子地夸赞。兴义成饭庄订酒席，犒劳刘元，感谢杨掌柜帮忙，坚持让杨掌柜坐上席。席间对杨掌柜和刘元说，还是要想办法扩大销量，利再薄，也要想办法抓紧销。老家山东的买卖已经着手往南边，往内地迁了。日本人闹腾得很厉害，说不定时局又要不稳了，要打仗。和日本人打仗，可是和以前的军阀互相打不一样的，打起来，就是国战。

杨掌柜从北平回来，也说过，北平也是有些不安稳的。报纸上说，紫禁城里的文物、宝贝都装箱往南边儿运呢。就是不知道，真打起来，会打到哪里？

中国能打过日本吗？难说。刘掌柜和杨掌柜都摇头叹气。

杨掌柜去沈阳找儿子的时候，见过日本人的军队。刘掌柜在青岛，看见过日本人的兵舰。中国虽然大，毕竟是个弱国。日本小，小日本小日本，当然小了，可却是个强国。

刘掌柜说，过了年，他就要去上海了，什么时候才能再来平遥很难说。给刘元留了一个交通银行的账号，让刘元两三个月，或者有大买卖的时候，把卖布的钱和布店的利润通过银行汇过去。具体对账、结算，等见了面的时候再说。

刘掌柜站起身来，双手打拱，说，齐泰布店就仰仗二位了。说罢，一躬到地。杨掌柜和刘元赶紧站起身，连声应承。

老丈人是和刘元一并应承的刘掌柜，还和刘元商量怎么能把生意做得再大些，可是身子却不争气，开了春，一直病，吃了几服药，也不见好。好在生意已经很顺当了，领着刘元跑了两次银行，银行汇款的事情，刘元也熟悉了。清明，杨掌柜回曹村上坟，和刘元商量，要回村里住一阵子，等身体好利索了再回来。刘元雇了挂马车，把老丈人丈母娘送走了。有望子，有望子的小舅舅增禄儿，一并跟着走了。桂馨儿又生了一个儿子，大名叫刘立伦，小名叫有兴子，才一岁，离不开娘。若要再照顾增禄儿和有望子俩猴小子，忙不过来了。莲馨儿因为在城阕里上学，留下了。莲馨儿上高小，夏天就该毕业了。去年，看见有女生上了平遥中学，莲馨儿就闹腾着也要上中学。爹和姐夫刘元都答应了，布店的生意这么好，供个小妮子上中学，才花几个钱呢？刘元拍着胸口说，别说是上中学了，就是上高中上大学，只要你能考上，姐夫就能供得起你。

谁也没有想到，中国和日本的仗这么快就打起来了。

卢沟桥事变的消息，刘元是在榆次的时候听到的。刘元正好去晋华纺织厂进货，消息一来，到处就都乱了起来。晋华纺织厂的经理告诉刘元，晋华马上就要南迁了，还欠齐泰两千四百多匹坯布，让刘元赶紧找刘掌柜商量个章程。可兵荒马乱的，到哪里去找刘掌柜呢？若是晋华南迁，迁到哪里？什么时候再开工？谁也说不准的。而且晋华的经理告诉刘元，一旦打起仗来，粗坯布就会变成军用物资，搞不好整个厂子都会被征用的。

刘元动心了，想把所有的欠货都吃下来。这可是个大生意，往常一年也就是销个两三百匹的坯布，两千四百多匹是小十年的销量。要不吃下来，晋华南迁，再要进货，可就没那么容易了。两千多匹布，运回平遥去，往哪里放呢？在榆次连个商量的人都没有，刘元心事重重地赶火车回到平遥。家都没有回，直接到货场找那二商量怎么办。

那二说，这要看你了，若能泼出的，就能泼闹出个大买卖来，今后十年的买卖。

平遥话里，泼，有很多用法。泼水，泼洒，和别的地儿一样，没什么好说的。泼鸡蛋，泼油茶，就有些意思了。家境殷实的人家，每天早上会给老人泼个鸡蛋。照顾坐月子的女人或者养病的人，也会。拿新鲜的鸡蛋，打散，用滚开的水冲起来，鸡蛋就会变成蛋花儿。讲究些，再加点儿糖或者蜂蜜，又好喝又有营养。泼油茶也一样。冬天，把羊油牛油炼出来，结成白白的一坨，放进炒熟的面粉里，继续热炒，油慢慢融化开，被面粉吸收，就变成油茶了。往往还加一些花生仁核桃仁什么的，加盐，喝的时候用滚水一冲，叫泼油茶。加红糖白糖，叫泼甜茶。没有油，是面茶。若是用大锅，加豆腐、黄豆、粉条、葱花一起煮，不叫泼，叫熬油茶、打油茶。

泼，要是发的 pai 的音儿，那就是另外的意思了。泼下了、泼出的，是豁出去、下决心的意思，还是下大决心。别的地方说，舍得一身剐，敢把皇帝拉下马。或者说拼着一身剐。但平遥人却说泼出一身剐。可见，泼出、泼下，就是豁出去，拼命的意思。泼闹的泼，还是发的 pō 的音。泼闹，有闹腾和折腾的意思，但更有大气魄在里边的意思。也许是扑闹，不顾一切往前扑，和泼闹意思差不多。

好弟兄那二的话，坚定了刘元的决心，泼出的了，干！泼闹一番大买卖。

当下，两人一起商量操作的章程。这么多布匹，当然得走铁路先运回平遥来。那二想办法在货场里找间仓库，悄悄地放上半个月一个月，这么大的买卖，千万不能再让其他人知晓。然后再慢慢踅摸藏东西的地方。好在是布匹，不是啥金贵的东西，藏哪儿都行的，埋起来也行。

说干就干。晚上没有客车，但半夜里有一趟货车经过平遥。那二铁路上熟人多，连夜和刘元一起搭货车，赶去榆次，怕就怕夜长梦多。在火车闷罐子车厢里，刘元对那二说，这一次，算咱弟兄俩共同的买卖。

别，还是那句话，生意是生意，弟兄是弟兄，不要在一起圪搅。我只是帮你运回来，帮你在货站里藏一阵子。以后再往哪儿藏，怎么卖，和刘掌柜怎么结算，都是你的事情，我不掺和。最多，我帮了你的忙，帮了你们齐泰布店的忙，不要让我白辛苦，从你的利里边，给我分点儿就行。

所有的布全弄回来了，在平遥站卸车的时候，那二没有让刘元露面。一露面，就谁也知道是刘元的货了。那二对货场的其他人说，是牺盟会的布，放在平遥站是为了往沁县的大山里运。牺盟会是现下最活跃的势力，抗日的势力，没有人会怀疑。那二给了站长二十块大洋，说是牺盟会给的辛苦钱，不想让旁人知晓这些布往哪里运。站长安排那二天天上夜班，负责和货主联系，安排提货。

刘元打发刘魁，回里村，让他爹买了挂驴车。天天晚上，一宿两趟，刘元和刘魁父子三个人用了十几天的时间，把小山一样的布匹运回里村。藏在地窖里，埋在自家的地儿里。刘元再三再四地打报四佬和刘魁，藏布的事情千万要烂在肚子里，谁也不能往外说。财帛动人心，要让啥歹人知道了，那就不是泼闹事务的事情了，说不定命都会丢掉。打报，是劝说的意思。这么多的东西，都把四佬吓着了，晓得利害，也是让自己的儿子用赌天咒地的方式保证，一个字都不敢往外说。

这些布，不能急着卖，要等风头过去，没有人再会关注平遥货站里布匹的下落时再说。反正布匹又放不坏。而且，刘元和那二算计过了，不管仗打成啥样子，只要榆次的晋华纺织厂一搬迁，布价肯定会上涨的。最好是能慢慢找个大主顾，一下子把这些布都买走。悄没声音地发大财。因为藏起来的布都是白色的坯布，刘元又用铺子里的钱，进了好多的颜料，想着有备无患。将来搭配着卖也行，若是布价合适，做讲价的添头也行。卢沟桥事变的消息一传开，一切都乱套了。东家给留的交通银行的账户，刘元就是想往过转钱，都找不到还营业的银行门市了。

刘元要用这些布，报答刘掌柜赏识自己的恩情，也是要泼闹下自己的大事务。

日哄日本人

大多数方言是祖祖辈辈传下来的。但也有一些是新创的。骂人，诅咒的时候，说挨砍刀的挨洋枪的，以前只说是挨砍刀。挨，念 nai。挨洋枪是闹过义和团之后，见识过洋枪杀人才说起来的。晋中好些地方人喜欢说挨圪榔。圪榔是大棍子木杆子，属于分音词。前后两个字都是只表音不表意，只有合在一起才会有意义。前字声母和后字韵母相拼，可得意义相同的单音词。分音词也是晋语的显著特征。平遥人也说圪榔，棍械圪榔，是打架、打人的凶器。但不说挨圪榔。圪榔，容易让人联想到男人和雄性牲口身上长出的棍子，有下流的意味。日本人占了平遥以后，渐渐地有了日哄日本人的说法。过了好些年，日本人投降了好多年以后，老人们看见年轻的后生做事情不认真，应付差事的样子，还会说，你这干的是甚？日哄日本人吗？

日本人来了，普通老百姓惹又惹不起，但是给日本人干活儿，不尽心，糊弄，日哄，不是应该的吗？日哄日本人，就是磨洋工的意思，但比磨洋工更严重。杨掌柜和刘元闲聊的时候，说起过磨洋工这个词儿。在汉口的时候，见过洋人盖大楼。洋人盖房子，用的主要不是砖瓦，是石头，大石头块。除了向外的一面，可以凹凸不平，其他几面都要磨得平平整整，然后像砌砖一样，磨砖对缝。磨石头，很费工夫。这是磨洋工原本的意思。后来干活儿的时候，拖沓磨蹭，故意敷衍，死魔圪辍，都叫磨洋工。到处都说，在平遥算是个外来的词儿。虽然一般的人，没有机会见洋人，但都能明白，给洋鬼子干活儿是为了养家糊口，没办法的事情。干活儿的时候，磨磨蹭蹭，敷敷衍衍，磨洋工不算亏心。

日哄日本人，可就不只是拖拖拉拉的意思了，还得哄，还得骗。日本人已经打进家里来了，烧杀抢掠，无恶不作。惹不起是真惹不起，别说是普普通通的老百姓了，就是正儿八经的国军，阎锡山的晋绥军都惹不起。山西属于二战区，二战区的司令长官还是阎锡山，指挥着二战区的所有军队和日本人干，可报纸上天天说的都是国军在转进。转进来，转进去，不到半年时间，整个山西，不，是整个华北，都让日本人占了。反倒是听说共产党领导的红军，改编成八路军，还在大山里和日本人周旋。牺盟会也听说变成共产党的势力了，动员年轻学生，成立了抗日决死队和日本人干。但也只能是偷摸悄悄地来一下子，根本不可能拉出车马炮，摆开架势和日本人干。有枪有炮的国军都不行，指望缺枪少炮的学生娃娃，更不行。

卢沟桥事变是七月七日，又叫七七事变，中日正式开战。十一月，就听说太原丢了。腊月底，日本人的大部队开到平遥城下，稀里哗啦，三不两下，就把守平遥的军队打了个七零八落。正月十三，平遥城让日本人占了。

日本人占了平遥后，设立县公署。设县知事一人，是中国人。名义上为一县之首，但实际上一切事情都是日本的县署顾问说了算。日本的县署顾问叫秋田山男，会说中国话，看上去只有三十多岁，还同时兼任平遥新民会的顾问。所有店铺的东家和掌柜，都必须加入新民会。在新民会的成立大会上，秋田宣布，平遥城市面上所有的店铺，必须在一个月内全部开业，否则按无主财产处理，没收。所有店铺掌柜都是平遥新民会第一批会员，要为繁荣经济作贡献。呜里哇啦，一大堆说完，要求组建平遥商会，让大家推举商会管事人员。

老掌柜们都说，日本顾问秋田太君这么年轻，平遥知事年纪也不大，要建啥王道乐土，主要是年轻人的事了。组建平遥商会也要靠年轻人。

刘元一听就着急了，四下里一看，就自己一个年轻人。第一次以掌柜的身份参加这样的会议，也没啥说话的资格。这些老狐狸们，是要推举自己当商会的头儿，明显是要架在火上烤了。也没个熟识的掌柜能为自己说几句话。正在琢磨该怎么推辞的时候，那个日本顾问秋田山男说话了，哟西，这么年轻的掌柜，想必是有本事的人，既然大家推举，商会会长就是你了。

不行，不行，我，我肯定干不了，请大家另选……刘元真急了，赶紧站起来，连连推辞，可为刘元说话的人，一个也没有。

日本顾问当即决定，刘元担任平遥新民会干事、商会会长。

完了，完蛋了。刘元知道，要再推辞，今天能不能出得了这个门都是个问题。接下来的会，说了些啥，刘元都没有怎么注意，满脑子都是自己的心事。

开完会留下几个人来。刘元才闹明白，商会也不是只有自己一人，还有三个副会长。达埔村的李财东，恒隆当的赵财东，漆器行的乔掌柜都是副会长。达埔村的李财东，还担任平遥新民分会的会长。秋田说，以后平遥的事情就要依靠几位出力了。小刘掌柜年轻，有魄力。其他几位德高望重。你们要通力合作，把街面的事情办好。首要的是所有店铺都要恢复营业，生意做起来才能收税，为皇军出力。还有一件事，你们也要想办法，皇军大部队马上就要撤出平遥了，皇军在平遥死了七个人。有七位大日本帝国的勇士，为天皇陛下尽忠，你们要配合新成立的警察局，把凶手找出来。要找出七十个凶手，让皇军惩戒，为新秩序立威。

果然，这商会、新民会都是没有那么好干的。刘元心里不踏实，第二天专门上门拜访达埔村的李东家。李东家是达埔李家的嫡脉，李家的话事人，是平遥县最有钱的财主。五十多岁，喜欢新派打扮，住在米家巷，离齐泰布店不远。刘元从铺子里拿了一块上好的衣料，一大早就上门讨教。怎么说李东家和刘元的丈母娘，有望子的佰佰也是本家亲戚，多少会给些关照的。

李东家是个爽快人，劝刘元，你还算是个后生，你去出面和日本人周旋，总好过我们这些老家伙。我知道你，平遥城里的年轻人，这些年也就是你闯下些事务。我们几个都知道你，你来当这个会长，我们也放心些。你要知道，给日本人当商会会长，虽然不是啥光彩的事情，但想当的人也有的是。若真是让那些黑心烂眼子的人当了会长，一定是会借日本人的势，糟害自己人的。至少糟害自己人的事，你不会做吧？

不会的，一定不会，怎么做，全凭您老几位掌柜吩咐。刘元起身，连连保证。

商会的事儿想必是要收税，摊派。人在屋檐下，不能不低头。这些道理，大家都明白的。只要公正，大家也都会帮你的，谁也不敢得罪日本人。李东家认真地叮嘱刘元，也保证一起配合着日哄日本人。还说抓凶手的事，按说不是商会的事情，但也要想些办法，看能不能尽量不去祸害好人。

我也想了一晚上。死了的日本人，是攻城的时候死的，是守城的晋绥军部队打死的。现在守城的部队，跑的跑，被杀的被杀，哪里还会有什么凶手呢？我听那个秋田的意思，是要凑够七十个人，让日本人立威。能不能建议警察局抓些二流子，无赖地痞，大烟鬼料子鬼去凑数呢？

哎！这是个好办法。一听刘元的主意，李东家来了些精神，但还有顾虑，抓地痞无赖凑数，没啥问题。可是抓大烟鬼料子鬼，会不会惹下大烟馆料子店呢？你要知道，能做这些害人的买卖，都是有势力的，料子店都是日本人的买卖。

应该不会的，只要不进店铺里抓，每天围在大烟店料子店门口的，都已经是差不多被榨干了的人。有钱的肯定进店里，或者买回家抽。天天围在门口的，肯定是口袋里没钱的人。料子这东西，真是太害人了，多少正经人家的子弟，一沾这个东西，几天几个月，就人不人鬼不鬼了，有多少家产也不够糟践，戒也戒不了。如果能帮这些人做个了结，应该不算啥缺德的事吧？

你这个主意好。你看，这就对了。我们给日本人做事，就得这样，既要能日哄住日本人，又不能卖了自己的良心。我们这就走，去找那个叫秋田的日本人去。李东家显然是认可刘元的主意，站起身就要拿衣服往外走。

刘元却赶忙拦住李东家。这个李东家，咋还不如自己这个年轻人能沉得住气呢？刘元对李东家说，我觉得，咱们是不是也不能显得太急了呢？我想，那个秋田也是要交差的。才一天，咱们就想出了办法，他会不会又有啥幺蛾子呢？等上几天，等他着急了，再说。您看，这样……

好，好，果然没有看错你。看得出，李东家对刘元很欣赏，连声夸赞。

有李东家的支持，刘元的商会会长算是当稳了。过了几天，日本人在东门外处决抗日凶手，组织好多人去现场观刑的时候，刘元和漆器行的乔掌柜站在一起。看四下里没人注意，乔掌柜悄悄地对刘元说，听说，这个主意是你出的？

我，我，我想……不知道乔掌柜是啥意思，刘元不知道该怎么接这个话。

哈哈哈，看刘元窘迫的样子，乔掌柜笑了，伸出手拍打着刘元，好后生，出的好主意，既交了日本人的差，还解决了咱平遥城里的这些祸害。就凭这，我老乔服气。你这个会长当得好。

处决七十个人，费了好长的时间。这七十个人，日本人不是开枪打死的，是用刺刀捅死的。一组十人，分七次，每次换不同的人去捅。日本军官大声喊叫，叽里呱啦地叫着，刘元他们离得远，听不清。就是听清了，也听不懂，人家说的是日语。观刑结束，赵财东家的大少爷，一贯道的地才，跑过来给他爹解释，刚才日本军官的话，翻译官给翻译了，人家是要让没见过血，没杀过人的兵，都拿起刺刀捅人。

原来如此。怪不得看上去，那些行刑的日本兵也有些畏畏缩缩。老远就能看见有几个还浑身发抖打战的样子，挨了军官好多个大耳刮子。什么惩罚杀死日本人的凶手，纯粹是借口。

啧啧啧，用活人练胆子！难怪皇军都是虎狼之师，所向无敌。赵家大少爷新出任警察局副局长，可以在刑场周边来回地走，对日本人的做法一脸的艳羡。

对刘元给日本人当商会会长，也有人不满意。刘元的老丈人杨掌柜就很生气。日本人的大部队一撤走，杨掌柜就匆忙进了城。在村子里，一听说刘元当会长，杨掌柜就坐不住了，若不是老伴儿拦着，早来了。一见刘元的面，用一根手指，指着刘元的鼻子，张口就呵斥：你能耐了？出息了？才做了几天的掌柜，就当会长了？给日本人当会长，脸烧不烧？还要不要祖宗了？还有没有良心了？……

杨掌柜误会了，尽管有闺女桂馨儿陪着刘元一再解释，杨掌柜还是有些不大相信的样子。直到见过李东家，才算是消除了对女婿子的误会。对刘元说，杀这些地痞无赖，料子鬼大烟鬼，也是让日本人逼的。杀这些人倒也算不伤天和。可也还是不停地摇头，给日本人当会长没那么容易的。这才刚开头，以后会有麻烦的。

有麻烦，又能怎么样呢？当亡国奴的日子，做什么？不做什么？哪里又能是自己选择的呢？不用日哄的办法对待日本人，肯定会死得更快！这些道理，杨掌柜何尝不知道呢？

布店的生意不好做了。岂止是布店，兵荒马乱的，所有的生意都是一片萧条。杨掌柜布店也不用去了，杨掌柜媳妇又要忙着照顾再度怀孕的大闺女。杨掌柜没有再闹腾着赁房子另住，就住在闺女女婿子家里。闲下来无事，整日里抱着话本看。在北平，大儿子没找到，但养下了个新毛病，喜欢上看京戏听昆曲儿。杨掌柜说，一开始是陪着掌柜和客户去听，听来听去，自己倒上瘾了。回到平遥，没地儿听，就找各种话本看。不光是自己看，还说。自家媳妇和闺女，没心思听，就给女婿子刘元说。

刘元也没心思听，但作为女婿子，怎么也得给老丈人些面子。杨掌柜给刘元讲话本里的话。说这些老话本，尽管男欢女爱的内容有些多，但更重要的是忠义节烈……

刘元装作很耐心，心里却是为自己的事情发愁。从榆次拉回来的布匹，没有告诉老丈人，媳妇也没告。告诉他们，只能是让他们一起跟着担惊受怕。布店重新开业，日本人来检查，说粗布和坯布是管控物资，不能批发，只能零卖，每次生意不能超过六尺，还得登记卖给了谁。藏起来的布，怎么办呢？一旦要走漏风声，真是掉脑袋的事情。

好在布匹是放不坏的。刘元想，那就先放着吧，谁知道这仗要打多久呢？乱世里，活着最要紧。四佬和刘魁又都叮嘱了一遍，都晓得了利害，应该不会乱说的。知情人就只剩好弟兄那二了。布藏到哪里，那二连问也没有问过。

兀家供杀啦

兀家供杀啦！只有五个字，却是完整的一句话。

兀家是主语。兀，甲骨文里与元同义，特指突出身体的脑袋。后世用来形容高耸突出的样貌。平遥人嘴里的兀家，与这家对应，是代词，人称代词，指代第三人称单数。若是复数，要说兀家们。好多平遥话，别的地方也说的。兀家，只有平遥一带的人说。就是今天，若要是遇上个张口兀家，闭口兀家的人，不用问，不是平遥人，就是平遥附近的人。平遥人喜欢用家这个字做后缀。里村人，曹村人，要说成里村家，曹村家。汾阳人、太谷人，要说汾阳家、太谷家。还有山东家、河南家、北京家。平遥人，当然是平遥家。

供，本意为上供，做供。对待神佛，要说贡献。对朝廷，对皇上，说上贡。贡，有恭敬、虔诚的意思。对自家的祖先，逝去的亲人，供，就可以。但平遥人说供，还对活人。是得意、兴奋，是得意忘形，失态的样子，是贬义。供的人，往往是扬风乍美的样子。供是谓语。

杀，也是形容程度，和死一样。啦，语气词。

当商会会长，刘元是不情不愿的。可有的人为日本人做事很兴奋。二小，就快供杀啦！

日本人打平遥的时候，派飞机炸了面粉厂。打下平遥以后，发现只有面粉厂和附近通电，征用了面粉厂。煤气机、发电机得维修，重新安装。二小自告奋勇，让一贯道的地才，赵财东家的大少爷引荐给日本人。煤气机和发电机都没有被炸坏，二小跑前跑后地忙活着，安装调试机器，重新铺设电线电灯。面粉厂里的电接通了，电灯又亮起来，几乎全是二小的功劳。日本人雇佣二小，负责照料机器。日本人的大部队撤走以后，留在平遥城的日本兵主要是宪兵队。宪兵队就设在原来的面粉厂里。二小变成了少数几个可以随意进出宪兵队的中国人。二小得意起来了。

日本人对一贯道很重视。一贯道里的主要人物基本上都在为日本人做事。天才金掌柜也是新民会的干事。那二告诉刘元，日本人对原先的旗人尤其重用。那个秋田说，日本要帮助满人建设满洲国。大日本帝国、满洲国、中华民国是友邦，再和其他的亚洲国家联合起来，驱逐西洋鬼畜，建设大东亚共荣圈。金掌柜实在是推托不过，头发都愁白了。但金掌柜利用天才的身份，帮助那二解脱了。有人要推荐那二进新民会，金掌柜说，那二是个二杆子，做事情不稳重，干啥也靠不住。

那二也册下媳妇了，娶的是金掌柜的堂妹，和金掌柜算是亲上加亲。还在铁路上干，可铁路却不是原来的南同蒲铁路公司了，变成日本人的啥铁路株式会社。结了婚的那二很消停，除了上班，偶然找弟兄们喝顿酒，就是躲在家里和新媳妇过小日子。一贯道新民会的所有事情，都是能躲多远就躲多远。见了刘元，还悄悄叮嘱，那批货，不要急着出手，千万要稳妥。挣多挣少无所谓，稳当第一。

刘元不想惹事儿，但是事儿却找上门来了。有一个人，很年轻，跑到刘元的店铺里买布料，还专门要买粗布，蓝色的黑色的都行，坯布也行，有多少要多少。刘元不敢卖，说粗布坯布是皇军的管控物资，一个人只能买六尺，还要登记。但那个年轻人却说，我们都是中国人，做生意也得有良心，不能拿着鸡毛当令箭。你悄悄地卖，我悄悄地买，你不说，我不说，日本人怎么会知道？大家都是合吾道上人，做生意也要讲道义不是？

刘元更不敢卖了。认也不认识，第一次见面就说这么多，要买这么多日本人管控的东西，还有多少要多少，别是日本人派来的探子吧？露的两句春点，还不如自己这个半吊子说得溜。倒是一打听，认识这个年轻人的挺多，叫冀永宽，家在郭家巷，以前是汾阳铭义中学的高中生。算是城阕里有名的人，家里兄弟三个都是高中生。老大叫冀永年，以前是平遥牺盟会的人，日本人来之前，天天鼓动抗日。冀永宽是老二，听说和老三一起都参加了牺盟会的抗日决死队。家里还有个妹子，去年上平遥中学的女生里，就有他家妹子。

若是这么说来，这个冀永宽应该是牺盟会的人，估计是为决死队采购物资。卖布给牺盟会，刘元心里是愿意的，人家提着脑袋和日本人干，坚决不当亡国奴。刘元打心里佩服。自己做不到，给些支持当然是应该的。而且，人家又不是不给钱。

可这买卖却不应该是这么个做法啊！这么大张旗鼓地，就不怕被日本人发现吗？

冀永宽再来的时候，刘元面子上客气多了，但还是不敢多卖。抱歉地解释，我们小本生意，而且最主要的，得先把脑袋保住。日本人定下的规矩，我们是不敢不听的。还启发姓冀的，你看，能不能多找些人，我这里登记一下，日本人那里也好有个交代。可这个人，简直是听不懂话，又是拐弯抹角地给刘元讲抗日的大道理。

我倒是也想帮助你们抗日，可也得先保住脑袋啊。在日本人眼皮底下做生意，怎么就这么不小心呢？刘元心里嘀咕着，嘴上是一点儿也不敢松口。好在这个冀永宽不只是买布，还要买颜料。刘元的店里，因为主要是卖坯布，所以颜料也卖。日本人没有说颜料是管控物资，刘元把店里的颜料卖给了冀永宽，还按他的名字卖了六尺坯布。要的价钱很低，三不值二，连本钱都护不住。刘元想，这也算是支持抗日了。

按冀永宽的要求，刘元又卖了两次颜料，还按他找来的几个人的名字卖了些坯布。来往多了，刘元暗示，估计平遥城里，哪家布店也不敢按你的要求卖。且不说敢不敢，有没有，就是有，卖给你们，也不好往出运吧？

这是我们的事情，我们会有办法的。

我是说，你们也可以去城外打问打问，说不定城外有卖的。城阂里日本人管得紧，城外大概松一些吧？若是在城外买，你们也好往外运。

城里都没有，城外哪里会有呢？

这个人，咋就听不懂话里的话呢？刘元硬着头皮继续说，我倒是可以给打听打听，说不定哪家布店在城外有存货的。

冀永宽一听，就激动起来，声音都变了，那你赶紧给打听。有多少，我们要多少，价钱好商量，不用砸水。

刘元知道，砸水是黑话，讲价的意思。一看冀永宽激动的样子，刘元就后悔了，后悔刚才说的话。这么不谨慎，怎么敢把自己藏的布卖给他呢？话说多了。赶紧打哈哈，我只是说打听打听，谁知道谁家有呢？

怕什么，来什么。果然，没有几天，听说冀永宽让日本人宪兵队抓了起来。刘元心里很担心，冀永宽会不会在日本人那里供出自己呢？看来自己说话，还是太不小心了。

冀永宽被抓，是二小告的密，是二小自己亲口说的。二小要结婚了，找刘元来借钱。刘元当然不想借，说，你借我的钱，到现在还没有还呢？

啥时候我借你钱了？咱俩都一年多没见面了，我咋不记得借你钱了。

你看，你看，忘得干干净净。在钱庄当伙计的时候，借了我一块大洋，说是十天半个月就还，我三天两头找你要，现在倒忘了个干净。

嗐！多少年前的事儿了，你还记得。一块钱，对于你这么个大掌柜，商会会长，还好意思说？二小真是厚脸皮，一点儿也不觉着是他不对，反倒好像是刘元不应该再提这事儿。

我倒不是要这一块钱，我是怕再借给你，又是肉包子打狗。

不会，不会的，你尽管放心好了。平遥城，不止你刘元是日本人的红人，兄弟我也马上就是了。皇军要成立便衣侦缉队，你兄弟我马上就是队长了。

你咋不说要当县长呢？还队长？

你还别不信，前两天，有个抗日分子，就是我带皇军宪兵队去抓的。便衣侦缉队归皇军宪兵队管，是皇军宪兵队长亲口对我说的，还要配枪。二小得意扬扬地说着，还用两个手指，比画出一个枪的样子。

什么抗日分子？我怎么没听说？刘元心想，这钱估计是得借了，还是老话，宁得罪君子，不得罪小人。但还是装作什么也不知道的样子，想继续套一套二小的话。

冀永宽，郭家巷的冀永宽，知道了吧？好多人都知道他是牺盟会的人。他一回平遥城，就让我盯上了。又是买粮，又是买药的，是我带着皇军来了个人赃并获。要不，皇军怎么会让我当便衣队长呢？

原来是这样。看来这个二小，以后得小心，更不能得罪了。二小狮子大开口，要借一百块大洋。刘元说，你倒是癞蛤蟆打哈欠，好大的口气。你就是连我和这铺子一起卖了，看看能不能卖出一百块大洋来？

推来扯去，掰扯了好半天，刘元用几张钞票和五块大洋，打发走二小。二小临出门，又顺走了柜台上的一块花布，说，这块布，就算是给你嫂子的贺礼了。过两天，你过来喝喜酒就行，不用再报礼了。

二小没说错，没几天真当了日本人便衣侦缉队的队长了，只是个小队长，管不了几个人，但已经很神气了。弄了顶日本兵的帽子戴在头上，斜挎着盒子炮。册下的媳妇算是平遥城里有名的人，全城的人都知道，是城西香乐村人，与后来的大歌唱家郭兰英同村。以前是唱戏的，和郭兰英一样打小就被狠心无奈的爹娘卖给了戏班子，据说跟的师傅和嗨嗨腔程玉英的师傅说书红高文瀚是师兄弟。程玉英是名角，和丁果仙并称山西两个女戏王。城阂里和村里的闲汉们都说，宁肯跑丢鞋，也不误程玉英的嗨嗨嗨。鞋，念 hai，挤在人群里，被人踩掉了，着急着喊鞋，鞋，鞋！跟嗨嗨腔的嗨，嗨，嗨！一个音，一个调。二小的媳妇也登过台，还有个艺名叫香儿，人如其名，油光水滑的大辫子上搽着很香的油，大街上遇到隔老远就有香味儿往人鼻子里钻。可惜还没红起来，日本人就来了。不得已做了暗门子，听说已经和二小明铺暗盖了好些日子。二小是借侦缉队的势，强册下的媳妇子。香儿的长相与这样乱纷纷的世道很不相称，也许是反过来与这样的世道正相合，总是让人脑子里想起妖艳甚至是妖精之类的词汇。幸亏只是个在平遥城里艰难讨生活的小女子，没什么出息，没有经见过大场面，更无缘结识啥大人物，不会让人联想到招祸亡国的妲己与褒姒之类的历史人物，更不会担上招引日本人侵略中国的罪名，最多也就只能算是个不知亡国恨的商女而遭文人志士的唾弃罢了。有红颜，却未能成为祸水，不知道是香儿的幸运还是不幸。

香儿常常坐在市楼底的水煎包铺子里吃水煎包，有时候还让铺子里的伙计去市楼另一头的长升源黄酒铺子里买酒来。水煎包儿，是平遥城里最吸引人的吃食。制作的过程就好看，总有小孩子围在店门口看。吃不起，看看总可以的，而且若要有耐心，万一遇上有破皮儿的，那就便宜多了。店里三四个人，两个人不停地包，包成饺子样，比寻常的饺子稍大点，挨着放在一张大鏊子上，紧紧地挤在一起。一鏊子挤满，用一个大铁皮圈子圈住，再用木锅盖板一压，饺子就变成包子样了，四棱四方的包子，彼此间再无一点空隙。移到锅台上，鏊子上不停地加油加水，煎得嘶嘶作响。一面煎好，大师傅用长长的铁铲，铲动包子底儿，然后一使劲儿，鏊子和铲子一起使劲儿，猛的一扽，整盘的包子就飞起来，空中优雅地翻个身，再缓缓地落回鏊子上，煎另一面儿。煎好后，移到旁边的小火上，慢慢卖。以前的太平时节，遇上年节吉庆，赶集赶会，生意好的时候，三个大铁鏊子轮着转，这边刚煎好一鏊子，那边又一个鏊子包好了。煎好的水煎包，是连在一起的，卖的时候，用一个小铲子切着卖，要几个切几个。刚出锅的，滚烫。包子金黄的上下两边透着红，看着就脆；旁边的，黄里透着白。用嘴吹吹，小口咬开，扑鼻的香味儿混合着热气就会冒出来，咬的口子大了，有烫嘴的油会滴下来。店里有三四张桌子，可以现吃。大多数人是买走，用一张草纸包起来，再垫两张，不能不垫的，一张纸烫得托不住。包包子的草纸浸了油，会变成半透明，油亮油亮。坐在铺子里吃的都是进城赶会的村儿家，城里人都是买了回家吃。可香儿就常常是坐在铺子里，一坐就是大半天，也不用筷子，用大拇指二拇指捏着吃，端酒盅的是另一只手的两个手指，其他的三根水葱似的手指夸张地翘着兰花指。总是斜坐在桌子旁边，正对着大街，跷起二郎腿，天气暖和的时候，旗袍的开衩全都张开，露出白花花的大腿。一坐下，就脱下一只绣花鞋，挂在脚尖上，露出里边雪白的袜子，夏天不穿袜子，更是露出白皙的脚脖子。香儿是天足，虽然没有裹过脚，但天生纤修，更好看。不好好穿鞋，把鞋后跟儿踩在脚底，叫趿拉，平遥人念 te le。把鞋挂在脚趾上，来回晃悠，也叫趿拉。人们说，二小是让香儿晃悠的小脚勾走魂儿了。结婚以后，香儿还是经常到水煎包铺子里坐，但不会坐那么久了。世道不好，所有的生意都变得很清淡，水煎包铺子也很少有人，看热闹的也没了。嫁给二小的香儿又有了新的消遣，整天里描眉画眼，搽脂抹粉，不是打牌就是听戏。都说不是一家人，不进一家门，还真是。

市楼底东面的几家店铺门口，都被侦缉队围了起来，进出都难，更别说是做生意了。说是要淘洗金井。哄谁呢？金马驹的传说谁不知道，一有啥外来的势力来平遥，就会挖一遍的。带队的是二小，就这么围着，不停地挖。这一带的店铺，还怎么做生意？几个掌柜的，一起来找刘元想办法。刘元是商会会长，还和二小有交情。

刘元碍不过大家的情面，和几个掌柜一起去找二小，问他，这金井里有没有金马驹，你会不知道？

我知道不知道有啥用？皇军不知道啊。挖不出金马驹，没办法给皇军交差啊？再挖不出来，就得往边上挖了，就是不知道这市楼和旁边的地基，能不能吃得住？已经是赤裸裸地威胁了。几个掌柜的商量了一下，凑了五十块大洋，让刘元送给二小，总算是打发走这些瘟神。

让二小得意的事情，还有。日本人的天皇要过生日，天长节。平遥的日本人要给他们的天皇献宝，祝寿。二小又领着人去敲诈了漆器行的好多东西。听一个小日本说，日本的漆器和平遥的推光漆一样好。日本的英文名字叫“夹胖”，就是漆器的意思。二小又给日本人出主意，说平遥的推光漆有秘方。乔掌柜不堪骚扰，跑了。

好多人都说，乔掌柜是让二小逼跑的。大家说起二小来，都是一句话，供杀兀家啦！

扳不倒儿

扳不倒儿是小孩子的玩具，就是不倒翁。

刘元在平遥城里，在商会里，和日本人周旋了好几年，愣是没出啥大事儿。城阕里的掌柜们，道歇起刘元来，都是要竖大拇指的。好多人说，别看人家年轻，还真是个扳不倒儿。

但刘元自己清楚，这么几年里是怎样小心翼翼，一天一天熬过来的。

冀永宽被抓的时候，刘元就很紧张。一遍一遍地回想和他说过的每一句话，后悔和他说什么打听城外有没有布匹。若是冀永宽熬不过，把事情交代给日本人，自己也就完蛋了。刘元悄悄地叮嘱刘魁，要是发生什么事情，就回村子去。藏起来的那些布，谁也不说，也不要动，一寸也不能动，动了就要掉脑袋。什么时候太平了，等东家回来，全部交给东家。东家刘掌柜知道刘元刘魁是里村家，会去找的。要是自己死了，刘掌柜肯定不会亏待的，怎么也不会低于一成的利润。布价已经涨得很高了，一匹布十丈，两千四百多匹，就是一成的利润也会高得吓死人。

刘元是在给堂弟交代后事呢，若是刘掌柜真给了钱，你和你爹拿两成，记得给那二两成，剩下的交给你嫂子。我要是真不在了，你嫂子，俩孩子，还有你嫂子肚子里的一个，以后哥就全拜托你了。

刘元的话，把刘魁吓着啦，但也还是重重地点头应承下了。

刘元想好了，就是死，也得把这些东西保下来。每天提心吊胆的，夜里尽做噩梦。白天在店铺里，一看见有日本兵和侦缉队的人经过，就以为是来抓自己的。可奇怪，啥事儿也没有。过了两个月，冀永宽被放出来了。更奇怪的，冀永宽居然给日本人做事了，当上了平遥县西北区的区长，天天到南政村的区公所上班。

冀永宽肯定是投靠日本人了。给他说打听城外布匹的情况，是没听明白？还是忘了？或者是其他什么情况？刘元想不明白，也不敢找冀永宽去问。在街上遇着两次，冀永宽也不和刘元说话，好像是不认识的样子。但却冲刘元微微笑一下，就一下，笑得很诡秘，除了刘元，不会有人察觉。这笑一下，是什么意思呢？

心神不宁了好多天，啥事也没发生。就在刘元以为这件事情算是过去了的时候，又有人来找了。天擦黑，要上门板的时候，来了两个人，说要和刘元谈生意，让刘元找个说话的地方。一个人在铺面里看着两个伙计，另一个年龄大些的，随刘元走进后院儿。

来人自我介绍，说自己叫冀永年，是冀永宽的大哥。怪不得有点面熟。还是买布的事情，说听冀永宽说，刘元答应给打听城外哪里有布。

我是瞎胡说的，只是说去打问打问。哪里有，有没有，我可是真不知道的。有了上次话多的教训，刘元说话谨慎多了。

那就麻烦刘掌柜给好好打听打听了。冀永年说，刘掌柜年龄不大，但做事情却稳重，难得。还说，这年头，做事情是应该稳重些。我们也不会亏待帮助了我们的人，价钱好商量。而且更重要的，提货和运输我们都会小心，不会给卖家添麻烦的。

刘元没有动心，只说不知道，只答应帮着问问。倒是进颜料的事情，答应得很痛快。

来拿颜料的人，是陪着冀永年一起来的那个年轻人。钱货当场两清，用大洋支付。刘元说的价钱，本来还留有些商量的余地，可人家根本就没有还价，分毫不差。留了个地址，让刘元递明早起，过去一下。明天，平遥人说递明；后天还是后天；大后天，要说老哇后天。昨天，叫夜来；前天，只说前日；大前天，叫先前日。前，和钱一样，都念 jie。把昨天说成夜来，颇含古韵。唐诗云："夜来风雨声，花落知多少。""夜来归鸟尽，啼杀后栖鸦。""夜来南风起，小麦覆陇黄。"苏东坡也说："夜来幽梦忽还乡。"可见唐宋时期，"夜来"是个常用词，为昨夜或者昨夜以来之意。到今天，不只是平遥这个小地方，晋语区好多地方，还有山东、河北、湖北许多地区的方言里，依然保留"夜来"，大多引申为昨天的意思。古代语言的传承，虽历经曲折，变化多端，但残存碎片，雪泥鸿爪，依然散落各地，执拗地保留着祖先的记忆。

刘元去的时候惴惴不安，回来更是心神不宁。到了地方，见到的还是冀永年。冀永年说，打听到日本人占平遥前，有人弄来过一大批布匹，存放在平遥站货场。说是牺盟会的货，可我们清楚，牺盟会根本没有买过这么多的布。要拜托刘元再好好打听打听。

究竟还是走漏了风声。当初和那二商量，说成是牺盟会的东西，是为了遮平遥城的耳目，可千算万算，没想到遮牺盟会的耳目。其实，把这批布真卖给牺盟会，倒是个好办法。只要不是白拿，价钱略低些，刘元也能接受。但是安全吗？这可不是挣多挣少的事情，若是让日本人得到了风声，脑袋还要不要了？

冀永年又从刘元这里订了一大批颜料。还告诉刘元，你给日本人当商会会长，我们理解，但不能做丧良心的事儿。要是铁了心当汉奸，跟着日本人为虎作伥，我们决死队也不是吃素的。询问了刘元新民会和商会里的有关事情，事无巨细，啥都问。特别是仔仔细细地问商会副会长恒隆当赵财东父子的情况，让刘元关注赵财东父子的行踪。刘元说，后天，五月初八，赵财东的大孙子，完十三。赵财东家在五里庄办事业。上午九点，商会开会。开完会，赵财东父子要赶回村里。冀永年非常感兴趣，问刘元赵财东一般回村里都怎么走，坐车还是骑牲口？带几个人？有几支抢？刘元把自己知道的，一一做了回答。

那个年轻人再来拿颜料的时候，问刘元消息打问得如何了。刘元说，没问出来谁家有，反倒是有人打听是什么价钱，怎么提货。这年头，做小买卖的人，最重要的是安全，是先保住脑袋。

那个年轻人，说他只是个跑腿儿的，但估计刘元说的这些都不是问题。答应刘元，过几天就给回话。可一走，就再没了音信。过了许久，刘元听说，冀永年死了，在梁坡底村，被日本人打死了。又过了些天，刘元也被日本人抓了，抓进了日本人宪兵队。不是因为布的事情，是颜料。

说起来，刘元被抓，多少有些受达埔李东家的牵连。李东家的小老婆被日本人欺负，自杀了。李东家很疼爱这个小老婆，米家巷的房子就是给小老婆住的。刘元也见过。第一次上门拜访李东家，刘元拿了块好布料。好大一块，做一身也够，做两件上衣也行。当下，李东家就让如夫人给刘元量尺寸，给自己和刘元一人做了一件褂子。小老婆死了，李东家受了刺激，跑回达埔，把自家地儿里的粮食全卖给牺盟会，也上吊死了。

平遥商会三个副会长，漆器行的乔掌柜跑了，生死不明。李财东又上吊。恒隆当的赵东家，给日本人做事太多，在回五里庄给孙子过生日的路上，和当警察局副局长的大儿子一起，被人打死了。大家都传，赵财东父子，十有八九是被牺盟会决死队的人干掉的。刘元隐约清楚是怎么回事儿，心里有点儿发虚。乱世人，不如狗。死心投靠日本人，抗日的人饶不了；要帮助抗日的人，日本人又怎么饶得过？城阕里的侦缉队、便衣队、警察局一帮子狗仗人势的家败东西，见天儿地对各种铺子敲诈勒索，胡收乱拾。别说是生意根本没法子做了，就连过日子也是越来越艰难了。

城阕里的所有铺子，都对二小恨死了。二小越是供得要命，人们就越发恨得厉害，说起来，都说兀家是个家败骨殖。骨殖是死人的骨头，是死了好多年的骨头，也叫干骨。用来指活人，当然是骂人的话。殖，念 shi。二小巴结上日本宪兵队，变成了侦缉队的大队长。媳妇子原来就是个暗门子，结了婚还是。只不过现在只招待日本人。二小成天领着日本人到家里，吃饭喝酒，胡天黑地。有人说，三天两头就能听见有日本人在二小家里，吱儿喊叫，吱天嘹哇。还唱，咿咿呀呀，鬼哭狼嚎，一边唱，一边有人哭……

二小的媳妇根本就不是过日子的人，油瓶子跌倒，也不会去扶，懒得跌折骨头。整天除了描眉画眼，就是陪日本人吃酒耍牌。日本人唱歌的时候，拿个琵琶在旁边拨拉。还抽大烟，瘾很大。二小在外面，借日本人的势，凶神恶煞一般，可是却拿不住媳妇。在媳妇跟前，跟在日本人跟前一个德性。在外面敲诈下的钱财，还不够媳妇子糟蹋。大家私下里说，这也算是报应。平遥人笑话懒媳妇，有个懒媳妇吃圐圙的故事。圐圙本为蒙古话，原意为围墙、城堡，旷野戈壁中孤零零的小城堡，与库伦之意相同。平遥人口里的圐圙却是一种面食，念 ku lang。小孩子过周岁的时候，用白面蒸一个圈圈状的馍馍，四周嵌上红枣核桃仁，套在孩子脖子上，讨个彩头，希望孩子一辈子不愁吃。故事说有人娶了个懒媳妇。啥也不做，啥也不会做。要出门做生意，给媳妇蒸了个圐圙套在脖子上。回来一看，媳妇还是饿死了，只把嘴前面的圐圙吃了，旁边的，后面的，还在。懒媳妇不会转圐圙。可二小这样的媳妇，岂止是懒呢？

刘元的布店算是城阂里生意比较好的店铺。二小也是隔三岔五地来敲诈一番。好在毕竟还是商会会长，和日本人多少也能说得上话。也许二小也多少念及些旧情，每次来，只是拿两块布，死缠硬磨地要几块钱。但三个副会长接连出事，特别是李东家，公然抗拒。那个叫秋田的日本顾问调走，新来的对平遥商会很不满意，改组，刘元的会长当不成了。

当不成就当不成吧，反正也没有多稀罕。可是没有了会长的头衔，欺负的人多起来了。二小又来借钱，刘元没给。说是借，可什么时候见他还过。二小和刘元彻底翻脸了。二小从颜料作坊打听到，刘元进过好多的颜料，向日本人报告，把刘元抓进了宪兵队。

在宪兵队里，一顿毒打，刘元把卖颜料的事情全招供了。日本人只是说粗布和坯布是管控物资，没说过颜料。再打，卖布的事，刘元也是死不承认。卖了的布，都是零售，也都按日本人的规矩有登记，可以查的。可是不承认也没用，宪兵队里抓的人，根本就没有放出来的道理。卖颜料，虽然是没说过管控，但也算资敌。好在是罪名不重，平遥关押了一个多月，押赴太原，关进反省院反省。

老丈人杨掌柜，好弟兄那二,四处打听，托门子走路子，给刘元想办法。杨掌柜的二小子满禄儿是刘元的二兄哥，在太原的省公署做事，也是为日本人做事。杨掌柜来到太原，住到儿子家里，逼着儿子想办法救妹夫。满禄儿到处求人，总算有了回话，可以花钱把刘元赎出来。

老丈人又回到平遥，和桂馨儿一起变卖家产，连卖带当，四下求借，凑够了赎刘元的三百块大洋。日本人自己发行的票子，自己也不要，赎人，必须是现大洋。其实，别说是三百大洋了，再多几倍，桂馨儿也拿得出。可杨掌柜告诉闺女，必须去借，必须去变卖家产，这是做给别人看的。若是让有心人知道了家里有钱，还会惹出其他的祸事来。

终于，刘元带着在反省院反省出的满身疥疮，拖着一条被打折的腿，回到了平遥。而且没过多久，居然把日本宪兵队查封的铺面要了回来。日本人只是在几间门面房上面贴了封条。另一个伙计吓跑了，刘魁还在，一直住在院子里照看着铺子。宪兵队查封的铺面，倒也没有啥人敢来捣乱、哄抢。铺子里的东西还在。

铺面是冀永宽帮着要回来的。为了搭救刘元，杨掌柜和冀永宽走动得很近，以前就认识，这下来往更多了。冀永宽不在南政村当区长了，回到平遥城，在县公署里做事，和新来的日本顾问说得上话。平遥城还有一伙日本人，征用了冀家的院子，就住在冀家的阁里院儿。头目叫鸠尾，年龄有四五十，会说一些中国话，说不好，基本交流没啥问题。看上去很和善，不像其他日本人那么凶。和冀永宽关系好得很。让冀永宽满平遥城给他找会下围棋的人。冀永宽问来问去，只有杨掌柜稍会一点儿。隔三岔五，鸠尾就到刘元的铺子里来，打发人去叫杨掌柜。有时，鸠尾来了兴致，还会和冀永宽、杨掌柜几个人一起打麻将。人不够的时候，刘元也上场，凑过几次牌搭子。刘元打得不多，偏偏让二小撞见一次。二小看刘元跟日本人在一个牌桌上，有说有笑的，吓着了，再也不敢来刘元的铺子里捣乱了。

平遥城本来就没有多大，很快，有人传出话来，说刘元是个扳不倒儿。其实，刘元心里明白，真正厉害的人是冀永宽。

平遥城的日本人，宪兵队人数最多，最凶最坏，时不常就抓人。在街上看谁不顺眼，动不动就打人逼兜。逼兜，耳刮子的意思。有句土话，对人恨起来，说逼兜耳刮子刷洗你。洗，念 sei。挨逼兜耳刮子，也疼，但主要是丢面子。所谓打人不打脸，骂人不揭短。刷洗，那可是有讲究的词儿，是老话。老人们说，是明朝皇帝朱元璋想出来的整人的办法，把滚开的水，不停地浇到人身上，用铁刷子来回刷，直到露出白森森的骨头……

除了宪兵队，常驻平遥城的，县公署有一伙，尽是文官。再有就是冀家院子里的一伙。占了冀家的阂里院儿和偏挂的跨院儿，把里外院儿之间的垂花门砌死。冀永宽一家住外头院儿，走原来的门洞。日本人从东跨院儿进出，门口老有拿枪的兵站岗。三伙日本人，冀永宽都能说得上话，特别是跟鸠尾。鸠尾的官儿还挺大，宪兵队长见了，也得立正，点头哈腰。

刘元想，藏起来的那些布，千万不能急着卖，必须万无一失。乱世里，再怎么小心，都不够。

难　活

难活这个词，估计不只是平遥人说，哪里人不难活呢？从盘古爷开天辟地，三皇五帝到如今，史册上的所谓太平盛世，一只手也许数不过来，两只手肯定有富余。传说中的盛世是啥样，谁也没见过。但想来，天有九重，人分三六九等，再好的盛世里，也是照样有人好活，有人难活。无非，可能盛世里，好活的人多些吧？可现在，山河破碎，异族入侵，到处是兵荒马乱。当亡国奴的日子里，肯定是更加难活的时候。

可是，再难活，也得活啊！只要有口吃的，饿不死，还能有力气动荡，就得咬着自己的后槽牙，挣扎着活下去。平遥谚语说，参正拜年，商正割田。参，商，都是星宿。看星宿过日子，肯定是老以前的先人传下来的经验。日子难活，拜不拜年，顾不上了。按着节令，春播秋收，依然是下苦人的本分。也许，熬煎，就是一辈又一辈人的宿命。既然已经来到了这个世界上，该受的苦，就必须受。

刘元不是下苦人。有齐泰布店，就是不算藏在里村的那些布，有东家留下的东西，有老丈人联络下的生意往来，日子再难，也要比好多人过得好。比上也许不足，比下太有余了。刘元和媳妇子桂馨儿商量好了，前些年攒下来的那些大洋，一块钱也不动，全部藏起来，藏好。更艰难的日子，肯定还在后头呢！就是拼了命，也一定要攒上些老本儿，这样，才能在急难的时候，手头有个抓摭。

布店还开着。生意再不好，也还能勉强维持。女子嫁人的时候，人们总说，嫁汉嫁汉，穿衣吃饭。可见穿衣服和吃饭是一样重要的事情。年景不好，添不起新的，就穿旧的。可就算是再缝再补，衣服也有烂的时候。只要饿不死，就会有婚丧嫁娶，就是再紧紧裤腰带，也总会有人要给故去的老人置办一身老衣裳，给成亲的儿女添一件新衣。

刘元不是商会会长了，但日本人为了显示皇军的宽大仁慈，对诚心悔改的人网开一面，还是让从反省院出来的刘元担任了副会长。当然，刘元想，这里面估计是有冀永宽的功劳。

冀永宽究竟是个啥人呢？刘元想不明白，更不敢问。看来给日本人做事的，也不是都像二小那样家败。其实就算是二小，刘元相信，起初也并没有那么坏。人，固然有品性的优劣，所谓生就的骨头，长就的肉。但，也是被逼的。逼得好人更好，难。逼得坏人更坏，容易。古人云，从善如登，从恶如崩。做人不易，古今同。

从反省院回来，刘元的腿就跛了。走路一瘸一拐，又留起了胡子，看上去年龄大些了，给人的感觉更加稳重了。年龄大的总要装嫩，小些的就要装老成。刘元不是装，已经是三个孩子的爹了，过不了几年，就三十了。刘元的第三个孩子，还是个秃小子。起名叫刘立传，小名儿有念子。住监狱、挨打，也有好处，刘元更加沉默寡言了。见了谁，都是满脸先堆笑，点头哈腰。跛着腿走路，更是小心翼翼，好像是风吹落的树叶也有砸破脑袋的危险。但夜里睡觉，刘元很踏实，心里踏实。有藏起来的那批货，刘元相信自己，肯定能把三个秃小子拉扯成人的。就是小舅子增禄儿，小姨子莲馨儿，刘元都有信心照顾。

杨掌柜一家子，还是和大闺女女婿子一家住在一起。除了应付那个叫鸠尾的日本人，杨掌柜还是整天抱着话本看。杨掌柜喜欢话本里的一段话：我是个蒸不烂、煮不熟、捶不扁、炒不爆、响当当一粒铜豌豆。恁子弟每谁教你钻入他锄不断、斫不下、解不开、顿不脱、慢腾腾千层锦套头？刘元也喜欢。后一句，有些听不大懂，但前一句，说得太好了。刘元告诉自己，在这样的世道里，就是要做一颗蒸不烂、煮不熟、捶不扁、炒不爆、响当当的铜豌豆。

年景越来越难了。有时候，老天爷也不是个东西。已经够难活的了，可偏偏，又来天灾。刘元家的老三有念子，三岁多的时候，竟是连年大旱，一冬天没有一场雪。开春，只有些罗面面雨、薄淋淋雨。天上来的水，好像是用筛子筛过，用罗细面的罗，罗过，不仅细碎，还稀少，连地面都打不湿。平遥境内，大一点的水，只有汾河。但小河小汊，有不少。谚语说，黎基岳北，过河洗脚。岳，念 mie。岳北和黎基，在城南，紧挨的两个村子，彼此往来，必须过河。水不深，没过脚面而已。听说这些小河道，大多干涸了。城阂里的粮食，越来越难买了，有钱也买不到。日本人要征购所有的细粮，让平遥吃不饱饭的亡国奴，拿出日益稀罕的粮食去支持狗日的“圣战”。

天气暖和起来的时候，杨掌柜和闺女女婿商量，还是回村里住吧。店铺里的生意很清淡，有刘元刘魁兄弟俩，足够照应，杨掌柜本来也就没有多少事情做。回到村子里，找寻些吃食，总比在城阖里方便。自家就有十几亩地儿呢，收下的租子，白面根本就运不进城里来，就是粗粮，进城的时候，也得让汉奸们扒一层皮。而且杨掌柜说，不想再支应那些个日本人和大大小小的汉奸了。

刘元雇了挂驴车，雇不下马车，只有驴车，把老丈人一家子和自己的三个秃小子送回曹村去。一出城门，刘元心里就感慨，来到平遥城，已经有十多年了。当初是独自一人挑着担子要进城闯事务。现在有家有口，有房有地儿，身后的车架上，和小舅舅打闹说笑的是自己的三个儿子。在这样乱纷纷的年景世道里，不容易。

出了城，没有多远，就是南同蒲铁路。搿合下的好弟兄那二，还在铁路上干。好久没见了，也没有音讯。这年头不可能有啥好消息。既然不可能有好消息，那没消息就是好消息。路过货场，本来可以去和那二见一面，打个招呼，可是拉着大大小小七八个人，又要赶路，不方便。回来时，估计也不行。刘元打算，把老丈人一家子和三个秃小子送回曹村，回来的时候，用雇来的驴车，再捎带着买些粮食。卖也行，自己留着吃也行。村里的粮，总会比城里便宜，也好找寻，反正是不能让雇下的车空跑一趟返程路。若是拉上粮食，更不能乱跑了。货场里，整天都是乱哄哄的，有日本人，有汉奸，人来人往的，不安全。

最可怕的是不能碰上日本伤兵，碰上就倒霉。听说当初李东家的小老婆，就是因为碰上了日本伤兵，被几个畜生糟蹋的。

铁路两边都是庄稼地，旱得很。清明早过了，可庄稼苗都长得歪歪扭扭，没精打采，和人的精气神一样，倒是和现下的年景般配。过了铁路再往西，地势低，离汾河近些，地里的水井里总有些水，可以浇地。但地儿里长得好的，却不是庄稼，是大烟，一大片一大片，都是大烟。有些已经开花了。红色的、粉色的、白色的，还有黄色的花朵，在衰颓打蔫儿的各种庄稼衬托下妖冶地开着。好看是好看，但明白这些东西厉害的，谁见了，不是头皮发麻地恐惧呢？这花儿，和杏花儿梨花儿桃花儿都不同，和野地里的杂花儿也不一样，看着就邪魅。以前阎锡山的晋绥军管着的时候，种大烟要偷着种，只能在山圪塄里，天高皇帝远的地方种。日本人来了，允许种，还鼓励，日本人开的店铺里就收大烟，价钱还高。即使种大烟收的税高，比种粮食高好多，架不住卖价也高。种大烟比种粮食划算。可那是平常的年景，在这么大旱的时候，没有粮食，利再高，又有什么用呢？

看着沿路庄稼地里诡异的景象，刘元和老丈人有一句没一句地道歇着。老丈人的一番话，让刘元心里咯噔一下，激动了起来。杨掌柜说，往年干旱的时候，人们总是要种些棉花的。棉花耐旱。可现在尽是种大烟。不只是粮价要涨上天，棉花，布匹也会涨个没完的。看来藏起来的那批布，价钱肯定更高了。可也就只激动了一下。现下这景况，那批货还是不敢动的。卖不出去，价再高，又有啥用？

怪事年年有，今年特别多。刘元本来下定决心，那批布说什么也不敢卖。可是，当初和冀永年一起找刘元的那个年轻人回到平遥城了。那人，也是城阂里人，姓邢，叫邢克俭，大家子弟，只是刘元不认识罢了。邢克俭的哥哥，邢克勤，刘元挺熟，是新任的商会副会长。邢克俭一回来，就是轰动平遥城的大事儿。一回来，就册媳妇子，大操大办，在日本人眼皮子底下大操大办，大摆筵席。刘元也报了礼，美美地吃了一顿。刘元报的不是一份礼，是双份。邢克俭册的媳妇子，不是旁人，居然是达埔李东家的闺女，就是那个自杀的小老婆生的闺女，叫李越伊，是平遥中学的学生。女中学生，稀罕得很，好多人都认识。日本人来以前，和邢克俭他们好多学生一道离家出走，参加了牺盟会的决死队。受不了抗日的苦，在邢克俭的哥哥邢克勤和李越伊的哥哥李越亭的劝说下，幡然悔悟，回到平遥城，投靠了日本人。李越亭是新任的商会会长，和他死去的爹不一样，是铁了心跟着日本人走。达埔都是平川，好地儿，好多是水浇地儿。李家的地儿多，种下的粮食，都要交给日本人的。嫁娶双方，刘元都熟，当然得报两份礼，一边一份。

回来的邢克俭在平遥县公署里做事，很得日本人赏识。这本来就有些蹊跷了，更奇怪的是，邢克俭主动地和刘元套近乎。问刘元以前打问的事情，打问得如何了。一开始，把刘元吓一跳，以为他是要为日本人找后账呢。可是邢克俭话里话外都是给刘元讲，记住自己是中国人，不能铁了心当亡国奴。一个新鲜出锅的当红汉奸，在日本人那里红得发紫，却老是给刘元讲抗日的道理。你就说日怪不日怪吧？

所有的日怪都是因为不明就里，一旦解释开来就全明白了。邢克俭对刘元说实话了，还是八路军的人。牺盟会决死队解散了，变成八路军。回平遥来，不是真的要投靠日本人，而是要为八路军采购物资。而且邢克俭明确告诉刘元，已经打听清楚了，日本人来平遥前，确实有人用火车发来一大批坯布，可在货场里悄没声地就变没了。没有人看见再用火车往外运，也没有看见拉布匹的汽车和大车，要运出货站只能是夜里。邢克俭还知道，刘元和那二是弟兄。还说，以前平遥城里卖坯布最多的就是齐泰。

话都说到这份儿上，那批布，刘元不卖也得卖了。邢克俭若真是死心投靠日本人，就凭这些，刘元就死定了。好弟兄那二也躲不过去。要再不承认，邢克俭也不会是好惹的。当然，更重要的是，刘元从心里就希望能有牺盟会八路军这样一个大买主。一下子出手，省事不说，还安全，不亏良心，也算是多少为抗日出些力。但嘴上还是说，我知道东西在哪里，但东西不是我的，我只是个伙计，东家有交代，这价钱……

价钱不会少你们的，你直说是多少，还有就是一共有多少布？我也做不了主，但我可以传话。

价钱刘元没有说，让邢克俭给问问开什么买价。但数量，把邢克俭吓着了。两千四百六十匹，都是整匹。大匹，每匹十丈，不是村里人家自己纺的三四丈的小匹。邢克俭说，我得赶紧给家里传话。我们得到消息，知道有一批布，可没想到会有这么多。叮嘱刘元，这事儿，对谁也不能说。

那是当然了，谁不想保住自己的脑袋呢？

没过几天，回话来了。用黄金买，一两黄金二十匹。总共一百二十三两黄金。让刘元还价。

刘元说，不用还价了，跟我们东家交代的差不多。也不用一百二十三两，我做主，凑个整，一百二十两，能交代得了我们东家。其实我们东家也是希望把这批布卖给抗日的军队。我们都是中国人，不能像你们那样跟日本人拼命，可做生意也得有良心不是。我们齐泰还存着些颜料，也一并送给你们。你们买了这么多坯布，估计颜料也需要的。刘元清楚，现在的布匹虽然是有价无市，但一两黄金二十匹的价格，也是很高了。比和平时期，高太多了。免去三两黄金的零头，主动送上染布的颜料，刘元心里希望用做生意的诚意，能换来人家主动、痛快地结账。

太好了，太好了。请转告你们东家，我们八路军不会忘记你们的。邢克俭太高兴了，告刘元，这下帮了八路军大忙了。这年景，就是有钱，有黄金，也买不到这么多布。粮食和布都是日本人的管控物资。粮食还可以种，收割了就能吃。可是布，种出棉花来，还得先纺线，才能再织布。这么一大批布，好多八路军战士都会有新军装了。从去年开始，到处都旱，八路军的所有根据地里都是大旱。所有能浇上水的耕地，都要先紧着种粮食。棉花是耐旱，可再耐旱，纯粹不下雨，也不行。

交货的地方，也让邢克俭满意。若在城阂里，这么多，在日本人眼皮子底下，要运出城，也是个大麻烦。城外，就好办多了。城外的好多地方，白天是沦陷区，晚上就会变成游击区。虽然里村离城很近，但只要是城外，就好办。邢克俭和刘元商定，交货，俩人谁也不出面。问过刘元有没有可靠的人。刘元说刘魁是他弟弟，绝对可靠。让刘魁找个由头先回去，过一段儿负责在里村交货。先交货，再给钱。交货的那些天里，邢克俭负责联络平遥城里的日本人和汉奸，叫上刘元和他们一起吃酒、打牌。让他们看见俩人一直在城里。

具体是哪天交货，邢克俭也说不清楚。见天儿叫着刘元和平遥城大大小小的汉奸、日本人，吃酒要牌。邢克俭告刘元，和他们在一起，主要是为了不惹疑心。打牌，该赢就赢，也不要怕输，怎么自然怎么来。刘元一向很少打牌的，生意场上实在是推脱不开时，才偶尔凑把手。刘元怕输。这时候，不怕输了，反而手气好得很，十来天工夫，竟然赢下二三十块大洋。桂馨儿见刘元天天不着家，老和日本人汉奸鬼混在一起，对刘元说，知道你不敢得罪日本人，可是有必要天天和他们在一起吗？又是喝酒，又是打牌的，你咋就变成这个样子了？刘元没办法对媳妇解释，觉着对不起桂馨儿。

终于有消息传来，突然有大批的八路军打到了平遥来。一天夜里，平遥城外，四面八方都有枪炮声，吓得日本人紧闭城门，还以为八路军要攻打平遥城。第二天，八路军又消失得无影无踪。陆陆续续有消息传进城里来，八路军突然袭击了日本人城外的好多个区公所。一些汉奸家的院子，也突然被八路军打了下来。

接下来的好些天，刘元都提心吊胆的。交货顺利吗？日本人不会发现啥端倪吧？还有，八路军若是把东西拿走，会顺利地给钱吗？要是不给钱，又该怎么办呢？刘魁一直没回来，问也没法儿问。

从临汾开过来大批日本军队和皇协军在平遥城外扫荡。日本人占了山西后，把山西分成好几个道，有雁门道、河东道、上党道、冀宁道。平遥属于冀宁道，道府在临汾。扫荡了几天，连个八路军的影子都不见，可又把平遥城外祸害了个乱七八糟。

城外日本人的军队开拔后，邢克俭悄悄告刘元，找个说得过去的理由，回里村去住几天，有人会和他联系。理由是现成的，城外乱麻七糟，刘元不放心里村老家的亲人。

在里村住了三四天，一天黑将来，有人来了。是刘魁带人来找的刘元。刘魁告诉刘元，顺利交了货，就跟着八路的队伍走了。以后也不回铺子里了，要跟着八路军去抗日。还让刘元先不要告诉他爹。怪不得好多天也见不着刘魁。要跟着八路军走，刘元想劝劝，再让他想想，可是看刘魁的样子，哪里是能劝得住的呢？

和刘魁一起来的人把一个口袋交给刘元，是一个装粮食的口袋。说，感谢你们为抗日出力。成色我们拿不准，但分量是足够的。刘魁和来人走后，刘元没敢点灯，打开口袋，就着月光，看见口袋里边黄灿灿一堆。有金条，大金条小金条，还有金镯子金链子金戒指。刘元活这么大从没有见过这么多的金子。把手伸进袋子里，抓出这些金货来，激动得手抖个不停。手边没秤，也不敢去借，大致提溜了一下，应该差不多。就是差一些，又能怎么样呢？连夜，刘元把这些金子连袋子一起，埋在房子里。埋金子的坑早就挖好了，就是原来藏银手镯的那个坑，埋娘给留下的那对手镯的。坑比原来的更深。回来的几天里，每天夜里，刘元都是不停地往下挖，挖了有半人深。把金子埋进去，填了好多土。刘元又在金子的上面，埋了一个小瓷坛子，里边装着满满一坛子银圆。万一有人发现这个地方，挖开，还以为就是藏着一坛子大洋。洞口在家里灶台边上。第二天，刘元又费劲巴拉地把家里的一些炭块块、炭面面掏过来，堆在洞口上面。即使有人再把这些炭都挪开，炭面面也会渗进砖缝缝里，不会发现这里的地面是刚动过的。

东西藏好了，刘元回到城里。一百二十两黄金，可是个大数目，尤其是这样不太平的年景。盛世古董，乱世金。刘元决定了，卖布的事，谁也不说，那二也先不告诉，安全最重要。事以密成，言以泄败。刘元把老丈人教导过的话都记在心里了。做生意一定要把住嘴，何况是在这样的世道里，这么一笔巨大的财富。

在这样难活的日子里，把晋华纺织厂欠东家的货全部卖了出去，泼闹下这么多的金子。刘元相信东家刘掌柜一定会满意的。等那二知道了也会高兴。做这些事情，不但不丧良心，人家八路军的人说了，还算是为抗日出力。太好了，得手！

支　当

再难活的日子，心里若是有了希望，一天一天，一年一年的时光，总会觉着好熬煎一些。再难吃的苦，再难应付的事，心里若是有了底气，就总会有气力，咬着牙去支当。

支，是支持、支撑。刘元刚从反省院回来的时候，腿脚不利索，走路总要支一根棍子。当，是应对，承当。合起来，支当，就是撑着劲儿，咬着牙应对。平遥话里，有时候也说成支登，意思一样。

刘元的底气是藏起来的金子。俗话说，爹有娘有，不如自有；有房有地，不如怀揣。爹娘早不在了，这些金子虽说道理上还是属于人家刘掌柜的，但肯定会分到不少。这是自己泼闹出的事务，至少现在还都在自个儿手里。仗总要打完的，只要天下太平了，把藏着的金子取出来，就是做更大生意的本钱。东家交代，成本要控制在总售价的三成以内。可这批布，几乎就没有啥销售成本。一百二十两的三成，是三十六两，和东家四六开，是小十五两的黄金。乱世里，金价越来越高。以前中日开仗前，一两金子可以换大几十块银圆。现在，好几百还不容易换。整个店铺的利润里还有刘元的一成。这些年，铺子里的利润不多，日本人和二小之流糟害得太厉害。但好歹，铺子里积攒的货，差不多全卖出去了。尤其这两千多匹布，本钱肯定不会太高。销售成本，更低。何况，这么多布，是怎样冒着风险，当机立断地拿下来，销出去的呢！刘元相信东家，绝不会亏待自己的。给四佬刘魁的，给那二的，都会满意的。

三个秃小子也渐渐长大了，藏起金子来的第二年，又添了一个闺女。刘元已经是四个孩子的爹了。老丈人杨掌柜没有啥事情可做，亲自教几个孩子读书写字。十五六岁的增禄儿一边跟着爹读书，一边帮着爹妈一起管着三个外孙子。有望子、有兴子每天跟着将爷读书、写字。才五岁的有念子，都学会写几百个大字了。几个孩子，虽然不上学堂，但刘元相信老丈人的能耐。走南闯北，经见的世面，起起落落的感受，又哪里是一般的教书先生所能比呢？桂馨儿都笑话她爹，天天抱着话本看，还到处去找寻，越来越像个老学究的样子。孩子们跟着将爷，会念好书的。刘元相信，将来，孩子们的出息一定会比自己强得多。这就是刘元心里的希望。

有底气，有希望，只是支当起来，有心力，有信心。该面对的麻烦还是一样不少。日本人投降的前一年，邢克俭和媳妇跑了。邢克俭的大哥和媳妇李越伊的大哥，都跟着倒霉了。刘元的麻烦也来了。二小向日本人告密，说刘元和邢克俭过从太多，应该有问题。幸亏有冀永宽帮着转圜。冀永宽向日本人做证，说刘元认识邢克俭是他给牵的线，跟邢克俭来往的时候，不仅有他，还有那个日本人鸠尾。总算是有惊无险，但这几年里，二小刺挠刘元的可不止这一桩事。时不常地，就找个茬口来敲诈，刘元都记不清他从铺子里顺走了多少布料了。

一九四四年，日本人看着就快不行了。当年日本人刚来平遥的时候，日本兵尽是年轻后生。可现在，老汉儿小后生，还没有三八大盖儿的步枪高的小后生，胡子茬还没有长出来，就来当兵了。悄悄地从外面传来一句闲话说，日本人吃高粱米——没法子啦。平遥人不说高粱，说套黍，意思一样。偷偷地一打听，日本兵也的确不像刚来的时候净吃大米、罐头了。还有些个日本兵，虽然也说日本话，可看上去，总觉着哪里有些不对劲儿，仔细一打听，原来并不是日本人，是高丽人，叫高丽棒子。

平遥城外的游击区越来越多了。除了几座城和南同蒲铁路沿线，其他的地方，听说早就全变成共产党的天下了。日本人也没有啥力气出城去扫荡，就是偶尔出城一趟，也是要大量的皇协军开路。甚至只会欺负城里老百姓的侦缉队，也要跟着一起去。二小第一次领着侦缉队出城帮日本人探路，就被打死在城外。城阕里商铺的掌柜们，都长出一口气，私下里悄悄说，该！这叫恶有恶报。

看来，再熬上个几年，还有机会看到日本人败出中国去。杨掌柜就一直很有信心，告诉过刘元，中国那么大，日本人吞不下的。吞下去，也消化不了。

当初邢克俭拉着刘元和日本人汉奸们打牌的时候，和冀永宽来往多了一些。刘元和冀永宽也熟稔起来，邢克俭跑了，冀永宽帮过刘元的忙，来往更多了。冀永宽老是问刘元，那些东西出手了没有。刘元装糊涂。冀永宽说，你不说，我明白。但第一，我没有向日本人告密。第二，我大哥、邢克俭他们知道你有布，是我告诉他们的。我虽然不做买卖，但现在布匹是个什么行市，我还是知道一些的。你刘掌柜可不能是一个人独自发大财啊。刘元不清楚他究竟知道多少，也实在搞不清冀永宽的底细。冀永年、冀永宽，亲哥儿俩，一个抗日，被日本人打死了，一个却给日本人做事。只能是继续装糊涂，打哈哈，有数，有数，心里有数。等东家回来，一定向东家讲清楚。怎么报答，得请东家的示下。那批布料的事情，没有几个人知道的，这个冀永宽，还真就有可能算是一个知情人呢。若只是想抽个头，分些油水，倒也应该。没有向日本人告密，就可以说是对刘元有救命的恩情。这些年和日本人混得熟，却也从来没有听说冀永宽借日本人的势，像二小那样祸害过哪家店铺，应该还算是个有良心的人。但现在分钱可不是时候。那二的钱，刘元还没有给呢。刘元可不想因为分钱，再惹出啥事端来。再说东家没有发话，该给他们分多少呢？

难活的时候，掰着指头数着日子，的确是难熬。可往往，变化也总是不期而至。日本人还占着平遥呢，想着再熬上个几年，说不定有打败日本人的可能，是使劲儿往好里想的期盼。可突然，日本人就投降了。不会错的，是冀永宽告诉刘元的。冀永宽是听鸠尾说的。日本人投降的消息，竟然是从日本人那里知道的。

日本人投降了，但还管着平遥，只是对老百姓客气起来了，再不是以前凶神恶煞的模样了。冀永宽心思又活泛了起来，问刘元究竟卖了多少布，有多大的利？再三给刘元摆功劳，告刘元可千万不能忘记这些年，是怎样小心翼翼地护得住刘元的周全。

国军回来了。八年了，阎锡山阎督军的晋绥军又接管了平遥。不叫阎督军了，叫司令长官。大家叫顺口了，还是这样叫。还没来得及怎么高兴，接管平遥的晋绥军一来，首先是查封汉奸的资产。冀永宽又被抓了起来，罪名是汉奸。刘元的齐泰布店也被查封，罪名是汉奸资产。因为刘元是商会的副会长，还当过会长。没有被当成汉奸抓起来，只是没收个铺子，已属万幸。店铺被查封，刘元并不在意的。早就成了空铺子了，东家留下的货早卖光了，来回代销的细布绸缎，也早就没有了货源。刘元早把铺子里的钱都藏到了家里。好弟兄那二也被铁路开除了，罪名一样，给日本人干过。

那二的爹妈都不在了，那二顶起了家里的笔墨纸砚店，可这样的年头，笔墨纸砚的生意怎么会好呢？屋漏偏逢连阴雨，那二的媳妇却在这个时候要生孩子。为帮助好弟兄过难关，也是为了报答那二这些年的关照，刘元拿了两百块大洋给那二送去。那二倒没有推辞，问刘元那些布都出手了吗？价钱怎么样？这还是自打藏起那些布来，那二第一次问。刘元告诉那二，全出手了，卖给八路军，价钱很好。但先得给东家交代，才能分钱。估计给那二分一根五两重的小金条，应该没有问题。还说情况有变化，那些布料的事情，冀永宽也早知道了，帮了不少忙，也得要分一些钱。

日本人投降后，把占冀永宽家的阂里院儿还了回来。听说冀家才高兴了几天，晋绥军一回来，又把院子没收了。不是只没收日本人占的部分，是全没收了，把冀家人全赶了出来。快过年的时候，南街上杂货铺的小王掌柜来请刘元去一趟家里。说他爹老王掌柜想见一下刘元。小王掌柜，刘元不熟，只是认识。都在一条街上做生意，抬头不见低头见的，但来往不多。老王掌柜是那二的弟兄，刘元很熟。老王掌柜以前是开古董铺子的，得罪了汉奸，被关进日本人宪兵队。日本人投降后才放出来。小王掌柜说，他爹说了，本来是应该亲自来见刘掌柜，但从宪兵队放出来就一直生病，下不了炕，只能劳烦刘掌柜辛苦一趟了。

一路上，刘元心里很纳闷儿。虽说和老王掌柜很惯熟，但自己从来不碰古董的生意。老丈人交代过，古董行，水太深，没有个好眼力，千万不能涉足。一见面，老王掌柜把儿子支出去，说，是那二给我出了个点子。冀永宽被晋绥军抓了起来，谁也没有办法，但有人可以帮忙把冀家的院子要回来，需要一根五两重的小金条。我是拿不出来，那二告我，让我问问刘掌柜您，是不是可以帮着想些办法？

原来是冀家的事。可冀家的事情，为啥是您王掌柜操心呢？刘元还是很纳闷。

哎呀！怪我！没给你交代清楚，我和冀家，是两亲家。刚才，去请你的，是我的大小子，娶了冀永宽的妹子。帮忙给冀家往回要院子的，就是我家儿媳妇找的人。

原来这样。刘元低头思索了一会儿。这是这些年里养下的好习惯，万事都不要先急着应承，是好、是坏，来来回回地寻思寻思，再说出口的话就会妥当。万言万当，不如一默。成于心思，谋于深思之类的道理，老丈人杨掌柜是给反复地讲过的。冀永宽跟自己要过钱，也该给。那二给王掌柜出的主意，说明那二也愿意给冀永宽、王掌柜帮忙的。藏在里村的金子，大概只有那二隐约知道一些，自己给那二说过，估计能分一根小金条。里村的金子即使不动，这些年布店的钱，连本带利，也有不少，都藏在家里。大部分是大洋，但刘元也倒腾换了四五根金条。拿出一根五两重的金条来，并不难，就算是提前给冀永宽分钱了。当年日本宪兵队查封了齐泰的铺面，是冀永宽帮着要回来的。给冀家出一根金条，既是报答，刘掌柜回来也好解释。甚至这根金条都可以算到店铺的经营成本里，不用从刘元的收益里出。冀家急难的时候，给钱，算雪中送炭。等冀永宽出来，刘掌柜回来，再分钱的时候，冀永宽就不好意思再扯东道西了。出一根金条，安全也没啥问题，两个王掌柜，都是诚心要帮冀家的忙，想来不会乱说的。

琢磨停当，刘元对王掌柜说，好的，金条的事情，我来想办法。你让小王掌柜后晌来找我拿。既没有说金条是自己的，也没有说是找谁挪借的。没有说是借给冀永宽的，还是借给王掌柜的。甚至究竟是借，还是给，都没说。当然，更不会有字据。

没过多久，刘元听说，冀家的房子要回来了。

冀家的院子是个好院子。西郭家巷的最西头，和沙巷交叉口，打头儿第一家，往北走个几十步，就是西大街。几乎算城阙里最好的地段。西大街好多原来的大票号，都是三进的院子，大门开在西街上，但后门往往通在郭家巷。西街上的门面房朝北开，两进也罢，三进也算，主要的房子都是南房，做生意没啥问题，但要居家过日子，朝向就不好了。冀家的院子大门朝南开，主要的房子是正房，带套房房的三孔砖窑。平遥人喜欢住的房子是平地里用砖券起的窑洞房，冬暖夏凉，亲切地叫成窑儿。套房房是耳房。刘元家在东水道的院子，也有窑儿，也有套房，可惜不是正房。俗话说，有钱不住东南房。东房夏天西晒，热得受不了。南房终年不见阳光，更不好。关注过冀家的院子，刘元心思也活泛起来，当初买水道儿的房子，是图便宜。现在手里有钱了，应该琢磨着买一处好院子了。

小王掌柜的媳妇，冀永宽的妹子，刘元也特意留意了一下，以前就见过，不熟。在花园街，小两口一起开着一个帽子铺，小王掌柜的媳妇还承揽裁缝的生意。刘元找她做过衣服。普通的衣服，自家媳妇桂馨儿就能做，讲究的，或者好衣料，就得找专门的裁缝，才能称心合意。小王掌柜的媳妇，也是以前平遥中学的女学生。

寻　攵

自从有了金子，刘元就不停地悄悄算计，自己究竟能得多少呢？整个生意有刘元的一成股，和东家立过字契的。省出来的铺面经营成本，和东家四六分成。在日本人占领平遥的八年时间里，左支右当，艰难应对，刘元想，应该是能对得起东家的信任了。也相信东家不会亏待自己的。刘元反复估算，不管怎么分，自己得到的都肯定是少不了的。但若要不给东家交代清楚，没有东家发话，自己就先把该得的钱拿出来，也不合适。这样的事，刘元做不出来，不敞亮。

日本人一投降，刘元就盼着东家回来。晋绥军没收铺子，刘元更着急。铺子的房契地契，都在东家手里。东家不回来，就是想花钱托人和晋绥军交涉，都没个凭据。可是一天一天，一个月两个月，都快半年了，东家别说是回平遥了，连一个字儿的音信也没有。

过年的时候，刘元闲着无事，琢磨着自己该去找刘掌柜了。大年初二，带着媳妇和孩子回娘家，也和老丈人杨掌柜一起商量，寻攵东家的办法。

寻夊，是平遥话。寻，念 xin，就是寻找的意思。夊，平遥人念 suai。会意字，始见于甲骨文，字形象形一只右手接触物状，会意摸物，本义是触摸、探寻。《说文》解释为行动迟缓之状，同绥。《诗》云：“有狐夊夊，在彼淇梁，心之忧矣，之子无裳。”在平遥话里，还是认真仔细地探索、摸索的意思。是不是这个夊字儿，也不好说。平遥人还说摸夊，发音也相同。意思是把手伸进什么里面，在眼睛看不到的时候，用手仔仔细细地摸索。男欢女爱的时候，把手伸进女人的衣服里，也叫摸夊。抠抠掐掐，摸摸夊夊。费劲巴拉地找什么东西的时候，都要说寻夊。寻夊个过活的营生，在天南海北寻夊出金子银子……

杨掌柜同意刘元的想法，过了正月，若还没有刘掌柜的音信，就主动去寻夊。先去榆次找晋华纺织厂。刘掌柜和晋华，那么大的业务往来，应该有刘掌柜的消息。杨掌柜还不知道，他的女婿子刘元，已经把晋华纺织厂欠刘掌柜的货都弄回平遥来，更不知道这些货，已经换成了金子。

若榆次也没有消息，就去太原。太原有交通银行的分行，通过刘掌柜留给刘元的账号，查询刘掌柜的下落。刘掌柜给刘元留下账号，本来是要刘元通过银行，用转账的办法，把货款和利润及时地给转过去。可是刘掌柜走了没多久，日本人就来了。交通银行的所有门市都关门，刘元就是想转账都找不到地方。这个账号只用过一两次，反倒成了寻夊刘掌柜的一个途径。

反正铺子也被查封了，没有事情可做，还没过正月，刘元就坐上火车出发了。榆次的晋华纺织厂，抗战初期，往南边儿搬迁了一部分机器设备，剩下的大部分还在榆次，日本人利用这些机器又开起了厂子。晋绥军回来，又刚被接收。辗转找了好几个人，还花了不少钱，只打听出刘掌柜在山东临淄老家店铺的字号。在太原，交通银行的分行，也只是查到这个户头是在上海开设的。要查询开户人的信息，只能去上海查。刘元花了些钱，托交通银行的人帮忙找上海的人去查。留了地址、名姓，麻烦人家，有消息了给刘元来信。

榆次太原一行，寻攵东家，几乎毫无结果。老丈人让刘元打听二兄哥满禄儿的下落，倒是有结果了。太原光复，像满禄儿这样投靠过日伪的人员，全部关进反省院反省。哦，对了，起了个新名儿，叫自省院，自省。估计都一样的，地点也还在上马街，刘元原先反省出一身疥疮的地方。但一打听，倒是和原先有些不一样，也许是自省和反省不一样，也许是中国人关中国人，和日本人的反省院不一样，允许探视。只要能说得清楚是亲人，就可以见面，还可以往里送东西。刘元赶紧买了些吃食和日用的东西，是当初自己反省的时候所欠缺的东西，一大早到自省院排队，报名号登记，见着了二兄哥。

二兄哥穿着自省服，精神还不错。见着刘元，有些错愕，听刘元解释是爹让来的，连说抱歉，怪我，怪我，没有及时给家里去信。原来自省和反省还真不一样，不仅允许探视，还可以写信的。满禄儿继续说，不写信，也是不想让爹跟着担心。你回去告诉爹，估计用不了多久，我就可以出去了。阎会长亲自来给我们训过话，只要我们能认真自省，诚心悔改，阎会长还是要给出路的，甚至还会重用。阎督军也罢，阎司令长官也罢，现在叫阎会长，同志会的阎会长，三自传训会的阎会长，都是阎锡山，都是山西的实际掌控者。

刘元回到平遥，先给老丈人报告二兄哥的情况。杨掌柜听完，恶狠狠地说，小王八蛋，家败东西，都是讨债鬼，买房子的时候，知道跟他老子要钱。能写信，为啥就不给他老子来封信？害得我在这里瞎担心。然后，刘元和老丈人一起商议继续寻文刘掌柜的办法。

杨掌柜说，山东不用去。如果刘掌柜能回山东，说明人是自由的。山东回得去，那山西也来得了。这么长时间没有音讯，肯定是出啥事了。考虑到满禄儿的情况，说不定也是被关起来了。要不为啥连一封信也没有呢？当然也有可能，刘掌柜已经不在人世了。

这么一分析，刘元就无论如何得去一趟上海了。如果刘掌柜是被关起来，看看能不能花钱想些办法。杨掌柜说，人与人交往，重要的是雪中送炭。锦上添花，容易；雪中送炭，难。只有雪中送炭，才能报答刘掌柜的恩情。如果刘掌柜不在人世了，那就一定要找到刘掌柜的家人，看看在平遥的铺子，刘掌柜有没有交代下啥话来。若有交代，按刘掌柜的意思办。如果没有，杨掌柜告诉刘元，那就也没有必要把平遥铺子里的事一五一十地给他们讲了。只要给刘掌柜的亲人分些钱，大致不亏良心也就可以了。对刘元有恩的人是刘掌柜，不是他的家人。

这些意思，刘元也明白，也同意，但先得去找人。刘掌柜得找，他的家人更得找。和晋华的生意，那么大的数额，不可能只有刘掌柜一个人知情。没有经过东家点头，把所有的货都销出去，总得跟正主儿有所交代。杨掌柜还说，若去上海，得带些钱，如果刘掌柜是被抓，肯定花钱少不了的。若是只找到刘掌柜的家人，送钱，才是最能体现诚意的。如果啥也找不到，上海是全中国最繁华的地方，可以花钱进些内地稀罕的衣料。齐泰布店被没收了，但刘元总这么歇着，也不是个事儿。尽管知道刘元勉力经营的齐泰布店挣下不少钱，但坐吃山空。从上海进些货回来，还可以再开一家店。

不只是合计，杨掌柜还决定和刘元一起去上海。去上海倒不累，一路有火车。南同蒲线，到太原；转正太线，到正定；再转平汉线到北平；北宁线，到天津；津浦线到长江边；想办法过江，从南京的下关车站坐沪宁线的火车，就直通上海了。而且到了北平，杨掌柜还想再打听打听大儿子天禄儿的消息。日本人投降了，若是天禄儿没死，总会有些消息的。即使打听不到，也想看看大孙子的情况。

有老丈人同行，刘元很高兴。这些年，做生意还行，但没有出过这么远的门。有老丈人领着，心里踏实，杨掌柜会说官话。而且刘元也觉着，要找见刘掌柜恐怕是不容易的。刘掌柜在平遥，在晋华有这么多的事务，要是还活着，还自由，怎么可能这么长时间不管呢？若是自己卷上钱财跑了，或者出什么意外，刘掌柜是哭都找不到地方的。去上海进些好衣料，回平遥再开一家店铺也是个好主意。卖布卖衣料毕竟算熟手了。要进货，一个人就不方便了，往回运更难。就是沿路倒火车，雇脚力挑夫搬运，也得是一个人看着东西，另一个人去买票、雇人。

刘元和老丈人，来回一个多月，寻人的事，毫无结果。在太原，先找到上次托的交通银行的人。说是已经给上海去信了，但还没有回信。给了一个上海交通银行熟人的地址，让刘元去上海直接找。在北平，别说是杨掌柜大儿子的下落了，就是改嫁的媳妇和大孙子，也是无处找寻。到了上海，通过太原交通银行的人介绍，找到了得力的人，查找旧账户，找到了刘掌柜开户的信息。一个商号的名称，最后一笔交易是一九三七年底。按银行开户的地址找过去，房子倒还在，可是一打听，房东都换了好几遍，要通过这样的地址找人，无异于大海里捞针。

刘元见识了大上海的繁华。大上海的确是全中国的工业中心，尤其是纺织业，丝绸细布，应有尽有，刘元眼都花了。把缝在衬衣下摆里的四根金条都拿出来，换了好多的丝绸布匹。出这么远的门，当然是携带黄金方便。桂馨儿要把金条缝在刘元的腰带里，可刘元知道，当年进日本宪兵队，进反省院，第一件事就是没收裤腰带。听里面的难友讲过，裤腰带可以当绳子用，既可以上吊，又能捆人。把钱缝进腰带里，路上是安全，可万一被抓就全没了。还是衬衣安全。以前的衬衣和现在的不一样，平遥人叫腰腰，贴身穿的，没有袖子，睡觉都不脱。一般都是粗布做的，厚实，藏金条方便。

四根小金条，两个五两的，两个三两的，十六两，正好一斤。换了好多的衣料。刘元都是捡平遥稀罕的衣料，都是绸缎洋布，可也还是五六个大包。杨掌柜惊讶女婿子带着这么多金子。刘元解释，把这些年铺子里的钱，连本带利都带上了。

杨掌柜感慨地对刘元说，你还真是个实在人。也好，也好。

刘元用手挠挠头，不知道该怎么接话。心里想，您老人家要是知道了我还藏着一百二十两金子，还会说我实在吗？看来里村的金子，也不能让老丈人知道。

五六包衣料布料，费好大劲，也幸亏是俩人，一路辗转，一路花钱打点，总算是在身上的钱就要花光的时候，回到了太原。一下火车，没有先去取托运的货物，俩人直奔小濮府满禄儿在太原的家。在回太原的火车上，杨掌柜就和刘元说好了，先去儿子家，找儿媳妇借些钱，美美地吃一顿面食，再找个澡堂子好好泡泡乏。这一趟辛苦，钱也花光了，人也累惨了。借不下钱，平遥都回不去了。

小濮府离正太火车站不远，从首义门进城，走不了多一会儿就到。到满禄儿家的时候，天还没有全黑。满禄儿居然在家。从太原走的时候，杨掌柜担心儿子在自省院，怕儿媳妇和孙子受制，顺路送来大包小包的吃食日用，还给儿媳妇留下二十块大洋。走后不久，满禄儿就从自省院出来了，在省国民政府秘书处做事。

满禄儿一家子，刚吃过晚饭。看见爹和妹夫子风尘仆仆，满禄儿给媳妇说一声，领着杨掌柜和刘元，来到桥头街认一力饭庄子，清真馆子。叫了香炉腿腿三个菜，两荤一素，还有两大盘水饺，一壶竹叶青酒，满满一桌。杨掌柜和刘元狼吞虎咽，风卷残云，快把盘子都舔干净了。以前听老丈人没事的时候瞎道歇，刘元就知道了太原有个认一力，知道认一力的焖羊肉好吃，羊肉馅饺子好吃。这下终于有机会见识一下了，确实好吃，真香。

吃完饭，满禄儿又领着杨掌柜和刘元去澡堂子泡澡，找搓澡师傅搓。平遥也有澡堂子，刘元很少去，就是去，也从来都是自己搓。现在辛苦了这么久，可以享受一下了。刘元身上搓下来的麻糁，能用簸箕装。

舒服了。回到满禄儿的家，满禄儿媳妇已经给收拾好杨掌柜和刘元睡觉的房间，带着俩孩子睡下了。满禄儿继续跟爹和妹夫说话。在外面，吃饭的时候，泡澡的时候，已经说了不少了。说起找不到天禄儿一家子，一起唏嘘感叹。说了满禄儿现下的情况，说了杨掌柜和刘元一路的辛苦。可外面人来人往的，说话是难尽兴的，回到家里，关起门来，才可以说带回来的东西，用十六两黄金换回来的上海的绸缎布匹。

听到妹夫准备在平遥再开一家卖布的店铺，满禄儿说，阎会长正在整顿各地的行政机构。咱平遥是完全县，要增设秘书主任一职。秘书主任协助县长工作，是一县之内，县长之下第一人。还有监督县长的职责，县长也会给面子的。后备人选，正在太原培训，就住在正太饭店里。正好培训的事是我们秘书处负责，听说一两天就会有具体的分配下来。若是你们再住上两天，等平遥的县秘书主任定下来，我想办法牵个线，那，可就有可能成了第一个烧香的人了。山西光复后，县城回到晋绥军手里的县叫完全县；县国民政府在邻县驻扎，但尚能向县内推行政令的，叫缩减县；其他一大批有待收复的县，只有县政府工作团。

当然是个好主意，简直是想什么来什么。开店铺做买卖，若没有官面上的人照应，怎么能应付得来四面八方的敲诈勒索呢？秘书主任，县长之下第一人，给上一两成的干股，再有人欺负就不怕了。说好的一成两成的干股，遇上老油条，是要查账的。体面些的当官儿的，给多少就拿多少。当然若是太少了，不管算几成，再有事情找人家出力，那就得另外花钱了。

可是，从上海进的货还在车站呢？刘元说。

到太原了，还怕啥？明天我就去车站找个熟人，打个招呼，你们啥时回去，直接去再办托运就行，大不了再出点儿费用。满禄儿在省政府做事，这点事情当然不算个啥。

住了两三天，消息打听到了，平遥的秘书主任定好了。本想请人家吃顿饭，可人家没空。满禄儿领着刘元，拿着五十块大洋，去正太饭店，见着人，留下钱。但干股人家不要，说好了一年一百块大洋的孝敬。秘书主任姓白，山西五台人，和山西土皇帝阎锡山是同乡。杨掌柜说，抗战前太原就流传，会说五台话，就把洋刀挎。抗战胜利了，也还是这样。看来满禄儿给找的这个靠山，应该得手。白主任告诉刘元，好好做生意，要奉公守法。说一年拿刘元一百块大洋，是为了资助穷孩子上学的善事，资助编辑县志诗文集之类的雅事。还向刘元询问了好多平遥的情况。

送礼的五十块大洋是满禄儿出的。一共出了两百块大洋，算入股刘元的新店铺。刘元给算了一成的股，满禄儿有些嫌少。杨掌柜说，一成股，不少了。这也是你妹夫子孝敬你这个当哥哥的，不然五百大洋都未必够一成。刘元赶紧打哈哈，也不能这么说，店铺开起来，以后官面儿上的往来，从太原榆次找关系进货，还得靠二哥照应。怎么说二哥也是当官儿的人啊！

正好，上海买的东西，可以继续走铁路托运，回到平遥，去货站提货就行。刘元和老丈人拿着一百多块大洋，又去了榆次，找晋华纺织厂的熟人，看能不能再代销些晋华产的布匹。

圪　倒

刘元的新铺子开起来了。南街上赁了三开间的门面，门面房后面的院子里也赁下两间房子，一间做库房用，一间住人。铺子的字号叫鑫泰，鑫泰布店。用的是刘元老东家的名字。虽然新铺子和老东家没关系了，但原来的生意还没有和刘掌柜结算呢。刘元说，用刘掌柜的名字，若是老东家还能回到平遥来，大街上一看字号，就会知道是刘元开的店。

老丈人的工作也做通了，答应刘元出面做掌柜。翁婿之间不好算股份，何况还有儿子的一成股份在里面，杨掌柜只说让刘元看利润多少，每个月给些工钱就行。刘元没有和老丈人多纠缠，生意好不好还不知道呢，不会让老丈人吃亏的。杨掌柜是刘元的恩人。

刘元不叫刘元了，现在叫刘三捷，用上了以前私塾先生给起的字。铺子开业前，刘元去县衙拜访了白主任。白主任说，你以前给日本人当过商会会长，再开店，最好能换个名字，或者干脆就用别人的名义。刘元回来和老丈人一说，杨掌柜也觉着很有道理。赁房子的字契，办下的店铺执照上，写的都是刘三捷。

四佬病死了。从生病到死，就两三个月。生病，是刘元给请的医生。送葬，更是刘元的事情。刘魁不在家，自打跟着八路走后，就再无音讯。刘元的大爷，也在前两年没了。刘元爹兄弟四人，就只剩老二还活着了。大爷和二大爷家子女多，不用刘元操心。四佬没了，就只剩四婶一人了，刘魁是独子。想把四婶接到城里住，可四婶不愿意，刘元就把自己名下的六亩地儿都过户到四婶名下，加上四佬一家原本的八九亩，一共十几亩地儿。让大爷家二大爷家的几个堂兄分着种，每年的租子养活四婶一人足够了。

二大爷家孩子多，刘元把自己的两间厢房也腾出来让堂兄住，不要房钱，只要平时能帮着照顾四婶就行。两间厢房，也无所谓腾不腾的，里面的东西，刘元都不要了。当然埋起来的金子，还有一坛子银圆，悄悄起了出来，和一些乱七八糟的东西混在一起，藏在运套黍根的柴车里，运回城阕里的家里。

刘元有钱了，可也不想置地儿，反而把爹留下的六亩地儿都过户给四婶。刘元实在想不明白，为什么老人们就那么喜欢置地儿呢？种地辛苦，租出去一年也收不下多少租子。哪里能比得上做生意来得快呢？村里的房子也不值钱，再好的房子，也不如城里的普通房子值钱。刘元想好了，可以用手里的钱，在城阕里再买一处好院子。

从里村回城的时候，刘元坐在马车上，脚下踩着装着一百二十两黄金的布袋子，脑子里胡思乱想着，东家刘掌柜为啥就没有一点儿消息呢？是死了吗？他的家人知道平遥的铺子吗？若知道，该怎么给人家交代呢？若是不知道，这么多黄金，该怎么分配呢？刘元想，全算成自己的，是不是大概也没有问题呢？但做人，不能这样的，得对得起良心。若是再没有东家的消息，就再找个机会去山东，再找找刘掌柜的家人吧。见不到刘掌柜的家人，终究心里有些不踏实。

鑫泰布店生意很好。上海弄回来的布匹，根本就不愁卖，若不是和杨掌柜一起商量的价钱高，早卖完了。价钱高，一来是想多赚，比本钱翻了一番都不止，二来也是想着细水长流。做生意的诀窍，刘元算是搞明白了，说到底，就是圪倒。把东面的东西，圪倒到西面；南方的东西圪倒到北方。更重要的，是把像上海天津这样大城市的东西，圪倒到平遥来。圪倒，是捯腾的意思。平遥人还说，诡计圪倒，诡计倒腾，意思差不多。也许是圪捣，是倒腾。但捣，是用蛮力，是破坏，哪里用得着诡计呢？过了许多年以后，刘元年龄很大的时候，听说了倒爷这个新词儿，很不以为然。圪倒，多少有些心思计谋的意思。倒爷，太直白了，根本就不像是生意人的口气。买家才是生意人的衣食父母。倒爷，是给谁当爷呢？

上海太远，再去圪倒些布匹绸缎不方便。而且更重要的是天下又不太平了。日本人投降，拢共没有消停一年，又打起来了，国民党和共产党打起来了。去天津倒是还一路畅通，沿途都是国军的地盘，路也近。鑫泰布店的货，粗布坯布，粗呢土布，从榆次太原进。细布花布，丝绸缎面，刘元就只能去天津圪倒了。二兄哥满禄儿给拉了个银行的关系，去天津进货，不用带现钱，银行转账就行。每年，刘元都要带着伙计，去天津一两次，圪倒些东西回来卖。可是，也就只有两年，去天津的路也不通了。国民党说，共产党是匪，是共匪，打仗是剿匪戡乱。剿来剿去，戡来戡去，反倒是共产党占的地盘越来越大了。

鑫泰布店只兴盛了两年多，生意就做不下去了。不完全是货源的问题，物价飞涨，国府发行的金圆券银圆券几乎全成废纸，和专门用来烧给死人的大洋票差不了多少。店铺天天有人欺负。有官面上的照应也不行。刘元找的官面上的人也不得力。平遥县长叫尹遵党，河南人，说一口河南话，却是阎锡山的亲信，在平遥一手遮天。白主任纯粹是个摆设，一年白得刘元的一百块大洋。经常有晋绥军和国军的队伍过平遥，那些个当兵的谁也惹不起。而且一贯道，又在平遥闹腾起来。

一贯道也真是有能耐。日本人来以前，有势力。日本人来了，还得势。都说是一朝天子一朝臣，好不容易把日本人打跑了，一贯道的势力更大了。除了定期不定期地从所有铺子里收取各种捐输，还有公德费、忏悔费、公道费，各种各样没完没了的名目。道徒众多，谁也惹不起，谁敢不按他们的要求给钱，折腾起来，尽是下作的手段。不是刘元的铺子不好干，谁家也不行，好多的铺子都关门了。平遥城，让乱兵和一贯道折腾得一片萧条。那二不堪骚扰，一怒之下，竟又打起了一贯道的旗号。烟铺金掌柜，还是平遥城里道坛的天才，和那二是亲戚。那二入道早，一贯道又偏偏特别讲究辈分，按入道的先后划分辈分。那二拉着一大帮子弟兄，打着一贯道的招牌，变成平遥一贯道里的一股子势力。

有了金掌柜和那二一帮子人，一贯道才又多少有了点规矩。

也许根本不是金掌柜和那二这些人的原因，是县长尹遵党。尹县长在平遥大搞三自传训，自清、自卫、自治，主要是针对和共产党有牵连的人。弄死很多人，搞得有声有色，平遥被阎锡山命名为模范县。为贯彻阎会长的三自传训精神，尹县长很借助一贯道的力量，一贯道的主要目标变成有通共嫌疑的人。金掌柜很受尹县长器重，可以悄悄地给刘元点儿关照。一贯道的人，平遥本地的地痞流氓，对刘元的骚扰也才少了些。可生意还是没法子做，铺子半死不活的样子。杨掌柜又老是犯病，和媳妇一起，领着有望子和有念子两个外孙子回到了村里。刘元的小舅子增禄儿不在平遥了。刘元出钱，在太原念高中，进山中学，住在二哥满禄儿家里。小姨子莲馨儿早嫁人了，丈夫是手艺人，平遥城里皮货坊的大把式。刘元想过把连襟也弄进布店里来。老丈人杨掌柜不同意，说一家人不能在一起做生意，时间长了弄下隔阂，亲戚都没得做。亲人之间，相互关照是应该的，但救急不救穷，关照帮助，还是保持些距离才好。

有望子，十四岁了，平遥中学念完初中，本想着也去太原读高中。可这几年，各地的学校都是乱七八糟，学堂里也念不下书。有望子上高中的事儿耽搁下来。刘元和老丈人商量，把三个秃小子都带回村里去。让他们跟着将爷读书写字，刘元放心。有兴子刚考上初中很兴奋，死活不跟将爷走。只好让他留在城里继续上学。拢共没上几天课，平遥中学开始学兵一体，整天军事训练，家在城阕里的都不让回家。尹县长确为干吏，军事训练第一天，有人迟到，尹县长宣布不许迟到。迟到者，饿饭一天。第二天，依然有迟到的人。迟到的最后两人，当众乱棍打死，暴尸示众。风气大变，军事训练，效果良好。成语三令五申，简化为一令两申，并又一次得到完美生动、鲜血淋漓的诠释。山西省国民政府第二号人物，阎锡山姨表兄的儿子梁化之与军界孙楚总司令，率太原城大大小小的官员，山西各地县长，一长溜汽车，其中还有两辆蛤蟆车，开进平遥城，观看平遥县学兵一体、农兵一体汇报操演。蛤蟆车，小轿车的统称。蛤，念 ge。直到许多年以后，平遥的村儿家还是区分不清小汽车的各种型号，小轿子车都叫蛤蟆车。两三百个十几岁的孩子在尹县长的指挥下，如臂使指。操演毕，梁化之为尹县长亲授青天白日勋章。称赞尹县长为国之干城，号召全省各地官员向尹遵党学习。梁化之大声说，倘若三晋大地，各处群众都有尹县长这样优秀的干部率领，党国的戡乱事业，何愁不成！

操演队伍退出文庙大成殿前空地广场的间隙里，挤在人群里的桂馨儿和许多许多的妈妈一拥而上，找见自家孩子，把煮熟的鸡蛋、烤干的馍馍片、枣馍馍豆馍馍、柿饼核桃、瓜子落花生，还有炸好的油糕，各种平素里舍不得吃的东西，一股脑儿地往孩子口袋里塞。油糕是好吃，可那是刚炸出来的好吃，外表酥脆，内里软糯。炸出来，吃不了，再吃的时候就要蒸。馏软了，用筷子夹起来，整个油糕就会变形，流淌，也好吃。纯粹是凉的，硬得像块石头，也不知道让孩子咋吃？有兴子看见妈妈，眼眶湿润，后悔上中学了。后悔也没用，在尹县长眼皮子底下，谁敢打退堂鼓？桂馨儿每天早起，往往第一句话就问刘元，你说，有兴子不会迟到吧？害怕迟到，也成了有兴子的心理阴影。睡觉时，不脱衣服，成为习惯，好多年都改不了。

老丈人、丈母娘带着两个秃小子走了，有兴子住在学校，家里清静多了。铺子，刘元也不想多管，等把存货卖完，干脆就歇业算了。闲下来无事，刘元悄悄地把家里的金子银子分成好几份儿，绞尽脑汁，分别藏到了不同的隐秘地方。拿出一根三两重的小金条，一根金链子，一对金镯子，来回试过大小不同的两个戒指，用药铺里的戥子称过，凑够五两，给好弟兄那二送去。刘元仔仔细细地反复核算过，即使刘掌柜回来，给冀永宽的一根小金条，再加上给那二的，一共十两，都可以算到销售成本里，也本来就是销售成本。一百二十两的总价，只有十两，还不到一成，完全说得过去。其他的钱，从榆次到平遥的运费，平遥货站里的仓储费，连半两金子都用不了，可以忽略不计的。三成的销售成本，刨去给那二和冀永宽的十两，还剩二十六两，按四六分，自己还可以分到十两以上。剩下的还有八十四两，就算刘掌柜的本金占三分之一，自己的一成利润还应该有五六两。这还根本没算铺子里这些年的收益。而且若是东家真的不在人世了，就算能找到他的家人，刘元也不打算按和刘掌柜的约定来分钱了。对半分，刘元觉着也完全对得起自己的良心。这些钱，是在这样的乱世里，冒着掉脑袋的危险，泼闹出来的。

刘元没有给好弟兄说实话。告诉那二，在上海见到了东家刘掌柜，把大部分货款结算给东家。这话，是从上海回来的路上和老丈人商量好的。老丈人不知道有这一百二十两金子，还以为刘元是针对铺子里的货款，夸赞女婿子想事情周全了。若是还找不到刘掌柜，齐泰布店这些年里的收益，连本带利，就都有可能变成刘元的。是得小心些，走漏了风声，会有人眼红的。那二很高兴，一迭声地夸赞刘元义气，也夸赞自己当初的好眼光，这个弟兄处对了。刘元向那二讨主意，说当初开店的时候，答应每年给白主任一百块大洋的孝敬，可现在生意不好做，而且好像这白主任也帮不上啥忙，这钱，以后……

那二很坚决，说，给他干啥？咱平遥县，只有尹县长一个人说了算。以前你给他也是白给，听我的，一个子儿也不再给他。

刘元纠结了好久的事情，那二一句话就解决了。这事儿对刘元算个大事儿，但那二不在意，只是问刘元，刘掌柜给他分了多少。刘元说，连这些年经营铺子的收益，东家给了十两黄金。还告诉那二，给他的和给冀永宽的，都算进销货的成本里，没有从自己的收益里分。

那二关心刘元，问这些钱准备再干个什么营生。得知刘元没什么具体的打算，甚至店也不想再开了，马上劝刘元，干脆买房子吧！物价飞涨，啥都涨，几乎是一天一个价，可奇怪，房价却跌得很厉害。十两金子，能买两处院子，还是好院子。那二的建议正合刘元的心思。当下就托他去给打听谁家卖院子。

没有几天，那二给回话，范家巷有人卖一处院子。刘元跟着那二去看，真是一处好院子。在范家巷东头儿，古董铺老王掌柜家斜对过儿。范，平遥人念 huo。范家巷在平遥城东南，往东走是沙巷，顺沙巷往北，没有几步是衙门街，往南是书院街，好地段。让刘元最满意的是这处院子的大门朝南开。里外两进，阂里院儿的窑儿是正房。院子也宽敞，里外两个院儿，东西各有两间厢房。八间厢房和门洞进来的倒座儿，都是三破二的大房子。所有的房子，无论里外院儿，除了正房的三孔窑洞房，其他的都是砖瓦房，没有用土坯，都是水磨青砖，从底到顶。连院子里的厨房、茅厕也是砖瓦房。一进街门，青砖墁地。太合适了，比刘元在水道巷的院子，好太多了。除了没有偏挂的跨院儿，和冀家郭家巷的院子几乎一模一样。刘元早就想照着冀家的样子，买一处称心合意的院子了。跨院儿，主要是以前有马车的人家，存放车辆，饲养牲口用的。有没有跨院儿，刘元不在乎。

卖家开价八两金子，只要金子，说是要去外地投靠儿子，不然，就是两倍的价钱也不卖。刘元一口咬死，说自己只有五两金子，还得用金链子金戒指凑，再多，就一点儿也拿不出来了。是卖家着急，刘元装作不急。那二主动应承，来回说合，几天工夫，敲定最终的价钱是五两金子，外加三百块大洋。

交了钱，办好房契，刘元高兴地领着媳妇子来看新房子。闺女迎儿，从这间房子跑出来，又跑进另一间，高兴地说比咱家的院子好。桂馨儿当然也满意，晚上跟刘元缱绻的时候说，当初嫁给刘元，还以为要跟着受一辈子苦呢。没想到，是真没想到，刘元是这样有本事，也是有福气的人。

桂馨儿说，水道儿的院子住惯了，暂时还不想搬。破家值万贯，老院子里东西齐全，街坊邻居也熟悉，就还是在老院子里再住一阵子吧。而且知道刘元店铺里的生意不好，现在纯粹是吃老本儿。老这样下去也不是个办法。新院子宽敞气派，位置朝向都好，想来出赁也容易，租金也会高些，可以补贴家用。

几个孩子都大了，半大小子，吃死老子，还是得过紧日子呢。

也对，那就听媳妇的吧。

决定了暂时不搬家，刘元趁空闲，把水道巷院子里的房子彻底拾掇了一次。拾掇房子，最贵的是人工。兵荒马乱的时候，恰恰人工便宜。房顶上换了新瓦，勾抹了墙缝，所有的门窗，窑洞房前面的檐廊，重新刷漆。特别紧要的，是那二花钱托人，从修建平遥城墙工事的部队长官手里，买了半袋子洋灰。用洋灰在窑洞正门的两边抹成一副永久的对联。对联是老丈人编撰、手书。上联：经术湛甚言达于行；下联：家庭和乐质有其文；横批：世德绵长。这副对联，杨掌柜很得意。刘元也觉着好。怎么好？说不大清楚，就是觉着好。收拾好房子，刘元最满意的就是这副永久固定的对联。老丈人告诉刘元，把这副对联作为传家的家训，一代一代往下传。刘元隐隐感觉，对联上的话，就是未来的希望。利用拾掇房子的机会，刘元把手里的金子银子分成几份，藏到了更加保险隐匿的地方。

当时，刘元很高兴，更没想到，范家巷的房子只是自己在平遥城买下的第二处院子。在战乱不断，战火日益逼近平遥城的年景里，刘元竟然做起了圪倒房子的买卖来。

喝　叫

平遥话里，骂人，有好多个说法。大人骂小孩儿，掌柜的骂伙计，叫“嚷”。主要是形容声音大，是厉声呵斥的意思。也许更准确的写法应该是“让”字。现存唯一躲过秦始皇焚书的先秦史书《竹书纪年》记载:“晋侯筑宫而美，康王使让之。”《史记·秦始皇本纪》也说:“秦军数却，二世使人让章邯。”在古汉语里，“让”为责备、谴责之意。两个人吵架，街坊邻里龃龉，互相骂起来，叫“嘶”。嘶天骂地的时候，嘴里常常不干不净，净是些污言秽语。南方好多地方，也说嘶。给别人讲道理，评是非，掰着指头，一条一条地列出来，叫“数话”。大声阻止别人做什么事情，特别是大人对小孩儿，叫“喝叫”。比如，快下雨了，小孩子还要出门玩耍。当娘的看见了，往往正在厨房里忙碌，就会赶紧吩咐孩子爹，快，快些儿，喝叫住兀家。

刘元倒腾房子的买卖，是让老丈人杨掌柜喝叫住的。

买了范家巷的房子，没有过多久，刘元就高兴不起来了。平遥城的房价，掉得更多了。什么都在涨，只有房价在掉。涨最多的是金子。听说解放军把晋南的大城临汾围起来以后，好多有钱人，都在变卖房产。这不，刘元新铺子的房东，不停地鼓动刘元把整个院子都买下来。刘元赁门面的时候，就说过卖，要二十两黄金。后来变成十几两，现在说只要十两就行。

铺子的后面，是两进的院子，没有刘元新买的院子大，房子也少。可这是临街的院子，有三开间的门面房。不是三破二的三开间，是两个三破二的房间，再加一个门洞。门洞在正中，两个大开间在两边。中间只有柱子，没有隔墙，是连成一起的大门面。靠里摆一排栏柜，栏柜后头，靠墙是货架。栏柜中间，有个缺口，下面是一个小门，上边放一块翻板。掀开翻板就可以进出，很方便。房东一家，每天都从刘元的铺子里进出。若是往里搬运个大东西，拉柴送炭，掏茅粪的马车，稍麻烦些，把中间的两组短栏柜挪开，马车就可以直抵后院。要是在门洞两边，打上隔断，那就门洞是门洞，门面是门面，互不影响。只是一间大门面，会变成两间小门面房。

城阕里的好多铺面，都是这个样子。另有一种，门洞开在旁边，两间倒座儿连起来也是一个大铺面，比连门洞的铺面，稍小一些。两种格局，各有优劣。只有像原来的日昇昌、蔚泰厚那样五开间的大门面，或者南街上唯一的一栋二层西式楼房，有其他的门，才可以另有格局。

刘元想，若是长期在平遥城里做买卖，终究是要买这样一处带门面的院子的。现在的鑫泰，就比原来的齐泰铺面宽敞。若是把后面的两进院子都买下来，做起生意来，那就更得手了。原来的齐泰后面，只是个一进的小院儿。拢共没有几间房子，除去库房，住不了几个人。这样临大街的院子，二十两金子，老实说真不贵。只要十两，那可是要拾下大便宜了。刘元后悔买范家巷的院子了。早知道还不如再等等，直接买这处院子。

那二也劝刘元，把这处院子买下来。不是让刘元买，是要刘元先斩后奏，替东家刘掌柜做主，买下这个院子。那二说，仗总有打完的时候，不管将来是谁坐了天下，总要让老百姓过日子吧？平遥城的生意肯定还有得做。可要过了这个村，就没有这个店了。等天下太平了，这样的铺面，就不是这么低的价钱了。

那二还说，这家房东姓侯。欠了一贯道好多钱。儿子在天津当官儿，要去投奔儿子。不把一贯道的钱还了，根本就出不了城。道坛里天天安排人盯着他一家子。这房子是不卖也得卖。甚至那二还可以帮着，再杀杀价。

刘元动心了。对那二说，那就试试吧。你知道的，我只剩五两金子了。再多真拿不出来了。

虽说是动了心，可也就是随口说说而已，这么好的铺面，五两金子，怎么可能呢？可没想到，那二居然给谈成了。真的只有五两，再无添头，比范家巷的还少三百大洋呢。

刘元坚持，先过户，办理房契，再给钱。房东老侯满口应承。让刘元拿出一个金戒指做定钱，约定第二天一早，去县衙办手续。早不叫县衙了，叫县国民政府，但人们还习惯这么说。

第二天，那二也跟着一起来了。那二进县衙熟门熟路。有那二领着，办起手续来很顺当。填写新房主的名字，刘元只说了刘三捷。那二把刘元拉到一边，悄悄说，房主只写你的名字，刘掌柜回来，能交代得了吗？

哎呀！昏头了，昏头了！刘元一拍脑门，连声说。也的确是昏头了，和那二说的一直是替刘掌柜做主买房子。告诉过那二，自己只有十两金子，刚花了五两买房子，怎么可能再掏五两买铺面呢？手边没点儿余钱，日子还过不过？刘元告诉自己，一百二十两金子的事儿，谁也不能告。别说是再好的弟兄了，连媳妇子桂馨儿，刘元都不说。

脑子里赶紧一合计，房契在谁手里，房子就是谁的。若是刘掌柜能回来，那就交给东家。找得到他家人也可以。若是依然没有音信，房主写成两人的名字也不影响房子还是自己的。当下决定把刘三捷又改成刘元。万一东家回来，房契上还是自己原来的名字。后面再写上刘鑫泰的名字。给那二解释，东家在上海生意很忙的，以后来平遥更少。房主前面写我的名字，以后有什么事情，我也好出面支应。我会给东家解释的，你放心好了。

那是你和你东家的事情，我有什么不放心的。刘元的解释，让那二莫名其妙。

得！话又多了。看来以后生意上的事情，要避开些那二这个好弟兄了。

买范家巷的房子没有人知道。但买了南街上带铺面的房子很快就有人知道了。有人来找刘元，问还要不要房子了。当然不要了。盛世古董乱世金。现下最值钱的是金子。而且财不外露，再要往出拿金子，怕就会引起有心人的注意了。可房价是真的低。刘元想，若是范家巷的房子，现在出手拿，兴许只要一半儿的价钱就可以。

临汾被解放军打下来以后，街面更乱了，房价也更低了。

刘元连买两处院子，到底还是被人盯上了。盯上刘元的，不是别人，是古董铺的王掌柜。

刘元想，让王掌柜觉着自己有钱，还是因为自己不小心。按王掌柜的要求，给冀永宽出了一根金条。王掌柜身体好了以后，请刘元吃饭，感谢刘元帮忙。来往多了，更加稔熟，经常在一起闲道歇。说起了天下的时局，说起了古董的生意。时局，大家的看法都差不多。国民党估计是大势已去了。这才几年的时间，兵强马壮的国民党就不行了，到处都打败仗。远的地方不说，就说山西，运城丢了，临汾那样的大城也守不住。也好，也好，天无二日，人无二主。等共产党和国民党分出个胜负长短来，这天下也就太平了。生意人，谁不祈望天下太平呢？尤其是王掌柜熟悉的古董行。王掌柜说，只有在太平盛世里，好玩意儿才会有好价钱。现下不能吃不能穿的，败家的子弟，卖起祖宗的东西来，一点儿也不心疼。话说回来，吃喝都顾不上，也没法子心疼东西。

王掌柜劝刘元，若手头还宽绰，可以留意着，趁着这乱世弄两件好玩意儿。等天下太平了，变现也好，留给儿孙，做个传家宝也行。豪爽地告诉刘元，若真有需要掌眼的时候，一句话的事儿。王掌柜很自信，说自己别的本事没有，可这眼力，若说是第二，全平遥城，没人敢说第一。

刘元动心了。一天夜里，悄悄拿了两个金戒指，去王掌柜家。金戒指是卖布的货款。把藏在里村的一百二十两黄金都弄回家来，刘元称了一下分量。只多不少，比一百二十一两还多。

可仔细看，这些金货的颜色，有那么一点点差别。好些个金戒指上，还镶着东西。有红的，有绿的。这些东西，也都算分量的。有掉下来的一小块，刘元用手指掂了掂分量，感觉比金子轻些。可再轻，也是分量啊！刘元心想，能镶在金货上的东西，也应该是好东西，说不定，比金子的价钱也差不了多少。可心里毕竟是不踏实。有王掌柜这样的行家，不让给看看，心里实在是痒。也仔细盘算过，给冀永宽出的金条，王掌柜并不清楚具体的缘由，还以为刘元是看那二的面子，看他的面子，欠着刘元情。王掌柜是那二的好弟兄，名声不错。那二说过，是个讲义气的人。还有王掌柜说过，古董这一行，嘴稳是行规。

两个金戒指，几乎是刘元手里最大的两个，一个镶绿，一个镶红。王掌柜把美孚油灯的灯捻子拧大，还在一只眼上，戴了一个镜子，像修钟表的师傅一样。用一个小镊子把几条小金爪子弄开，把两小块东西弄下来，翻来覆去地看。仔仔细细地看了好久，摘下镜子，才说，好东西，好东西。尤其这块翠，满翠，水头足，好翡翠。红宝石也不错。

那价钱呢？比金子高吗？

这哪能比呢？根本不是一个档次的东西。若是以前太平年景里，一小块这样上好的翡翠，换一根金条，都没啥问题的。

太好了！刘元心里踏实了。王掌柜问准备怎么出手，刘元忙说，不出手，不出手。东西不是我的，是我们东家……

别说，你不用说，是谁的东西，我管不着。不打听来路是规矩。王掌柜打断刘元的话头，眼睛还是盯着手里的物件，仔仔细细地看。可惜，这块红宝石有瑕疵，你看，这后面有一道黑纹……可这做工讲究，正好把这道纹挡在后面……

刘元不卖，王掌柜当然不强求。可还是说，以后若是要出手，一定要知会他一声。

时不常地，王掌柜到刘元的铺子里闲聊。不知是有意，还是随便说说，王掌柜总给刘元念叨，谁家谁家的院子要出手了，是什么样的价钱。说得多了，刘元也就着王掌柜的话道歇起来。房价实在是跌太多了。王掌柜说，阎锡山连临汾都守不住，平遥也快了。现在卖房子的人是要跑。等共产党的部队开到平遥来，铁了心要跑的，就走完了。三心二意的，跑不成了，房子就不会卖了。从临汾到太原，一马平川，无险可守，就看太原能不能守住了。可是太原，孤城一座，撑不了多久的。这天下早晚全是共产党的。说是共产，可是要坐天下，怎么可能把天下人的产业都共了呢？以前国民党说共产党是匪，要共产共妻。人家根本就不是这样的……

漆器行的乔掌柜回来了，早回来了，小日本一投降就回来了。继续做漆器的买卖。刘元和乔掌柜很稔熟，常和乔掌柜道歇。乔掌柜说，当年让日本人和汉奸逼的，没有办法，跑到共产党的地盘儿上躲了几年。共产党的地方叫解放区，老百姓安居乐业，根本不是国民党宣传的那么回事儿。刘元悄悄问乔掌柜，现在房价这么低，买房子会不会有啥风险。乔掌柜说，大地主，地儿多，共产党要土改。没收地主的地，分给没有地的农民。房子没听说没收。解放区里，都是鼓励工商的，只要照章纳税就行。生意人，纳税认捐，谁坐天下也一样的。

刘元终于忍不住，又买了四处院子。东街上一处，西边站马道儿一处，城隍庙街往南赵举人巷一处。一处比一处便宜。特别是南街上一处院子，不是两进三进的院子，是院子套院子，房子连房子。三个院子套在一起，两个两进的院子，一个地坑院儿的楼房，还带一个大大的花园。正门在南街上。从北往南过市楼，隔过两三家门面就是。寸土寸金的临街房，不做门面，就是一个大门洞。倒座儿，在门洞两边。北门开在东郭家巷。南面是个大花园，花园有门，通向花园街。说不定花园街就是因为这个院子才叫的花园街。这么大个院子，卖家着急，只要了十二两金子。

刘元有赌一把的心思，泼出去了。反正手里金子不少，若是以后天下太平，房价还能涨回正常年景的价钱，那泼闹下的事务，可就大了。

兵荒马乱，县衙里过不了户。刘元把原来的房契收好，找王掌柜乔掌柜做中人，立契。契约写明，日后办理房契过户的手续，全权委托买家负责。

王掌柜告诉刘元，如果手头不方便，那两个戒指要出手的话，可以找他。刘元谢过王掌柜的好意，说东家还给留了些钱，交代过，若价钱合适，可以买几处院子。

买的房子多了，刘元心里还是有些不踏实。老丈人杨掌柜进城来，刘元告诉杨掌柜买了两处院子。杨掌柜说他已经知道了，桂馨儿已经告诉他了。水道儿也确实不是好地段，虽说院子是建在一个高圪台台上，可一下雨，外面简直没法走路。换个好院子应该。南街上的门面房，也好，做生意用得着……

不是这两处，是另外又买了两处。刘元没敢说实话，只说是两处，怕说出四处，特别是南街通花园街的那座大院子，把老丈人给吓着。

可是，两处，也把老丈人吓着了。指责刘元昏头了，这么大的事儿，为啥不找他商量？

这，这不是来不及吗？房子太便宜了，比平常……

这根本就不是价钱的事情，马上就是共产党的天下了。共产党，共产党，是要共产的。你知道不知道，晋东南，吕梁，晋南，共产党占的解放区，都已经开始土地改革了。斗地主，没收地主的土地，分给穷人……

可这是房子啊！不是地儿……

一样的，房子多了，也是地主。土改的时候，地主家的大院子，也是要分给农民的。古人说，明者远见于未萌，智者避危于无形……

老丈人一番话，把刘元吓着了。好在还有办法，房子还没有过户，手里只有老房契和买卖契约。可以不承认的。等东家刘掌柜回来，把契约给他。

让刘元心疼的是，二十多两金子出手了。幸亏让老丈人喝叫住了，要不，还不知道要买多少呢。手里的金子，还多着呢！

天霁了

老丈人不是专为刘元买房子的事情进城的。房子是进了城以后，才听闺女女婿子说起来的。

杨掌柜进城，是要告诉刘元和桂馨儿，有望子跑了。和曹村的好多个后生一起跑的。有望子还算不错，好歹给将爷佰佰留了个字条儿，说要去解放区，参加解放军。

跑就跑吧！马上就十五岁了，儿大不由娘。刘元看得开。当初自己一个人进城的时候，也就十五岁。而且就算不跑，两丁抽一,三丁抽二，晋绥军也会抓去当兵的。就算是刘元自己，若不是好弟兄那二给花钱弄了个国民党的证件，也是要编进常备兵，强制参加军事训练的。参加解放军，总比被晋绥军抓去强。起码也算是烧的热灶。估计过不了几年，整个天下就都是共产党的了。刘元劝孩子娘，快不用哭了，男孩子大了，也该出去闯闯了。投奔解放军，说不定也能泼闹出一份前程。只是这事儿，千万得小心，要是让城阕里的那帮子人知道了，自家人全变成共匪的家属，没好日子过的。

去年，尹县长把全平遥通共的家属，都集中到阎良庄，人人过关，自白转生。过不了关的，不分男女老幼，全部乱棍打死。动手行凶，也是自白的表现，凡是不敢参与动手的，就不算过关，也要被打死。几个月里，就虐杀四百多人。惨状酷烈，骇人听闻。尹县长三字，可以止小儿啼哭。山西国统区各县，都在搞三自传训。内容相同，目的一致，但县长们教化人心、正风肃纪的具体手段，各有偏好。平遥西边的文水县，县长喜欢用铡刀。本是老百姓用来给牲口铡草料的农具，远远比不上开封府包龙图专用来铡人的龙头铡虎头铡狗头铡威严气派，铡人的脑袋，倒也得手。一个小小的云周西村，半天时光，就可以在村口救苦救难大慈大悲的观世音菩萨庙前，接连铡下七颗脑袋。最后一颗属于一个不到十五岁的小姑娘。云周西村，现在改名儿叫胡兰村，很大的一个村子，也是文水最有名的一个村子。刘胡兰，生的伟大，死的光荣。新中国成立后，成了许多许多少男少女崇拜的偶像。也有县长喜欢用洋枪用砍刀的。早先还有地方用站笼。站笼也算古法，据说是曾文正公首创，但折腾的时间太长，太磨叽。只能一个一个地弄不说，弄死个人，咋也得三五天的工夫。在这党国危难的乱世里不合用。老百姓见多了，也没有多好看，算不上热闹。看热闹是市井百姓平素无聊生活里的大消遣。热，四声，属于入声字。平遥的尹县长喜欢用乱棍。若是细细比较，还是尹县长的办法更好一些。符合古风，参与者众，声势大，效率高，效果好，还分不清真正的凶手是哪一个。

尹县长到处讲，乱世用重典。对付那些冥顽不灵的人，必须下狠手。可就算是这样，偷跑去参加解放军的年轻人还是越来越多。所谓的通共家属，像滚雪球一样，杀得过来吗？杨掌柜说，民不畏死，奈何以死惧之？

刘元倒是想让孩子上学的，也有钱，供得起。像他三舅舅增禄儿一样，去太原上高中，将来上大学。可乱哄哄的世道，哪里能安安心心地上学呢？三自传训到处都搞。城圐里的学校是学兵一体。村子里是兵农一体。真要是打起仗来，在哪儿都躲不过去。增禄儿在太原估计也好不了，许久没有消息了，杨掌柜很担心。但好在还有他二哥满禄儿可以照料。

年前，杨掌柜领着两个秃小子回曹村前，刘元给有望子说下了媳妇，粮行雷掌柜家三小子的猴闺女。有望子死活不乐意，说册媳妇的事情自己做主，不用父母包办。嘴里的新词儿一套一套。兀阵阵，刘元就感觉儿子可能会跑。还隐隐有些期待，整天窝在大人身边的孩子，会有什么出息呢？真跑了，当然也担心。可也不会像媳妇一样，泪珠子掉个没完。

当将爷的，没有把外孙子看住，觉着有些理亏。刘元对老丈人说，他一个大后生了，要跑，谁能看得住？何况，究竟是跑了好，还是待在家里更安全？谁能说得清楚？桂馨儿当然更不能怪罪自己的爹妈。

刘元劝老丈人搬回城圐里住。杨掌柜说，进城的时候，看见城墙上，里里外外，都是修下的碉堡炮楼。谁知道这仗会在什么地方打呢？曹村家里的院子，有地道，真要打起来，可以躲一阵子。可杨掌柜回去，没过多少天，反而和媳妇老两口带着有念子进城了。

平遥城没有打起来。反倒是在曹村的边上，共产党和国民党打了一仗。国民党这边儿是阎锡山亲自训练的亲训师，全败了，死了好多人。在村里没法子住了。家家户户都有从死人身上脱剥下来的东西。杨掌柜说，曹村以后恐怕也住不成。“往往鬼哭，天阴则闻。”平遥城外都是解放军，追着国民党往北边去了。只有平遥城还在国军手里。但也只剩下一个平遥守备团了。白天城门大开。尹县长率领平遥县的大小机关，中学里的所有学生，一贯道的年轻道徒，放弃平遥，去太原，增加太原的守城力量。有兴子被尹县长带去太原。估计平遥城是打不起来了。有兴子还不到十三岁，能活得下来吗？桂馨儿，天天哭，一想起来，就流泪。

的确，平遥城一枪没放，解放军就进城了。桂馨儿上街，到处找解放军的队伍问，谁认识一个叫刘立仁的孩子。哪里能问得着！

平遥城变天了。又岂止是平遥，第二年春天，太原解放。后来听说平遥县长尹遵党，太原解放前夕，和赏识他的山西省代主席梁化之，照顾阎锡山生活起居的传奇女子，大名鼎鼎的五妹子，阎锡山堂妹阎慧卿一起，在省府后院儿服毒自尽，列入阎锡山和国民政府日后竭力标榜的太原五百完人名录。被尹县长裹挟到太原的好几百年轻后生，守太原的时候，编进各处守备的部队里。毫无战意，解放军一来，纷纷举手投降，心甘情愿当了俘虏，大多参加了解放军。只要能活下来，熬到改革开放以后，都是离休干部。反倒是当下辗转回到平遥的，在以后的日子里，各有各的挫折磨难。太原的中学生也都编进守城的军队，有兴子居然找到了三舅舅增禄儿。太原解放后，三舅舅安排有兴子进了太原进山中学，继续读书。

这年的十月一日，中华人民共和国成立。终于，天开了。

连阴雨，好多天，终于放晴，叫天开了。说得文雅些，天霁了。霁，《说文解字》云，雨止也。

很快，有望子有信来，说是加入了解放军南下工作团，到南方去了。增禄儿也有信来，也是参加了战地工作团，为新中国作贡献。有兴子的消息，是增禄儿写信告诉大大和姐夫的。连刘元的堂弟刘魁，都有信来，已经当上了解放军的连长，随部队往西北开拔。太好了，枪子儿不长眼的战场上，都还活着。不只活着，还各有各的前程。也有坏消息，满禄儿因为是阎锡山省政府的官员，被抓了。

新中国成立，一贯道被彻底取缔、镇压。一贯道被取缔也是活该。解放军的帽徽上，有八一两个字。一贯道到处向老百姓瞎嚷嚷，胡说什么八一的意思，是八路军打天下，一贯道坐天下。连金掌柜在内，一大帮一贯道的头头脑脑，开公审大会，全部枪毙。那二也是因为一贯道的缘由被抓。

刘元的铺子又可以正常做生意了。解放军、共产党的干部，待人和气，买卖公平。只要正常纳税，连个欺负的人都没有。平遥城秩序井然，欣欣向荣。街上的掌柜们都说，给官面上的人一些正常的孝敬，人家愣是一个子儿都不要。冀永宽从监狱里放出来，在新成立的军管会里做事。悄悄对刘元说，感谢刘元在冀家关键的时候，出了一根金条。还领着邢克俭的媳妇专门来铺子里看刘元。邢克俭的媳妇是李越伊，达埔李财东家的闺女。刘元早就认识，还喝过人家的喜酒呢。李越伊说，邢克俭忙，在太原，没空回平遥，让捎话问候刘元，感谢刘元抗战时期对八路军的支持。

平遥城的秩序全恢复了。不，不是恢复，原来哪里会有这么好的秩序呢？各个学校也都建了起来，有念子背着书包上学了。

生意好做了，刘元却另有烦心事。共产党占了天下，稳定下来，新中国还没有正式成立的时候，就在平遥开始土改，定成分。最好的成分是穷人。雇农、贫农最好。中农，分为下中农和富裕中农。现在是贫下中农的天下。富裕中农、富农、小地主的成分，都不好。大地主，更不好，要没收大地主的一切财产。里村土改，人均十亩地儿以上是小地主。刘元把自己的六亩地儿给了四婶。四婶一个人有十七八亩地，当然是小地主。收到刘魁的信，刘元专门拿着信回里村给土改工作队看。加上刘魁，四婶家的成分给改成了富农。

老丈人杨掌柜家的成分也是富农。

刘元没有地儿，成分在城阂里划。两个半的院子，东水道一处，范家巷一处，都是两进的院子，房契上写着刘三捷的名字。南街上带铺面的院子，写着刘元和刘鑫泰两个人的名字。起初给刘元定的成分是房产资本家。肃反的时候，有人揭发刘元是国民党，给日本人当过商会会长，而且还是一贯道的人。刘元没办法，去找李越伊，请邢克俭帮忙做证。李越伊在平遥城里生孩子，暂时就住在原来米家巷的房子里。李越伊写信告诉丈夫，邢克俭专门给平遥县政府写了一封信，证明刘元抗战时期支援过八路军。也证明刘元只是布店的掌柜，不是东家。

刘元的出身才被改成小业主。小业主也不好，但总比资本家好。没有办理过户的四处院子，刘元把买卖的契约藏了起来，再不敢承认那些是自己的房子了。二十多两金子花出去，就留个契约在手里，以后还有机会凭手里的契约要房子吗？刘元不敢想，心疼得整宿整宿睡不着觉，打自己的心思都有。

唉！当初，把自己名下的地儿全给了四婶，本来是好意。也算是四佬和刘魁帮着藏布的分成，可万万没想到，反倒把四婶和刘魁的成分给弄高了。四婶一个孤老婆子，估计没啥。可是会不会影响刘魁在部队里的前程呢？等见了刘魁，该怎么解释呢？

老东家刘掌柜，依然没有任何消息。

大　大

平遥人的称谓有些特殊。除了叔叔叫佬佬，姥姥叫佰佰，姥爷叫将爷，还有一个，姐姐不叫姐姐，叫大大。大姐是大大，二姐是二大，若有三姐，当然是三大。可是大大的丈夫，还是叫姐夫。为啥这样叫，谁也说不清楚。也许姐姐叫大大，是为了更加突出姐姐在家里的贡献。

桂馨儿这个大大，当得很好。当然也有刘元的功劳。

平遥城里，桂馨儿只有莲馨儿一个妹妹。对妹妹一家的照顾无微不至。给自己家的几个孩子做衣服做鞋，总少不了妹妹家孩子的。做下些好点的吃食，总不忘记给妹妹家分一些。莲馨儿嫁人都好多年了，已经是两个孩子的娘了，可自己身上和孩子们穿的衣服，还是大大给做的比自己做的多。

对弟弟增禄儿更没的说。增禄儿从小就跟着大大长大。大了以后，不喜欢娘给做的衣服，嫌土气，除了几件好些的衣服找专门的裁缝做。其他的几乎全是桂馨儿的针线。新中国成立第二年，增禄儿考上了山东齐鲁医学院，桂馨儿高兴得跟啥似的。唯一的一母同胞的弟弟要上医学院，以后要当医生了，简直是太好了。桂馨儿又生了一个小子，刚取好名儿，大名叫刘立信，小名儿叫有福子。一边照顾着孩子，一边忙碌着给弟弟做里里外外的衣服，还跟刘元商量，能不能让刘元去送弟弟上大学。爹娘的身体都不好，老闹病。送弟弟上大学，桂馨儿只能指望丈夫了。

正好，刘元早想着去山东再找一找老东家的消息。

把小舅子送到济南，刘元去了临淄，可也还是没有老东家的任何音信。刘掌柜家里的字号儿，好多人倒是知道，可都说抗战前就关门了。打听到老东家的老家是哪个村子，刘元去了村里，还是没有任何线索。刘元心里反而觉着很踏实。若要真找到刘掌柜的家人，该怎么办呢？

桂馨儿不只是大大当得好，妹子也当得很好。弟弟增禄儿大学毕业的前一年，哥哥满禄儿从监狱放了出来，遣返原籍。本来是应该回曹村务农的，可一家子大小五口人，哪个像是能受苦的人呢？桂馨儿和丈夫商量，安排二哥进了刘元的布店做账房。幸亏是这样安排的，没过两年，公私合营，增禄儿凭借布店账房的身份，成了新成立的平遥县百货公司的正式职工，还是干部身份。有房屋买卖契约的四处院子，东街上的一处一直空着。刘元找老王掌柜帮忙，以原房主的名义，弄了一份假的租赁契约，安排二兄哥一家住了进去。锅碗瓢盆，家什日用，都是桂馨儿尽心竭力地帮哥哥嫂嫂操持。二哥一家只带了嘴回来。

做闺女，桂馨儿更是孝顺。刘元也是个好女婿子。孩子们佰佰走的时候，所有丧事的铺排，都是刘元和媳妇在忙碌。杨掌柜孤身一人，一直住在闺女女婿子家里，和刘元，后来又加上二儿子，一家子三口人，操持布店的生意。公私合营，根据店铺的规模，核准可以安排三个人进公家的单位，为照顾儿子一家，杨掌柜回家养老，安排满禄儿家大小子顶替爷爷，进了百货公司。

妈妈没了，桂馨儿最亲的家人，除了自己生的，就是小弟弟增禄儿。个子高，长得排场，还是大学生，是桂馨儿的骄傲。增禄儿齐鲁医学院毕业，分配到太原省立医院。转年筹建肿瘤医院，又转到山西医学院第三附属医院。过年回家来，意气风发，说自己是全院最厉害的主刀大夫。桂馨儿关心弟弟说媳妇的大事，忙着问是不是需要帮着张罗。增禄儿一口回绝大大的好意，连说自己的事情自己安排。才上班顾不上这些，总要等业务上有个大长进，再考虑娶媳妇的事情也不晚。桂馨儿嘴上劝着弟弟要抓紧，心里明白，给弟弟册媳妇，估计自己是帮不上忙了。太原府的大医生，哪里还会再看上平遥城小门小户家的闺女呢？

说来也巧。大儿子有望子，从部队转业，也分配到太原当医生。在部队里，有望子一直在卫生队。有文化，全国一解放，就进了部队的卫生学校。卫校毕业，赶上裁军，分配回山西，进了省建筑公司职工医院。省建筑公司刚刚成立，新单位，医院当然也是新的，是个小医院。有望子自己说，和我们部队的卫生所差不了多少，和小舅舅的医院根本就没法比。虽说都是医生，但有望子在小舅舅跟前儿，明显矮一头。

增禄儿太得意了。后来杨掌柜说，月盈则亏，水满则溢。

老伴儿走后，杨掌柜身体一直不好，在闺女家住着，除了偶尔指点一下外孙子外孙女读书，无事可做，还是整日价抱着话本看。不只是话本，什么书都看，找来啥看啥。小儿子增禄儿出事以后，又迷上了读《易经》。嘴里时不常地念叨，《易》曰："日中则昃，月盈则食。水满则溢，月满则亏；自满则败，自矜则愚。"杨掌柜想明白了，天天给有念子、有福子念叨《易经》里的话，还让他们把不认识的字都认下，把这些话都记在心里。可再明白也只能是事后诸葛亮了，对儿子当右派，毫无办法。

平遥的读书人大多有个毛病，好高谈阔论，妄议国是。书未必念多好，倒先把脑子读傻了。这个毛病传承久远，其来有自。明洪武九年，天下甫定，偶遇天象异常，朝廷昭告天下，四方求谏。平遥县儒学训导叶伯巨立即上书皇帝，奉旨批评朝政。妄言："当今之事，所过者有三，分封太侈也，用刑太繁也，求治太速也。"亏得是当过乞丐的草莽英雄朱元璋，精力充沛，工作狂人，八九品杂佐官员的奏疏，居然也能上达天听，进呈御览。一个小小的县教育局长兼县中学校长，竟气得开国皇帝朱洪武跳脚大骂，金口玉言地嚷嚷，要亲手射杀他。从明朝后来的历史看，叶伯巨的话是有道理的，还有远见。但有道理有远见的话，就可以随便乱说吗？分封太侈，这不就是在挑拨朱重八和一众开国勋贵，挑拨开国皇帝和众多皇子之间的关系吗？用刑繁不繁，求治速不速？又岂是个书呆子有资格置喙？叶伯巨信了不该信的话，操了不该他操的心，说了不该他说的话，死得不冤，活该！

叶伯巨，浙江海宁人，与天下读书种子，宁海人方孝孺是同省老乡，也勉强算是同代人。而为人迂阔，不通世故，如出一辙。不谙世情谓之迂，不通世故谓之拙。叶伯巨不是平遥人，但愚拙之人，执掌一县教化，时间虽然不长，却依然谬种流传，遗祸千年。一九五六年，杨铎大夫春风得意，什么话都说，什么话都敢说，痛痛快快地过了一回嘴瘾。这是后来有望子告诉爹妈的。一九五七年“反右”运动开始，山大三院的杨铎大夫，成了全省医疗卫生革命战线的第一批右派分子。过嘴瘾的话载入右派反动言论集，印发各单位，供批判使用。挨批斗，写检查之后，又是寻死觅活。若不是有只差几岁的有望子陪着，简直不敢想增禄儿能不能挺得过去。

最终还不到而立之年的增禄儿，杨铎，杨大夫，开除公职，遣送原籍，回乡务农。杨掌柜在郁闷中一命呜呼，撒手人寰。照顾失意的增禄儿，全成了桂馨儿和刘元的事情。老丈人杨掌柜的后事，所有的操持，几乎都是刘元一力支当。

右派分子杨铎，齐鲁医学院毕业，又是省城大医院的大夫，真要是务农，也是人才浪费。一回到村里，就是给人看病，根本没有务啥农。就是务，也务不了，不会。人民公社成立，岳壁公社办卫生所把增禄儿挖去，以临时工的身份，又当起了大夫。公社卫生所，没有条件做手术，杨铎大夫转头又钻研起了中医。增禄儿说，中西医结合，是伟大领袖毛主席指引的医疗革命路线。右派没有白当，杨大夫现在说话，不仅谨慎，还能跟得上形势了。

给弟弟增禄儿册媳妇子，找住的地方安顿，都是大大桂馨儿和姐夫刘元在忙乎。

增禄儿册的新媳妇是个村儿家，会过日子。增禄儿当了右派，回到平遥，心灰意懒，意志消沉，没有了省城大医院大夫的派头。册媳妇的事情，全凭大大姐夫做主，不挑，只要能踏实过日子就行。

二哥满禄儿的媳妇，桂馨儿的二嫂，却不是个过日子的人。做针线还凑合。家里的其他活计，就啥也不会做了。入冬前，桂馨儿腌好自己家的各种腌菜，还要去二哥家，帮着二嫂一起腌。教了几次，二嫂还是学不会。干脆让二哥二嫂把东西备全，每年都是桂馨儿上门，指挥着二哥二嫂一起干。增禄儿娶了媳妇子，又多一个熟手，二哥也不用插手了。三家的腌菜，都是姑嫂三人共同的事情。

没有腌菜，一冬天是过不了的。芥疙瘩，切成细丝，油爆花椒炒熟，加盐，趁热焖在罐子里。可以一直吃到来年春天，多会儿吃进嘴里，都辣得直呛鼻子。芥疙瘩叶子切碎，用礤子，把芥疙瘩擦成碎条儿和在一起，加盐，放大瓮子里，用一块大石头压住，添满凉开水，过十天半个月，就能吃了。味道发酸，冬天里，连醋都可以省下。调凉菜、炒菜、做馅儿，怎么做，都好吃。看上去，颜色发黄，平遥人叫黄菜。

黑菜的做法儿，和黄菜一样，只是材料不一样。黑菜用胡萝卜叶子做，便宜。没有黄菜好吃，可比黄菜便宜。黄菜黑菜，是平遥人家冬天里的当家菜，每家都要用大瓮子腌。尤其是一九六〇年，困难的时候，两三瓮子黄菜黑菜，着了急可以扛饿。

腌菜是个技术活儿。桂馨儿腌的芥辣丝特别辣。腌的黄菜黑菜放一冬天都坏不了，也不长白毛。整个冬天，天天吃黄菜黑菜，一天两三顿，家家都这样的。孩子们不挑，只要能填饱肚子，吃啥都行。刘元更不挑，有什么吃什么。只有二兄哥满禄儿，天天喊受不了。受了受不了，又能怎么样呢？

刘元没啥亲戚，老家里村，牵挂的只有四婶一人。跟四婶说了好多次，想把四婶接到城里来住。四婶不愿意，说一个人在村里住惯了。刘元无奈，只能年节下，送些吃食回去。堂弟刘魁偶尔有信来。知道娘不识字，直接把信寄给刘元。刘魁已经离开部队，转业到甘肃白银工作。每次来信，都说要抽空回来看娘，可这么多年，只是结婚后带着媳妇回来过一次。回来的时候，对刘元说，明明是你的地儿，给我娘，做屎甚？

这么多年里刘元后悔的事情，第一，是在平遥解放前圪倒下那么多的房子，尤其是没过户的四个院子，连买卖契约都不敢往出拿。钱都白花了。只要一想起来，就心疼得难受。第二，就是把自己的地儿转给四婶。生生让四婶一家划成富农成分。堂弟的埋怨，虽说能解释是好意，可解释有什么用呢？第一次见堂弟媳妇，刘元从藏起来的金货里挑出一对金镯子，送给弟媳妇。对刘魁说，算他那几年在铺子里的工钱。好重的一对镯子，两只加起来，正好一两。

在平遥城里，刘元一家和二兄哥、小舅子、小姨子几家人，相互扶持，度过了三年困难时期最艰难的日子。几家的孩子，也都渐渐长大了。

献 食

刘元帮着媳妇照顾起媳妇的娘家人来，很尽心，也算大方。对自己的几个孩子却很严厉。

十三岁的时候，刘元就没了爹，十五岁，彻底成了孤儿。当爹，刘元没有样子可以学。几个秃小子小的时候，吃喝穿戴，不用刘元操心。当妈的也很省心。都是孩子们的佰佰一手带大。孩子们大些，读书写字全是将爷的事情。刘元和三个儿子，话很少。刘元觉着，当爹就得严厉一些，儿子不能惯。富养闺女穷养儿，小时候不吃苦的男孩子，大了是不会有出息的。就像自己，若不是从小无依无靠，一切都得靠自己，哪里能泼闹下这么大的事务呢？

求神拜佛，去寺庙道观里做贡献；年节下，在祖宗牌位前，摆放些饭菜；或者上坟扫墓，除了十月初一要送寒衣，其他时节都是要带些吃食。这些都叫作献食。苏州的吴侬软语里，有个词儿叫“斋斋”，和平遥人说的献食，意思相近。有位传奇的姑苏女子写过一首诗，见不见的你弄些东西斋斋我。挺长的一首诗，通篇都是好吃的东西。凄美绝伦，读之泪目。凛然气概，令人羞赧无言。但平遥人说献食，对活人说是反话。不献殷勤，不伺候了，平遥人常说，献食恁咧？献，念成 xie。对儿子，刘元坚定地认为，不能献食兀家们，自己的事情必须自己做。该吃的苦，也必须自己吃。这个道理，孩子们的将爷也是认同的，可做起来那就不一样了。孩子们，尤其是三个年龄大些的儿子，见了刘元像老鼠见了猫，对将爷却很亲近。杨掌柜也从不舍得跟孩子们说一句重话。

三个大儿子都还算有出息。个子也都长得高，一个比一个高。新中国成立前，老大有望子偷跑出去参加解放军，还上了解放军的卫校，凭自己本事当上了医生。册媳妇子也全凭自己。结婚以后才领着媳妇回家看望爹娘。

新中国成立以后，老二、老三，上小学中学都是好学生，不用爹娘操心。公私合营第二年，有兴子从太原进山中学考上了北京医学院，学卫生防疫。虽说没能录取到他最想去的医疗专业，将来当不上正经医生，但也是里村刘家的第一个大学生。别说是里村了，整个平遥，一年才出几个大学生呢？何况是北京，新中国首都的大学。刘元当然高兴了。但当爹的高兴都是藏在肚子里的，对儿子还是绷着脸说，去北京上大学，是好事儿，可家里人口多，要靠家里供你上大学是供不起的。家里一年只能给你五块钱，其余的只能靠你自己想办法了。

桂馨儿很不理解。家里人口是不少，又生了一个儿子，才三岁，大名叫刘立伍，小名儿有伍子。立字辈儿，姓名最后一字，都是单人旁。除了老大不用管，其余四个儿子，还有一个闺女，都要靠家里。公私合营以后，刘元成了县百货公司的职工，一个月只有三十多块钱的工资，和一年几十块钱的合营分红，是有些紧张。但桂馨儿知道，家里还有前些年攒下藏起来的那么多大洋，还有两根金条，这时候不用，要等到什么时候才用呢？前些年增禄儿去山东上大学的时候，刘元这个当姐夫的不是这么小气的。当娘的不想让上大学的儿子出去受制，告诉刘元，要把埋起来的银圆挖出来，去银行换钱，给儿子。新中国金银禁止流通，禁止私下买卖。要卖只能卖给银行。公家的银行给的价钱很低，一块大洋只能换一块钱。桂馨儿悄悄地跟丈夫商量，不算金条，家里藏着几百块大洋呢，每年拿出三四十块来，孩子出门在外，手头就会多少宽裕些。

刘元耐心地对媳妇解释，这些钱是不能动的。公司合营，铺子变成公家的了，一个月只有三十多块钱的工资，以后需要用钱的地方多了。更重要的是藏起来的钱，不能让别人知道。现在是贫下中农的天下，越穷越光荣，要是每年都拿几十块大洋去银行换钱，让人家还以为我们藏了有多少金银财宝呢！财不能外露。而且这些钱也不能让孩子们知道。败家子儿，都是因为家里有钱害的。咱俩是白手起家，我的儿子也必须像他爹一样，靠自己泼闹事务。靠人穿衣冻死，靠人吃饭饿死。你二哥，若不是咱爹一直给钱，也不会是这样好吃懒做，讲究排场的。再说了，攒着的这些钱，将来还不都是他们的，咱俩才能花多少呢？

桂馨儿无话可说了。确实，这些年里，是怎样省吃俭用地攒下这些钱的，桂馨儿太清楚了。丈夫刘元，也根本就不是大手大脚的人，不讲究吃喝，也不讲究穿着，跟二哥是不一样。二哥回平遥来，条件稍微好一点，吃喝的要求就多了起来。跟二嫂吵架，十次有九次都是对吃喝穿戴不满意。过年的时候，就是借钱也要给自己做一件新衣服。刘元对吃喝从来没有要求，做什么吃什么。就是别人家做事业，都很少去吃席。刘元说不去吃席，少报些礼，别人也没法儿说什么。前些年置下的几件好衣裳，宝贝得很，有什么重要场合才穿一下，一回家就赶紧脱下来，让桂馨儿叠整齐放起来。那年三十六块钱买的皮鞋，拢共没有穿过几次。新中国成立后，更是一次也没有穿过。每年春秋两季，都要拿出来，擦鞋，上油，晾晒。擦鞋上油，从来都是刘元自己做，先用鞋刷子刷去浮尘，均匀地上鞋油，晾一会儿，再拿块布子，仔仔细细地擦。擦的时候，还经常用嘴往鞋子上哈气。擦得锃光瓦亮，穿上，在干净的地上踩一踩，照照镜子，赶紧脱下来放好。有时候，桂馨儿劝丈夫，既然已经买下了，就穿上吧。刘元嘿嘿一笑，总说，以后，以后，留着以后穿。

孩子们也懂事儿，有兴子还反过来劝娘，学校老师说，上大学都有助学金的。我有手有脚，课余再找点啥事情做，放心吧，饿不死的。老大工作了，有工资，最大的弟弟上大学走的时候，给了五块钱。生病的将爷，也给了五块钱。哥哥和将爷，跟爹给的一样多。

过了两年，大炼钢铁的时候，新中国成立十周年前，老三有念子也考上了北京的大学。北京农业大学，学兽医。孩子们一个一个都有出息，刘元相信将来一定会比他们的爹强。刘元很满意，但钱还是和他二哥一样，只给出五块钱。大哥也还是五块。只是将爷没了，将爷的五块钱，有念子得不到了。

有念子高考前，就处下了对象，中学同学。说来也巧，有念子的对象叫王君梅，是小王掌柜的闺女，古董铺老王掌柜的大孙女，也考上了大学，太原的大学。有念子去北京前，对象把他叫到家里吃了顿饭。小王掌柜的媳妇还给有念子做了身衣服，给了好多上学日用的东西。桂馨儿问丈夫，要不要也叫有念子的对象来家里吃顿饭，给些东西？刘元一口拒绝，说，倒咋的咧？不献食兀家们，他们自己的事情，由他们自己去泼闹。管他们吃喝，供他们上完高中，兀家们比我这个当爹的已经享福太多了。

整个三年困难时期，有念子都是在北京过的。前两年二哥也在北京。都有助学金，吃饭不用花啥钱，但零用就全靠他们自己了。暑假里哥俩都不回来，都是找个干的，抓紧假期里的时间挣些钱。寒假哥俩商量，轮流回家过年，可以省出一个人的路费来。一九六〇年开始，学校食堂的饭菜填不饱肚子。有念子从北京买了些拉锁，有机玻璃扣子，女孩子用的头绳发卡，通过邮局寄回来，附带一封信，把进价写清楚，问爹娘能不能在平遥卖出去挣些钱，补充伙食费。刘元高兴地对媳妇说，你看，这就对了，一逼，他们就会自己想办法了。每次城阂里的庙会，桂馨儿都拿上有念子寄回来的东西，去摆摊儿，给儿子挣上大学的费用。有念子寄回来的东西，尽是女孩子喜欢的。女孩子喜欢打扮，饭量又小，有时候这些东西居然能换来粮票。

一九六四年，有念子大学毕业，兽医专业要上五年，比他二哥多一年。分配回山西省农业厅工作，国家干部身份。老二有兴子也分配回太原，在山西省卫校当老师。闺女迎儿，初中毕业，上了晋中师范学校，毕业后回平遥当了老师，在平遥第三完小上班。三完小在火神庙街，原来的火神庙改成的学校，离家近得很。迎儿住在家里，下了班可以帮妈妈做各种家务。

刘元和媳妇都感觉就要彻底熬出来了。陆续地，几个大些的孩子都结了婚。迎儿也嫁人了，嫁给师范学校的同学，榆次人，姓常，分配到平遥的学校教书。新中国成立以后，和平了，人们生的孩子多了起来，进城的人也多，城阂里的房子不好找。刘元做主让闺女女婿住到了家里。桂馨儿还有些顾虑，怎么说也是嫁出去的闺女，再住到娘家，若要讲究起来……

什么讲究？讲什么究？讲究什么的，刘元从来不信。其实闺女女婿能住到家里，最高兴的当然是当娘的。迎儿很能干的，是妈妈最好的帮手。而且房产经租的时候，闺女女婿也算家里的人口，可以多留一两间房子。

经租是国家统一的社会主义房产改造政策。凡是自己住不了的房子，全要交给房管会，由房管会租赁给没房子的人住。刘元手里有房契的三处院子，南街上带铺面的院子，公私合营的时候，已经交给公家了。范家巷的那处好院子，从来没有去住，经租政策一来，全部归房管会，每年只能得到很少的一些房租。就是水道街的这处院子也要经租。三个大儿子，户口都迁出去了，不算家里人。刘元老两口，加上有福子有伍子，迎儿的两个孩子户口落在将爷家，算六口人，给留了四间房，够偷笑了。下头院儿的厢房和倒座儿，都交给房管会经租。上头院儿的两间南房，也交给房管会，不过是迎儿一家又租回来住。所以若要严格地说起来，迎儿一家不是住娘家的房子，是租赁房管会的房子。不管怎么说，上头院儿的三间窑儿，四间厢房，都还是自家人住，该知足了。

刘元老了，学会怎么当爹了。有福子、有伍子俩小儿子，靠不上丈母娘老丈人，全是刘元和媳妇拉扯大的。刘元和两个小儿子，经常有说有笑，很亲昵，不是原来的样子了。

对自家的孩子们，刘元不献食他们。对朋友，还是一如既往。一九五九年，新中国成立十周年的时候，那二刑满释放，回到平遥城。刘元一听说，借了挂平车，拉了一车的家用物件儿，有粮食有家具有被褥有锅碗瓢盆，满满一车，给好弟兄送去。那二住监狱，那二媳妇带着孩子去了北京，投靠亲戚。那二放出来，媳妇从北京回来，孩子还留在北京的舅舅家。那二两口子从房管会手里赁了两间房，在花园街，居然是刘元亲家小王掌柜家原来的房子。

刘元送来东西，那二很感动。但却和刘元亲近不起来了，那二变了。住了十年的监狱，不变也难。从监狱里出来，那二和媳妇没什么负担，唯一的孩子不在身边。那二彻底想开了，养花儿，喂鸟，斗蛐蛐，怎么高兴怎么来。找了个给平遥火柴厂送火柴盒儿的营生，好像是钱也来得容易些，也不攒钱，天天吃喝玩乐。家里总有扑克摊子，多会儿都是满当当的人。渐渐地，刘元和那二来往越来越少。反倒是二兄哥满禄儿时不常地去那二那里打牌。满禄儿悄悄告诉妹夫，夜里关上门以后，那二家里的扑克摊子带彩。刘元更不上门了。一个人有一个人的活法儿，强求不来的。

三年困难时期过去，有一个上海人，男的，三十多岁，来平遥找过刘元，打听有没有刘掌柜刘鑫泰的消息。说自己娶了刘鑫泰的闺女，丈母娘却又不是刘鑫泰明媒正娶的媳妇。自打抗战开始，没有一点儿消息，听说以前在平遥做过生意，辗转找到刘元，问是不是知道刘鑫泰的下落。刘元当然是啥也不知道，自己也找过刘掌柜好多次，一无所获。齐泰布店的事情，从晋华拿回来的布匹，来人一无所知。刘元热情地接待，承认自己当过刘鑫泰的伙计，可其他的啥也没说。看来刘掌柜不是死在乱世里，就是跟着蒋介石去台湾了。家里藏着的那些金子，变成刘元一个人的了。以前也这样想过，经常想。这下来人一找，心更放肚子里，踏实了。

家里还藏着近百两黄金，全成了自己的，刘元当然高兴了，但只能悄悄地高兴，谁也不能说，连自个儿的媳妇都不能告诉。一想起解放前夕用这些金子圪倒房子的事儿，刘元就难受。难受得要命，真不知道，当时咋就那么傻呢？明明知道共产党就要来了，还弄那么多产业干啥？正门在南街上后门通郭家巷和花园街的那处大院子，房子连房子院子套院子的那处大院子，变成了平遥县人民医院。每次路过，刘元都要看一看。越看心里越难受。买卖契约，几次想烧，终究没舍得，用油纸包好，和那些金子埋在一起。

人生不如意者十之八九。人生哪能多如意，万事只求半称心。这些话是老丈人在的时候，常挂嘴边的。刘元彻底理解了。孩子们都有出息，这辈子应该知足了。

刘元翻来覆去感慨的时候，并不知道“文革”要来了。刘元和桂馨儿还有一劫。

魔　子

“文革”开始，刘元家里最先感觉到受冲击的是老四有福子。老四老五，按男孩子的序列排，没有算闺女。有福子打小就是好学生。一九六三年初中毕业，从平遥考到太原三中读高中。太原三中是老牌的中学，原来的成成中学。刘立信是太原三中的好学生。老师们都说考大学一点儿问题也没有，只是上什么大学的问题。一九六六年，“五一六”通知一来，学校全乱了。高考都没了，还上什么大学？有福子回了趟家，把学校的东西拿回家里，跟爹要了几块钱几斤粮票，和同学们一起大串联去了。

各单位都成立了造反派组织，刘元被当成牛鬼蛇神、历史反革命，抓进牛棚里接受批斗。勒令交代历史问题，交代浮财。所有的坏人，地富反坏右，都叫作牛鬼蛇神。历史上有过污点的叫历史反革命。“文革”批斗，别的地方，尤其是大地方，主要是针对走资派，走资本主义道路的当权派，是造反夺权。可在平遥，不知怎么搞的，挖浮财成了运动的主要内容。

在牛棚里，刘元挨打，让交代藏了多少浮财。刘元嘴咬得很紧，说自己是穷小子出身，是孤儿，十五岁孤身一人进了平遥城，一直给别人做伙计，没有什么浮财。打多少次，刘元都一口咬定，造反派几乎就要信了。偏偏这个时候，老二有兴子出差回平遥来，一听说爹被关起来，让交代浮财。就问娘，咱家究竟有没有浮财？在儿子面前，桂馨儿没敢说假话，说有一些。有兴子赶紧劝妈妈，快拿出来主动交上去，争取宽大处理。桂馨儿没了主意，在儿子的逼迫下，说出了藏东西的地方。有兴子找出来，是一个瓷罐子，里边有三百块大洋两根金条，还有三个金戒指，一对金镯子。有兴子很生气，说，你们藏这些东西干什么？只能惹祸。当年我和有念子在北京上大学的时候，说家里没钱，要早把这些东西送到银行，换成钱，我们也不用那么辛苦，也不用把这些东西留到现在惹祸……

连夜，有兴子叫上妹夫和有伍子，三个人一起把一筐银圆、金戒指、金镯子和金条给百货公司的造反派送去，争取能对爹宽大处理。刘元挨打，什么都没说，转头儿子和女婿却送来这么多财宝。造反派的红卫兵觉着刘元不老实，连夜提审刘元，继续打，刘元还是说啥也没有。刘元的话再也没人信了。第二天上午，几个造反派组织联合起来，一起去刘元家里抄家。

家里只有桂馨儿一人。一大早有兴子坐火车回太原了。闺女女婿去上班，有伍子不知跑哪里去疯。几十个造反派的人冲进家里来，翻箱倒柜，几乎掘地三尺。桂馨儿哭喊着要拦，哪里能拦得住，被人捣了一圪嘟，杵到锅台上磕破脑门儿，鲜血直流。

折腾了一上午，啥也没找到。家里的锅碗瓢盆摔破了不少，衣服被褥散得满地。迎儿和丈夫回来，和造反派的人理论。迎儿说，抗拒从严，坦白从宽，我们全都主动上交了，为什么还要抄家？造反派的人，才开始骂骂咧咧往外走，迎儿找出家里的红药水，给妈妈抹药。

事情就那么巧，就在造反派的人出大门的时候，偏偏，掏茅粪的车来了。不知道是谁喊了一声，就剩茅子里没挖开看了，让掏茅粪的掏干净，把粪缸子起出来，看看下面有没有东西。粪缸是一个大瓮子，埋在地下，上面架两块木板。把粪水掏尽，全装进茅粪车里。掏茅粪的，不是用柳树条编的圪捞捞，是钢盔。阎锡山亲训师部队的钢盔，绑在一根杆子上，可以把茅粪掏净。再逼着两个农民，把粪缸起出来，让一个人跳下去，用铁锹挖。没挖几下，挖出一个罐子来，起出来，很重，打破罐子，露出了里边的金戒指、金镯子、金条和银圆……

这下惹下大麻烦了。有人去上头院儿把桂馨儿揪过来，厉声喝问，说啥也没了，这是啥？

桂馨儿吓傻了，连说，不知道，我不知道……

桂馨儿是真不知道家里有这些东西。

几个造反派的头头紧急开会决定，下午就在刘元家的院子里，组织批斗现场，组织革命群众参观挖浮财成果。当下就安排人去百货公司的牛棚里提审刘元，把他押到现场，接受批斗。

有人看见桂馨儿脑袋上抹着红药水，说，你这样的地主婆，有什么资格往脑袋上抹红色的东西？为准备下午的批斗现场，给桂馨儿剃了阴阳头，从旁边的院子里找来一大捧熟石灰，给桂馨儿抹了满头满脸……

桂馨儿蒙了。趁人不注意，溜回自己的房间，喝毒药自尽。门圪塄背后有装敌敌畏的瓶子，夏天熏蚊子用。还有煤油瓶，停电时点煤油灯用。桂馨儿心里慌乱，摸错了瓶子，不知道灌进肚子里多少煤油？等有伍子回来，发现娘不见了，在房间里找着的时候，桂馨儿已经不省人事了。

院子里更乱了，有伍子和迎儿哭喊着叫娘。造反派红卫兵们，也有些手足无措，有人说，继续批斗，自绝于人民，就是要阻挠批斗会。也有人说，得送医院……

下头院赁两间厢房住的一家子，当家的是县电业局的老工人，姓胡。正好下班回来，分开人群，冲进房子里，蹲在地上，用手一试，大声说，还有气，有救，赶紧送医院洗胃。还说，幸亏喝的是煤油，要是喝旁边的敌敌畏，那就完了。说完，不管三七二十一，背起桂馨儿就往外走。奇怪，也没有人拦。有伍子，迎儿和女婿，一起跟着往外走。

在路上，老胡师傅说，你们别都跟着我，去医院肯定要花钱的，你家那情况，就是有钱，估计也拿不出来了，你们赶紧去找亲戚帮忙，借钱，要快。

当下简单一商议，有伍子去皮坊街的姨姨家，迎儿女婿去东街上的二舅家，迎儿继续跟着魏师傅去医院。到了医院，医生说，幸亏来得及时，再晚上几个钟头，人就救不回来了。

刘元继续挨批斗，挨打，让交代藏这么多金银财宝，是不是要配合美帝配合蒋介石反攻大陆？在事实面前，刘元抵赖不了，只能承认说，东西不是他的，是老东家刘掌柜的，是八路军给的货款。

谁能证明？刘元熬不过打，供出了邢克俭、刘魁、冀永宽和那二知情。邢克俭在太原，刘魁在甘肃白银，需要外调。立即传唤冀永宽和那二，分开审问。俩人说不出数，但都证明，当年日本人在的时候，齐泰布店卖给八路军一大批布。

过了两三个月，外调的人从太原从甘肃回来，邢克俭和刘魁的证明也基本一致。邢克俭和刘魁都还提供了其他的知情人，确实是八路军在最困难的时候，从刘元手里买了一大批布。不但无罪，还有功，也算是为支持革命做出过贡献。

造反派还要诛心，责问刘元，为什么不无偿地支持八路军？刘元答，布不是我的，金子也不是我的，都是东家的，我只是个伙计。问为啥金子不在刘掌柜手里，在你手里？刘元答，我去上海找到刘掌柜，刘掌柜让我把钱先放起来，他说会来找我拿的。

总算，刘元过关了。三个月以后，刘元被放了出来。金子银子被没收了。连有兴子主动上交的，一共没收六百块银圆，六十四两黄金。十两一斤的大两。家里的其他四旧，特别是老丈人留下的好多书，好多画，一把火全烧了。

刘元回到家，桂馨儿早出院了。医药费大部分是那二垫的。二兄哥满禄儿和小姨子莲馨儿，家里都不宽裕，凑不出多少钱来。迎儿哭着告诉爹，当时妈妈出院的时候，医院说反革命家属，治好病就得赶紧走，不能继续赖在医院。可是妈妈只能躺着，不能动。二舅说，那二大爷家里有大车，是往火柴厂送火柴盒儿的大车。迎儿去借车，大车上火柴盒儿都堆满了，已经捆扎好，准备递明早上去送。那二大爷一听，二话不说，立即找了几个人，解绳子卸车，亲自拉车，把妈妈送回家……

那二，好弟兄。刘元听着都流泪。等发了工资，刘元上街称了两包点心，去还那二在医院垫的钱，感谢好弟兄帮忙。

那二却对刘元很冷淡，刘元放在桌子上的钱和东西，看都没看，盯着刘元问，当初你去上海，根本就没有见着刘掌柜，对不对？

看着那二的眼神，刘元脸红了，不由自主地点了点头。

那批货款，就都变成你一个人的了？那二还是瞪着刘元。

我想，我想，东家，或者东家的人，还是会来要的……

那二沉默良久，说，也对，你也不亏欠我。你的东家回不回来，这些钱怎么分，是你们的事情，和我有什么相干？

刘元知道，心里知道，和那二这个好弟兄的交情，大概到头了。这还不是最难受的事情，让刘元最痛彻心扉的，是自打桂馨儿醒过来以后，就精神失常，疯了。

平遥话里，不说疯，说魔，念 mei。疯了，说成魔了；疯子，说成魔子。魔，来自梵语。佛经《大智度论》载：“夺慧命，坏道法功德善本，是故名为魔。”

刘元的媳妇，孩子们的妈妈，桂馨儿变成个魔子啦。有时候也正常，但不知道啥时候，突然就疯癫起来。

恓 惶

刘元过上了一辈子最恓惶的日子。

三年困难时期过后，为解决城市人口压力，一九六二年压缩城镇人口，好多人都记得，叫“六二压”。当时，桂馨儿和有福子有伍子两个小儿子的户口，就都迁回了里村。人没有回去，还住在城阂里。没有了户口，就没有了粮食供应，年年得买议价粮。议价粮其实就是农贸市场的高价粮。最困难的时候，家里面箱箱空了，实在揭不开锅，刘元也陆续拿出几十块大洋去淘换过粮食。现在，尽管刘元一回家就知道，还有一处藏起来的东西，没有被发现。可是还敢往出拿吗？而且还不是钱的问题，是造反派勒令，有福子有伍子必须立即回农村参加劳动。还要回村里，以地富反坏右狗崽子的身份接受贫下中农的批斗、教育。

有福子在外面串联，还没有回来。有伍子才十二岁，独自回到里村。幸好刘元的四婶还在，孤身一人。有伍子住到了四奶奶家里和四奶奶做伴。第二年有福子回来，有伍子才又有了哥哥做伴。

刘元要上班。起初上班走了，把桂馨儿一个人留在家里。可是走的时候，看桂馨儿好好的，剩她一个人的时候，疯劲儿发作起来，险些搴下大乱子。再也不敢让桂馨儿一个人在家了。迎儿在小学当老师，不用坐班。刘元在百货公司站柜台。或者是早上八点到下午两点的上午班，或是下午两点到晚上八点的下午班。刘元和闺女各自求单位的领导，错开时间上班。遇上开会、政治学习的时候，实在错不开，就让孩子们的姨姨莲馨儿过家来。

和二兄哥满禄儿一家几乎没有来往了。满禄儿说，经过这事儿，总算知道刘元是个啥人了。往昔借几块钱，跟割他的肉一样难，永远是抠抠搜搜的样子。可谁知道，家里竟然藏着那么多金银财宝呢。还说，被抄走的金银里，还有他的两百块大洋，是他当初投资布店的股份。说刘元应该赔他。

满禄儿不是直接给刘元说的，是说给弟弟增禄儿听的。增禄儿还是一如既往地和大大姐夫来往。大大成了魔子，增禄儿又钻研起治疗精神病的各种土方子。听了增禄儿转述的话，刘元怒不可遏，让增禄儿去给他二哥回话，去问问他，两百块钱的投资，那些年里得到了多少钱的分红？还有，若没有那两百块钱的一成股份，现在会不会有一家两口人在公家单位上班？我九成的股份，只有一人在公家的单位，他只有一成股，却安排了他家两个人。

增禄儿说，算了，以后不和他来往就是了，不用说这些话了。刘元坚决不同意，逼着小舅子必须去说。增禄儿找满禄儿一说，满禄儿反倒埋怨起小弟弟来，你也是的，我就是那么随便一说，你怎么就翻起闲话来？

你那是随便一说吗？你说的是让我告诉姐夫，赔你的两百块大洋！增禄儿也火了，跟哥哥彻底掰了。虽是亲兄弟，不是一个妈生的，到底隔了一层。

人和人之间，不经过事儿，看不出品性来。再亲的兄弟姐妹也一样。幸好在太原工作的三个儿子还算是有良心，每个月按时往回寄钱。老大有望子，每个月十块钱。其他两个每个月五块。加上刘元的三十多块钱，生活还能维持。公私合营的分红，经租房产的租金，早没了。桂馨儿精神好的时候，和好人一样，做饭，缝补衣服，腌菜，还是一把好手。可是掌家却不行了，说话总是迟迟艾艾，没法儿正常交流，买不了菜，管不了钱。有个成语叫期期艾艾，形容口吃的人说话。平遥人说迟迟艾艾，不是指口吃的人，说话迟钝，前言不搭后语叫迟迟艾艾。艾，念 yi。大概和自怨自艾的艾，是一个字。家里来契人，不管是什么人来，桂馨儿总是拿最好的东西招待。攒下过年过节包饺子的白面，来一两拨人，两三顿饭就吃没了。亲戚朋友，平遥话说契人，念 qie。契人的范围要比亲戚更广阔。亲，《说文》解释为至也，是亲近、接近之意，特指父母双亲等至亲家人。戚本意为斧，引申为并肩作战的胞族兄弟，是共同生活的家人。契者，符契也，契约也。因婚姻而结成的姻亲，当然是契人。生意往来，因契约结成的伙伴，买卖双方，彼此之间，也是契人。严格说来，本家五服以内是自家人，不是契人。可自家人也有亲疏远近，只要不是生活在一起的，都算是契人。东北人说，家里来 qie 了，应该也是这个契字。迎儿和爹商量，不能再让妈妈管家了。家里的白面、白糖，炒菜用的油，迎儿都藏起来。但只要有人来，桂馨儿就翻箱倒柜地找，找着了，满脸笑容地给契人做好吃的。捧给契人的饭碗，永远是圪堆满碗。六个孩子，就迎儿一个闺女，刘元和桂馨儿都惯着她。下班回来，看妈妈又把好吃的找出来给契人吃，等契人走后，训娘，拢共就这点儿白面，你都给人家吃了，过年的时候，咱房还包不包撅儿啦？平遥人区分你家我家他家，用房，念 huo。迎儿和妈妈很随便，声音很高，桂馨儿也不害怕，嘿嘿一阵儿傻笑。要是刘元和媳妇这么说话，不是哭，就是紧张得直哆嗦。看着媳妇的样子，刘元心里难受。

生活上再大的苦，刘元都能受。为了给媳妇治病，刘元悄悄地从另一处藏着的东西里取出些银圆来，自己不敢去银行换，交给小姨子莲馨儿去黑市上换成钱，给桂馨儿买药，也给家里淘换些粮食。桂馨儿犯起病来，闹腾着要吃水煎包，刘元也总是悄悄地去买上五个，让媳妇解馋。自己一口也不吃。最少也得买五个，一两粮票一毛钱。再少，人家不卖。冬天吃食不容易坏，刘元会藏起两个来，等着媳妇下次犯病的时候吃。让闺女迎儿的孩子们看见了，说将爷和他们不亲，有好吃的，偷偷和佰佰一起吃，不给他们吃。刘元听见了，心里也难受。

有福子有伍子两个小儿子，也让刘元难受。他们哪里会是做得了农活儿的人呢？受死受累一整天，别人记十个工分儿。他俩只有三两个。生产队按工分分口粮。记不下工分，就分不了多少粮食。正是长身体的时候，天天吃不饱肚子，特别是有伍子，个子长得高，比他的四个哥哥都高，但很瘦，远远看去，像根棍子。刘元还要想尽办法给他们哥俩弄些粮食。靠省已经省不出来了，刘元自己也是经常吃不饱饭，瘦得皮包骨头。

本来淘换东西，听说最有能耐的人是那二。可是刘元现在，哪里还会有脸面去见自己一辈子搿合下的好弟兄呢？和那二断了交情，也是让刘元心里难受的事儿。

刘元感觉自己很恓惶，无论是物质上，还是精神上。恓，平遥人念 sei。惶，念 huo。

歇缓

刘元的恓惶，更重要的还是在心里。心伤，心病，最好的药，是时间。时间的流逝，总会带走一切的伤心。再不能接受的现实，时间久了，也就习以为常了。

大概过了有三四年，刘元终于歇缓过来了。歇缓这个词儿，估计别的地方也说的。干活累了，长时间地干，总要歇一歇，缓口气。但平遥人说的歇缓，更多是指心里，精神上的。巨大的伤痛，歇缓过来，精气神又回来了。人也算是又活了过来，心里又有了新的念想。

生活上最困难的时候也过去了。最先缓过劲儿来的是有伍子。经常吃不饱饭的日子里，居然长成一米九的大个子。这么高的个子很少见。先是被公社挑中，参加了公社的篮球队，代表南政公社，参加全县农民篮球赛。不仅吃上了饱饭，还让佛殿沟煤矿看上，招进了煤矿当工人。不用下矿井，白天在坑口，为上下矿井的工人换矿灯，工作很轻松。下午和晚上参加煤矿职工篮球队训练，不仅可以挣工资，吃得还好。

一九七〇年，刘元的堂弟刘魁调回平遥来工作，干部身份，大小还是个领导，在县招待所当副所长。把有福子弄进县招待所当临时工，学木匠。临时工的工资虽然不高，不能和弟弟的正式工作相比，但可以在招待所吃食堂，伙食好。跟着老木匠学了一年，多少算是变成个有手艺的人。大哥有望子托人，又让老四去了太原，进了山西省儿童医院当临时工。虽然都是临时工，但太原的临时工工资高。经人介绍处下对象。在县招待所的时候，就开始相处。女方是平遥县针织厂的正式职工，本来人家家里还有些犹豫，有福子到太原上班，而且大哥说，先当临时工，以后再找机会想办法变成正式工。这下没问题了。相处了两年，有福子过年回家的时候结婚。刘元和迎儿，给拾掇出院子里的一间窑儿做新房。婚后，有福子继续去太原上班，新媳妇一个人和公婆大姑子一家住在一个院子里。有福子媳妇很能干的，除了上班，自己还悄悄地承揽一些针织的活计，拿回家里干。还给公公婆婆每人织了一件新毛衣。

家里生活好了起来，桂馨儿的病情也控制住了。试了好多药，终于确定比较有效的药。老大有望子两口子，老三有念子的媳妇都是医生，从单位开些药，不用花钱。

一大家子，又兴旺起来。一九七四年，刘元六十岁退休歇在家里，专门照顾媳妇。家里的好消息竟然接二连三。

有伍子在的平遥县煤矿职工篮球队，到榆次参加晋中地区的篮球赛，被地区体工队看上，选拔进晋中地区体工队。没有半年，到省里参加比赛，又被选拔进山西省体工大队，改成打排球。打篮球，刘元见过。啥是排球？儿子们和闺女给解释半天，刘元也闹不明白。直到领着桂馨儿去太原看病的时候，有伍子给爹弄了一张比赛的票，才算是弄明白这排球是咋回子事儿。刘元是真想不到，就凭长得高，也能泼闹出前程来。

有福子也有好消息。在省城的医院当临时工，听说了一个消息，山西省医学院除了正常招收推荐的工农兵学员上大学，准备再招一个医疗师资班。从“文革”前正式毕业的高中生里选拔，先考试，考试通过再政审，只要是正式高中毕业，都可以参加考试。刘立信报名参加考试，考第三名。虽然政审的时候费了一些周折，最终还是上大学了。名义上也属于推荐的工农兵学员，但医学院是为了培养医学院的老师，和其他工农兵学员不一样。其他学员只上两年就毕业。师资班上三年。

越是艰难的日子越是过得慢。一天天的煎熬，要掰着手指头，数着日子过。好日子过起来就快了。刘元过了几年轻松舒坦的日子。一九七八年底开始改革开放，全中国人的日子都过得好起来。要努力实现四个现代化，知识分子不是臭老九了，愈发吃香起来。刘元的几个孩子都念过书，一个比一个得意。这不，恢复高考第一年，老小有伍子，小学也没有毕业，居然考上了大学，改革开放后第一届大学生，在北京体育大学学体育。

有福子医学院毕业，分配到省儿童医院上班。工农兵大学生不吃香了，有福子考研究生，考了三年，考到了北京友谊医院。研究生比大学生还要高一等。以前刘元听都没有听说过的。孩子们给介绍，北京友谊医院原来叫中苏友好医院，跟苏联关系闹僵，才改名叫友谊医院，是北京最好的医院。有福子告诉爹，他的研究生导师是友谊医院的院长，还兼任北京市卫生局的副局长，是全国最权威的心外科专家。刘元终于弄明白上研究生和上大学不一样。大学生上课和中学生一样，也是坐在教室里，听老师讲课。研究生有导师，就像是师傅带徒弟。因为关心儿子，刘元顺便搞明白，原来医院的外科还可以分为普通外科、心脏外科、脑外科、神经外科。也记住了有福子导师的名字孙衍庆。偶然从报纸上，看到有关孙衍庆的消息，还很激动。报纸上的人是儿子的师傅。

国家重视知识分子，职称改革，评职称。老大两口子，老二、老三家两口子都评上了高级职称。就连闺女迎儿两口子，都评上了中级职称。一大家子，愈发兴旺。这样的家境，这样的势头，当然会令人羡慕眼热。四婶不在了的时候，刘元回到里村，忙乎四婶丧事。全村人都对刘元一家赞不绝口。尤其是堂弟刘魁，不停口地对堂兄说，你们家这算是彻底翻身了。整个平遥，再没有一家像你家这样兴旺了。就连小舅子增禄儿，也是对姐夫赞不绝口。杨铎，杨大夫，早平反了，补发了历年的工资。按政策可以再回山大三院上班。可杨铎已经成了平遥城最有名的名医，又拖家带口的，选择继续留在平遥。傲气得很，对姐夫却很服气。对别人说，我姐夫最大的本事，不是做生意，是培养儿子。五个儿子，个个出息。

在这样舒服的时候，刘元在家陪着媳妇，最大的念想，就是不断地得到孩子们的消息。不只是儿子，还有孙子。刘元的孙子外孙，已经有十几个了。就连老四有福子，一边在北京念研究生，还不耽误一边当爹。

闲下来无事，刘元喜欢上看报纸。城阕里有报栏，迎儿上班的三完小里有阅览室，刘元常去看。家里也订了一份报纸，一份杂志。刘元喜欢上关心国家大事儿，越关心越高兴。平遥县政协组织人开会，邀请刘元参加，号召平遥的老生意人老掌柜们为平遥县文史资料写稿子。刘元真的写了，写了《平遥县城的老店铺》，写了《我所知道的害人道一贯道》。不仅登在平遥出的县文史资料辑里，还选进了晋中文史资料。

也许是因为写稿子的缘故，也许因为是平遥城里的老掌柜，刘元进了县工商联，还成了县政协委员。

刘元感慨，这辈子，总算是赶上好时候了。可惜这么舒心的日子，老伴儿桂馨儿却感觉不到了。

改革开放前，桂馨儿就变得很迟钝，话很少。刚刚过上好日子，人却痴呆了。傻，平遥人说，縢。傻了，叫縢了；傻子，叫縢子。平遥城里最有名的縢子，是香儿，就是原来二小的媳妇，不知道什么时候变成个縢子的，人们都叫她縢香儿。但有人说，香儿并不是真的縢，反而智明的很。精，平遥人说智明。智，念 zei。明，念 mi。不智明，指脑子不够数的人。縢，《说文解字》云：“缄也。”三缄其口，许是谨慎，是姿态，故作深沉。纯粹缄口不言，那才是縢子。香儿这个縢子，却很话多。总有闲人作弄欺负香儿，香儿就不停地说话，不停地讨要好处，或是一根纸烟，或是些吃食。若是想让縢香儿讲个荤故事，唱个酸曲儿，香儿就变着法儿地要钱。香儿之所以能一直活着，据说是解放后郭兰英回平遥时央求县里和公社关照，但更是靠欺负她作弄她的人养活。刘元的老伴儿却是真的縢，倒也不是不开口，但开口只是嘿嘿嘿地傻笑。不管和她说什么，都是一阵儿傻笑。有时候没人和她说话，也是一阵儿傻笑，对着墙壁能傻笑一整天。操劳了一辈子，也受了一辈子的苦，刘元的好媳妇桂馨儿，魔子变成膝子。

家里的孩子当医生的多，告诉爹，老年痴呆，主要表现为语言功能退化，要爹多和娘说说话。小舅子增禄儿，也是这样说，不仅要刘元说，只要有时间，他自己也来家里，陪大大说话，还给扎针。桂馨儿的这个弟弟，一母同胞的亲弟弟，有良心。平遥的名医，在大大和姐夫面前，从不摆架子。

其实刘元也想找人说话的。日子是好了，孩子们有出息，可都忙，一年也见不了几面。刘元退休在家，陪着媳妇，什么话都和媳妇说的。桂馨儿没有回应，也说。说得最多的是家里的事情，孩子们的事情，也说自己人生的感慨。孩子们劝，要多陪妈妈说话，刘元心里有些不高兴，我也想找人说话呢。热心于去工商联，去政协，刘元也是高兴能有一个和人道歉的机会。孩子们偶尔写封信回来，刘元一遍遍地看，几乎每封都能背下来。以前困难的时候，家里缺粮食，却老有村里的契人来吃饭。里村的，曹村的，进城阕里赶会办事儿，都会来刘元家吃饭。没啥好吃的招待，但总会让他们填饱肚子的。来得多了，也是负担。可那会儿，家里多热闹啊！现在吃的不愁了，不到年节下，却很少再有人来了。就是增禄儿来了，除了扯着嗓子和他大大吼几句，扎扎针，跟刘元基本没啥话说。每个白天黑夜，只有桂馨儿这个膝子陪着刘元。有时候，刘元觉着自己也快膝了。

祭　菜

日子越来越好。孩子们的出息越来越大。可孩子们的妈妈桂馨儿，越来越膝。

最小的儿子有伍子，大学毕业留在北京体育大学当老师。上大学的时候找了对象，也是北京体育大学学生，比刘立伍低一届。第二年留校，和有伍子结婚。

刘立信研究生毕业留在北京，分配到中日友好医院当大夫。中日友好医院是新成立的医院，日本援建，是北京最现代化的医院。报纸上、电视广播里，天天说。有福子的媳妇也调到北京一所大医院，在医院食堂当工人。两个孩子也跟着去了北京。

其他几个大些的孩子各有各的成就。评职称，加工资，分房子，孩子的孩子或者考上大学，或者找下工作……好消息一个接一个。老三刘立传当上了太原动物园的副主任，是刘元的儿子里第一个当官儿的。可惜这一切，孩子们的妈妈毫无知觉。收到孩子们的来信，或者有孩子回来，刘元都会把好消息一件一件讲给老伴儿听。知道桂馨儿听不懂，只会傻笑，刘元还是不厌其烦地说了一遍又一遍。桂馨儿要是不膝，该有多好啊！

人一辈子，小时候靠爹妈。大了，要凭自己折腾事务。老了，所有的脸面，就要靠儿女为爹妈争取了。都说是人活一辈子，前半辈子，看父敬子；后半辈子，看子敬父。孩子们都出息，为刘元挣足了脸面。特别是有福子，在全国最现代化的医院里当大夫，有多少人去北京看病，找关系，转多少个弯儿，求到刘元这里，让写一封给儿子的信，拿走。孩子们的三舅舅也是医生。平遥城的名医，治个头疼脑热还行。要命的大病，北京的有福子就是依仗。孩子们的佬佬刘魁，平遥县招待所主任，干的就是迎来送往的工作。好多领导家里有人要去北京看病，甚至榆次地区领导的家人，都要让刘魁陪着，一起去北京，找中日友好医院的刘大夫。

富在深山有远亲，穷在闹市无人问。刘元的几个儿子，富倒未必。改革开放以来，万元户暴发户多的是。可刘元一家五个儿子，除了老大上的是解放军卫校，其他四个全是大学生。有福子刘立信还是研究生。五个儿子在平遥这个小地方，多少算是有些贵气。富贵，富贵，富和贵连在一起，但贵比富更难得。小舅子增禄儿，堂弟刘魁，都是平遥城里有脸面的人，来刘元家里变勤了。这里面有多少是对大大姐夫，对堂哥的情分？又有多少是冲着刘元儿子们的面子？为了找个放暑假回家的由头，刘立伍每年夏天都要代表学校回山西来招生。有兴子刘立伦也参与省卫校的招生工作。总有人求到刘魁刘主任的名下，陪着人去太原高校招生的地方，找堂侄儿疏通关系。就连刘元的二兄哥满禄儿，多少年都不来往，现在也开始走动了。可惜那二死了。刘元常想，若是那二还在，一定要去找他，泼出的，让他骂上一顿也要开释前嫌，重续前缘。《诗》云：“既见君子，锡我百朋。”别说是百朋了，刘元一辈子，真正的朋友就那二一个。

不管是增禄儿、刘魁，还是别的什么人找上门来，总时不常地给刘元带各种各样稀罕的吃食。大柜子里的罐头橘子汁奶粉麦乳精都堆满了。可惜桂馨儿都不喜欢吃。开始时还行，吃得很香。东西多起来，反而不吃了。再稀罕的食物，都不如水煎包儿有吸引力。刘元几乎天天都要溜达到街上给老伴儿买水煎包。人们都富裕起来了，水煎包对大家的吸引力远不如从前了。卖水煎包的铺子，关门做起了别的生意。水煎包买不到了。桂馨儿也什么都吃不下了。刘元很难过。以前日子过得紧巴巴，桂馨儿啥也舍不得吃。现在有条件了，却啥也吃不下了。

有福子全家搬到北京的那一年，桂馨儿就瘫在了炕上。除了做饭、洗洗涮涮是闺女迎儿的事情，伺候、照顾老伴儿，全是刘元的责任。一九八七年夏天，桂馨儿昏迷不醒。几个儿子都带着媳妇孩子回来了，就在院子里抢救了妈妈好几次。桂馨儿虽然还能喘气，可身上插满了各种管子。

刘元知道，孩子们各有各的忙碌。老伴儿早就膝了多少年了。就是再抢救过来，又有什么意义呢？刘元把藏着的最后两根金条拿出来，让迎儿拿去街上的首饰铺子里，打成戒指和镯子。召集孩子们开会，给每家分了两个戒指，一个镯子。吩咐几个当大夫的孩子，把妈妈身上的管子都拔了吧。受了一辈子苦，就让你们的妈妈少受些罪吧！

孩子们都大了，还都是有身份的人。刘元这个当爹的话，未必会听的。可关于妈妈的事情，还是都服从了爹的安排。而且决定拔管子的当天，就开始张罗着安排妈妈的后事儿。所有的儿子、媳妇、孙子、孙女，大小二十多口人，都回来了。

桂馨儿的丧事办得很隆重。全是孩子们的佬佬刘魁一手安排。刘魁也退休了，但退休后承包了县招待所的一个大院子，有七间七檩楼房的那个院子。刘魁对刘元说，我爹我娘的后事儿，都是哥哥你操持的，打发老嫂子的事业，就交给我来安排吧。

请来的风水先生说，刘家杨老太君生儿育女，有福气，有成就，要停灵十一天。孩子们上班的上班，开学的开学。刘元不想再耽误孩子们的时间，主张丧事简办，告诉孩子们，知道他们都有孝心。但孝顺不在这些事情上。可商量来商量去，仅仅是把停灵的时长从十一天变成九天。刘魁说，在平遥城，咱也算是有脸面的人家，丧事太简单，配不上咱家的风光。

桂馨儿的寿材是现成的，早两年就备下了。刘魁嫌太单薄，说给他一天时间，就可以找一具好棺材来。刘元再三推辞，还说，这副寿材桂馨儿生前看过，她自己很满意的，刘魁方才作罢。但其他事情，刘魁直接做主，一切按平遥城的风俗来。

天天有人来家里吊唁。好多人，刘元根本就不认识，人家都是冲着刘元的五个儿子来的。吊唁的人，送来的挽幛挂了整整一院子。里村曹村的亲戚，都来帮忙了。杨铎大夫每天一大早就来。居然有人跑到刘元家找他看病。刘魁自封总管，统一安排调度。刘家天天流水席待客。做饭的大师傅，肉食蔬菜，甚至桌椅板凳、锅碗瓢盆，都是刘魁承包的饭店里的。从外头回来参加葬礼的人，除了几个儿子必须天天在灵前守孝。其他人都可以去招待所住。刘元要安排人去银行取出些存款，问刘魁大概需要多少？刘魁说，根本用不着。招待所里的东西，人手，都不用花钱。买其他东西，先从礼房支取。报礼的人很多，好些人报的都是大礼。办事业，花不了的。

桂馨儿咽气的第二天，做饭的大师傅和做祭菜的师傅就上门了。刘魁常做总管，红白事业都熟。各种安排调度，有条不紊。流水席的伙房，安排在下头院儿的柴房里，盘两个临时的灶头，从外面拉来一车蓝炭。每天都可以开十几桌。平遥人把焦炭叫作蓝炭，比普通的煤火力大。待客的席面设在下头院儿的厢房和倒座儿房里，每天中午晚上，第一批正餐开四席。招待所的大师傅，在蓝炭火上炒好菜，分装四个盘子分送四个房间，头一拨儿就可以满足三四十人吃饭。自家人，错过饭点儿的客人，只要凑够一桌，十几分钟，就可以再开席。

做祭菜的师徒两人，用刘元和迎儿一家原来做饭的灶头。做饭的材料和下头院儿的伙房共用，其他的各管各，互不干扰。祭，念 zei。顾名思义，祭菜，是做给死人吃的，上供用的菜。刘魁给几个大侄子介绍，白事儿的事业紧要的就几件。第一，是看出殡的龙杠，是三十六抬，还是六十四抬？第二，是敲打响器班，是四个人的小班子，还是八人以上的大班底？一班还是两班？再有，就是做祭菜。特别是停灵时间长的白事儿，丧事是否隆重，主要看祭菜如何。刘魁决定，除了出殡前停灵期间，每天早中晚三次的供奉，最后一天要做顶格的，八八一领二的祭菜。过了夜里十二点，就开始上供，一直上到第二天起灵。

八八一领二，是两组六十四道菜的大席面。一说是黄河以北，八八六十四道菜；黄河以南，六十四道。另有一说是陆上六十四道，水里六十四道，是传说中最大的宴席。一百二十八道菜的席面，哪里是活人可以消受了的呢？就是当年，慈禧太后逃难西安，路过平遥，待了一天，都没来得及享受。做祭菜，却正好可以表达孝子们的心意。《礼记·祭统》云："祭者，所以追养继孝也。"每天三次，孝子们轮流献食，不过是几样点心，几样凉菜热菜。做祭菜的师傅，一会儿工夫就做好了。每天从早到晚忙碌的，都是在准备最后一天的大席面。

做祭菜是手艺，冷门的手艺。好不好吃不重要，香不香也无所谓，但一定要好看。放不放油盐酱醋，取决于成菜的形状与色泽的需要。日常的调料不怎么用，但青红丝，红曲白矾，大量地使用。青红丝红曲，红枣枸杞辣椒青菜，用来调色。白矾用来吊清汤，定型。在棺材两边，各摆两张大方桌当供桌，用来摆放一百二十八道菜。不仅菜好看，做祭菜的过程就好看。特别是临近出殡的前一天，一大群人，围着看两个师傅做祭菜。晚上十二点后开始献菜，还有人看，还帮着计数，四鲜果、四干果、四看果、四蜜饯……分别供在棺材两边的供桌上，不能重样。蒸煮扒炸，焖炒熘烧，各种做法兼备……

刘元夜里睡不着也来看。看着看着，哭了，哽咽着说，要是当初，一九六〇年的时候，能有这些，何至于……

老伴儿丧事的铺排，还有。从东水道儿出北门，没有多远，可仅仅几百米的路就有人设了两处路祭。路祭是大礼。别人家办丧事，出殡路过家门口，早早地在自家门口摆上供桌，准备下献祭的供奉。献祭，虽说是丰俭随意，主家不会挑剔，但既然要路祭，太简单了，何苦折腾呢？花钱最多的地方，还不是献祭的东西。龙杠一出门，一直到城外换汽车，棺材不能落地。得提前和抬龙杠的班子说好，六十四个人的抬手，至少要多站十分钟。年龄大的，随身携一根长木棍，路祭时可以用棍子顶住歇歇肩膀。年轻后生就一直在肩上抬着。是要给钱的，最少，六十四个人，每人也得有两包香烟，好些的烟。龙杠前面是孝子贤孙，后面是一溜拉女眷的马车。现如今马车可不好找，好多马车是专用来拉游览平遥城的游客的。耽误人家的工夫也得出钱。路祭时，多宽的路，都会水泄不通，还要提前和城管队打好招呼。最紧要的，路祭时会有人围观看热闹，给敲打响器班多出一份儿赏钱，唢呐笙簧，锣鼓铙钹，就会震天响。赏钱多些，甚至会有看大戏时才能听到的整段曲调。热闹大是路祭者的心意，更是主家的面子。

出殡后，刘元劝外地的孩子们都赶紧回去。头七、三七、百天烧百纸，都不用回来。还给儿子闺女交代下话来，让他们都记住，自己死了以后，绝不要这么大的铺排与折腾。

突 儿

突儿一词是比较典型的平遥话，也是平遥人常说的话。吃罢饭，在自家院子里溜达一圈儿，或者逛大街，是突儿。山佬儿进城，城里人下乡，走村串巷，穿州过府，也是突儿。走得再远些，去天北二京(津）上海，或是去“上有天堂，下有苏杭”的江南逛逛看看，都叫突儿。突，会意字，从穴，从犬。《说文解字》云:“犬从穴中暂出也。”

“文革”开始那年，老伴儿变成魔子，就把刘元拴死了。一下班儿，就得赶紧回家照看媳妇儿。后来桂馨儿变膝子、瘫子，忙前忙后，里里外外地照护，全成了刘元的事情。十多年，除了陪老伴儿看病去过太原一两次，刘元就没出过门。桂馨儿走了，对她自己、对刘元、对孩子们，特别是对闺女迎儿，也算是解脱。若没有迎儿一家子住在一起，靠刘元一人，这么多年可怎么过啊？轻松了，刘元反而病了。又是高血压，又是白内障，眼睛看不清东西。刘元去了太原，检查了一遍，老大老二老三,三个儿子家轮流住了些天，又去了北京。既是治病，也是去两个小儿子家看看。有福子给爹联系治眼睛最好的同仁医院，做了白内障手术。眼睛好了，俩儿子陪着爹，逛遍了紫禁城颐和园天坛北海。北京刘元来过，还是那年和老丈人一起去上海找刘掌柜，顺便找大兄哥的下落时，来过一次。那会儿，兵荒马乱的年景里，哪里会有心情看风景呢？现在能到首都突儿一遭，刘元心里觉着很美气。

俩儿子还想让爹多住一阵子，可刘元死活闹着要回家。再好的景致，也不如自己的家乡待着踏实、舒服。在平遥，多少人羡慕刘元有俩儿子在北京。真来住几天，刘元也发现了他们的不容易。住的房子窄憋。吃的饭不是去食堂打，就是瞎胡凑合。儿子、儿媳妇，还有孙子都忙。每天早上起来，打仗一样紧张。然后，上班上学上幼儿园的一走，家里就剩刘元一个人了，连个说说话、道歇歇的人都找不着。有福子天天要做手术，有伍子忙着自己出国的事，也实在是没有更多的时间陪爹。看刘元回家的意愿很坚决，礼拜天，两家人一起和刘元去新开的肯德基洋快餐店，吃了顿好饭，给刘元开了一下洋荤，然后把刘元送去火车站。有福子委托来北京看病的人一路照护。

大家的日子都好起来了。暑假里，迎儿的学校组织教职工旅游，可以带家属，迎儿领着爹，又突儿了一回西安。羊肉泡馍好吃，很对刘元的胃口，一大碗都能吃完。

去哪里转转是突儿。手里的东西，得而复失，失而复得，也是突儿。这些年里，刘元也想开了。就算想不开，又能怎么样呢？当年被造反派抄家抄走的那些金银，也许命中注定就不是自己的。严格说起来也不应该是自己的。刘元仔仔细细地算过，只有剩下的那些才是自己应得的部分。不是自己的，就只能是从手里突儿了一遭。但是还有好事儿，落实政策，“文革”期间，造反派抄家的资财，都要退赔。字画古董，若有原物，退还物主。若遗失损毁，难以估价，只能自认倒霉。真金白银，折价退回。幸亏当初抄家的时候，一一登记在册，还在县文化馆里展览过。镶在戒指上的翡翠宝石，没法子找了，金子银圆的数量很清楚。按抄家时候的价钱退赔，黄金一克九元，银圆一块一枚，虽然价钱不划算，但抄走的东西还能退赔，哪里能想到还会有这样的好事儿？只是当初为了择清自己，刘元坚持说东西都是刘掌柜刘鑫泰的，现在退赔，也只能退给刘鑫泰。去哪里找刘鑫泰呢？当初就找不到，现在多少年过去了，更找不到了。刘掌柜若还活着，该有九十多岁了。刘元又写材料，说当初是在造反派的逼迫下胡说的。找人证明东西全是自己的，三番五次地找人。总算按政策，从谁手里抄走，钱退给谁。刘元得到小三万元的退款，算是一笔大钱。东西突儿走了，钱突儿回来，不枉当初费尽心思地周折泼闹。

这些钱，刘元没用，平均分给六个孩子。孩子们都很高兴，家家都有急用钱的地方。老二有兴子又给爹出主意，说只能退钱，那是没办法的事情，政策就是这样规定的。去金店里买首饰，一克金子要好几十块钱，可退赔却只按九块钱算。亏，也只能捏着鼻子认下。但东西是一九六六年抄家抄走的，展览后就上交国库，退钱却是一九八五年才退，二十年的利息是应该算的。让刘元再去上访，闹腾，争取把利息要回来。

刘元简直是哭笑不得，这个老二，脑子是真有问题。刘元对几个孙子外孙子都念叨过，你们的这个二大爷二舅舅啊，真是有股股不智明。若不是当初一心想着当一朵朝阳花，相信了坦白从宽，抗拒从严，主动把娘知道的东西交上去，哪里会有后来的周折？若没有抄家批斗，孩子们的妈妈，刘元的好媳妇桂馨儿，好好一个人，怎么会变成个魔子？现在人家把钱退回来了，却还想着要利息？哪里会有这样的好事儿！朝阳花就是向日葵。当年争做朝阳花，都是不懂人情世故的小年轻。可当初，有兴子都三十岁了，还上过大学，怎么还是和不懂事儿的年轻人一样不智明呢？刘元对老二,一直有怨气，去太原都不想去他家里住。

刘元没好气地对二儿子说，要闹，你去闹吧。我老了，折腾不动了。反正，东西也是你逼着你娘拿出来的。交，也是你拿着去上交的，有本事，你就把东西都要回来。

抄家弄走的东西没了，好歹，突儿回些钱来。经租的房子，按国家的政策也应该归还原主。迎儿住的两间厢房，很顺当，退回来了。其他的，补足这些年房管会的修缮费用管理费用，理论上，房子就又变成自己的了。但是需要和现在的住户协商，让人家腾房。水道儿的院子里，只住着两户外人。有兴子大包大揽地要去和人家协商。刘元说，协商可以，但下头院儿厢房的胡师傅一家子，必须客气。胡师傅是你妈的救命恩人。刘元一直记得，当年若不是人家胡师傅，桂馨儿早死了。胡师傅虽然不在了，和他的家人还有情分。

下头院儿的两家住户，都还不错。胡师傅的儿子顶替了他爹，当上了县电业局的职工。电业局是有钱的单位，盖的宿舍多。小胡师傅一分了房子，就主动把两间厢房退给刘元家。和下头院儿两间倒座房里的人家协商也顺当，只要了三千块钱的搬家费，也搬走了。两进的院子，十几间房，桂馨儿死的那年，又都突儿回来了。

范家巷的那座好院子，退，就没那么容易了。住了六七户人家，一说退房，都说应该，但也都说没住的地方，或者给人家找房子住，或者出钱给人家买房。全平遥城里，这种事儿多的是，上哪里说理去？南街上带门面的那处院子，更麻烦，房契上写着刘三捷刘鑫泰两个人的名字，找好几个人证明刘元刘三捷是同一个人，也不行。占房子的是公家的单位，退房不可能，只能退钱，只能退一半儿，老字儿上刘元的一半儿。新中国成立前的房契叫老字儿。一半儿就一半儿吧！找不到刘鑫泰的下落，有啥办法？可退房的价钱，也谈不拢。只能按当初公私合营时候的房价算，可那会儿，房子不许私自买卖，根本就没有什么当时的价钱。至于手里只有买卖契约的几个院子，更是连往回要的影子都没有。刘元也早就认命了，也许原本就不是自己的。这是刘元一辈子做过的最亏的生意。

房子是刘元晚年最闹心的事情。三天两头，往房管会跑，打听有啥新政策，一遍一遍地上交落实政策申请和各种证明材料。几年跑下来，啥结果也没有，刘元的生命也突儿到尽头了。

人活一辈子，赤条条来，赤条条去，人世间走一遭，也是突儿。既是犬从穴中暂出，生于穴，也必魂归于穴。刘元又病了，太原的医院检查了一遍，又去北京，在协和医院反复检查。协和医院才是北京最好的医院，当初美国人建的。有福子有同学在协和医院上班。折腾了一通，也没咋治，又把刘元送回来了。啥病？孩子们不说，只说是年龄大了，身体机能退化了，好好养着就行。哄谁呢？看他们一个一个吞吞吐吐，紧紧张张的样子，刘元自己能猜出来，应该是绝症。要么就是治不了，要么就是花钱太多，孩子们承受不起。

唉！死就死吧，再有两年就八十了，活够了。只是，还有两件心事未了。小儿子有伍子三年前出国了，先去了西德，后又去了瑞士，见了大世面。刘元想在临死前，能再见小儿子一面儿。当年爸爸被关，妈妈变魔子，只有十二岁的小伍子，只身一人回村里务农，遭的那是啥罪啊？老话说，谷要自种，儿要自养。刘元的三个大儿子，是将爷佰佰带大的，又都早早地离开家，到外面闯各自的事务。刘元一直忙着铺子里的事情，没有在孩子身上下多大功夫。孩子们大了，对刘元倒是还恭敬，但父子们之间总是显得有些客气。就连老四有福子，早早地去太原读书，和刘元也没有多少话说。只有唯一的闺女迎儿，老小有伍子，和刘元更亲昵一些。

另一件，是死后，刘元不想再埋进老祖坟里，让堂弟刘魁回村子里打问，能不能单独起坟，立碑？

两件心事，都没能了却。有伍子出国刚立住脚，年前才把媳妇孩子接过去，回不来。单独起坟的事情也不行。尽管刘魁再三保证，总要让哥哥走后再找机会独立置坟头。但一九九二年冬天，刘元还是带着满满的遗憾走了。

刘元病重的时候，几个孩子拐弯抹角地劝爹留下话来，现在的房子，和以后如果能再退回来的房子，咋分？

刘元说，有啥咋分？你们六个，平分就是。

可是，有兴子说，按平遥的风俗，嫁出去的闺女，是不参与分娘家的……

刘元浑身疼得难受，听了有兴子话，心里更难受，抓起身边的东西，使尽力气扔了过去，大喊，那还问我做甚？你们爱咋的就咋的……

在刘元最后的几天里，虽然也有清醒的时候，大多数时间一直昏迷。平遥县政协派人来看望，迎儿在爹耳边大声喊，县里的领导来看你了！刘元居然醒了，还很激动，费力伸出手握住了领导的手，嘴里挤出一句话来："一定要改革开放，不要再折腾……"这是刘元的最后一句话，最后的回光返照。禅宗典籍《景德传灯录》云："方便呼为佛，回光返照，看身心是何物。"刘元的遗言，莫名其妙，也不合身份。一个小老百姓，操的心太大了点儿。来看刘元的是县政协办公室副主任，有些感动，把事情讲给一个记者听。记者写成豆腐块大小的一篇文章，登在《晋中日报》上。

刘元死了许多年以后。房子退回来了，范家巷的和南街上的都退回来了，加上水道巷的一处，一共有两座半院子。刘元的儿子也死了两个，剩下的三个儿子和闺女商量，三处院子全卖。每处两百万，共六百万，一家一百万。孩子们回家分钱的时候，佬佬刘魁打听到，段村建公墓，大西线高铁沿线的坟地，都要迁到公墓。公墓里的墓地也对外发售。自打孩子们的四奶奶刘魁的妈妈死了以后，刘元刘魁兄弟俩在里村，再无土地。刘元死后，只能和桂馨儿合葬在别人家的承包地里。在别人家的地儿里立碑，不可能的。

二〇一四年，刘元冥寿百年。清明，刘元的儿子孙子、闺女外孙，为刘元杨桂馨迁坟，葬于平遥段村镇公墓。墓前，立了好大一块碑。刘元终于当上了祖爷。遗憾的是，公墓里，后辈儿孙的墓子，不可能一排一排地在后面排列了。

尾 声

不知道你看出来没有，其实，刘元是我爷爷，杨桂馨是我奶奶。

出生在平遥城，一直到上学，都在平遥城阂里，住在佰佰家。从记事儿起，过年的时候，总要发愁去奶奶家住两天。佰佰是有讲究的人，说外孙子不能在佰佰家过年，腊月三十送到奶奶家，正月初二才能再回到佰佰家。

小时候，和爷爷奶奶一点儿也不亲。奶奶是个魔子，时好时坏。这样的奶奶，只会让人嘲笑。奶奶家的饭不好吃。印象里永远是套黍面擦蝌蚪，煮胡萝卜白菜，黄菜黑菜。家里永远有没完没了的亲戚来吃饭。爷爷小气得要命，从不给我们一分钱的零花钱。就是偶尔买几个水煎包，也只是偷偷给疯奶奶吃，从不给我们吃一口。

到太原父母身边上学以后，每个寒暑假都要赶紧回平遥。在太原，大城市里，却从来没有觉着自己是太原人，只是一个小平遥家。年龄大点儿，两个佬佬是我们所有晚辈儿的骄傲。再回到平遥，就常要回奶奶家，听放寒暑假回家的佬佬讲外面的见闻，渐渐地知悉些爷爷奶奶的故事。

一九八五年，考上大学，暑假里在奶奶家待了很久。奶奶家很热闹，五佬带新婶子回来过暑假。四婶也从北京带两个堂弟回来。爷爷很高兴，伙食都变丰盛了。爷爷总结了我们刘家全年的喜事。最大的喜事是落实政策，退赔了“文革”被抄没的财产。我和堂姐考上大学，算两件。妈妈和五佬入党，也是两件。还有五婶留校，堂妹出生，一共凑成十大喜。为奖励我考上大学，爷爷还给了我一双皮鞋，这是爷爷第一次给我东西。虽说是双旧鞋，但锃光瓦亮，做工精致，一看就是好东西。鞋底后跟上钉着黄亮亮的铜钉子，几乎毫无磨损。可惜我没穿了几天，鞋面就全开裂了，补都没法补。

姑父不知道从哪里找来一副麻将牌，可谁也不会玩儿。我们都想学，五婶也想学。姑姑悄悄告诉我，爷爷会。看爷爷高兴，我们几个男孩子，一起去缠着爷爷让他教我们打麻将。爷爷坚决不教。还说，麻将牌不是什么好东西，你们不要学。这才过了几天的好日子，这种害人的东西又出来了。

您真的会吗？我们看爷爷的样子，实在是不相信老实得有些木讷的爷爷，会和这样新奇的玩意儿有关联。

我会吗？告诉你们，一九四二年夏天，我和日本人、汉奸一起打麻将，一个多月，赢了他们整整二十七块现大洋。给家里量了十担麦子。从那以后，我就下决心，再也不碰这个东西。爷爷说起来，很得意。

爷爷还和日本人、汉奸打过麻将？我们好奇，缠着爷爷问东问西，特别是公家刚刚给退回来那么多钱，爷爷给我们每家都分了钱，大人小孩儿都高兴。我们几个小孩子也好奇，都追着问大人究竟是怎么回事。看爷爷有兴致，也问起了爷爷，当初抄家抄走的究竟是些什么东西？

听说有金条金元宝，还有翡翠宝石，那都是古董啊！您要是藏好了，留到现在，分给我们，我们……

几个孩子里，我的年龄最大，话也最多，只顾着自说自话。突然，在屋子里休息的五佬冲了出来，一脚把我踹倒在地上，从窑洞房的前檐上，连滚下两个台阶，摔倒在院子的地面上。顾不上浑身的疼痛，惊讶地看着小叔叔。

五佬怒不可遏，瞪着双眼训斥，这么大的孩子了，马上就上大学了，怎么一点儿事儿都不懂，净问你爷爷伤心的事？你们没看见，爷爷都流泪了吗？

真的？我们赶紧转头去看爷爷，爷爷的脸上真有泪水。

爷爷啥话也没说，缓缓站起来，回房间照顾奶奶去了。

从那时候开始，我就知道，爷爷是个有故事的人，肯定有一肚子的故事。后来，只要有机会和爷爷在一起，总是小心翼翼地让爷爷讲一些老早前的事情。大学毕业以后分配当老师。那会儿老师不吃香，费劲巴拉地考上了律师。爷爷还拿给我几张买卖房子的契约看，问我，以后，这些契约会不会还有用处……

我也要不停地泼闹自己的前程，总想着以后会有机会让爷爷放下心结，平心静气地给我们讲讲我们家的来历。可惜，爷爷死了。爷爷死的时候，我在外地打拼奔波，爷爷的葬礼都没有参加。兄弟们告诉我，爷爷的葬礼，比起奶奶的，太简单了。

我打拼的地方在广东，改革开放的最前沿。在广东做律师，学了许多年的外语倒是用不着，但粤语和客家话必须学，尤其是当时所在的惠州地区，不懂客家话简直寸步难行。努力学习客家话的时候，惊讶地发现老家的平遥话与客家话有许多相同、相似之处。

离开家乡很久了。平遥话，只记得这么多了。再有，就全是骂人的话了。

2024 年 3 月 7 日于太原十一中草毕

2025 年 3 月 20 日改定

图书在版编目（CIP）数据

平遥话 / 刘伟波著. -- 北京：作家出版社，2025. 6. -- ISBN 978-7-5212-3410-7

Ⅰ. I247.5

中国国家版本馆 CIP 数据核字第 20257135VY 号

平遥话

作　　者：刘伟波
特约策划：赵学文
责任编辑：张　平
封面题字：赵国柱
装帧设计：孙　初
出版发行：作家出版社有限公司
社　　址：北京农展馆南里 10 号　　**邮　　编：**100125
电话传真：86-10-65067186（发行中心）
86-10-65004079（总编室）
E-mail:zuojia @ zuojia.net.cn
http://www.zuojiachubanshe.com
印　　刷：唐山嘉德印刷有限公司
成品尺寸：142×210
字　　数：170 千
印　　张：7.875
版　　次：2025 年 6 月第 1 版
印　　次：2025 年 6 月第 1 次印刷
ISBN 978-7-5212-3410-7
定　　价：68.00 元
